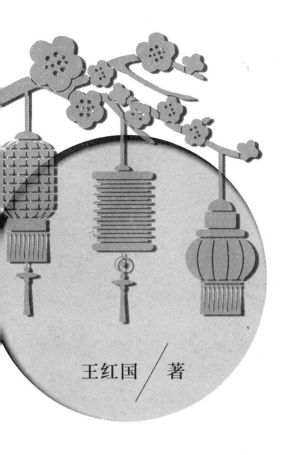

王红国 / 著

川端康成作品及其
审美特征研究

全国百佳图书出版单位
吉林出版集团股份有限公司

图书在版编目（CIP）数据

川端康成作品及其审美特征研究 / 王红国著 . -- 长
春 ：吉林出版集团股份有限公司，2022.2
ISBN 978-7-5731-1354-2

Ⅰ．①川… Ⅱ．①王… Ⅲ．①日本文学－文学研究
Ⅳ．① I313.06

中国版本图书馆 CIP 数据核字（2022）第 027430 号

CHUANDUAN KANGCHENG ZUOPIN JIQI SHENMEI TEZHENG YANJIU

川端康成作品及其审美特征研究

著：王红国
责任编辑：韩劲松　孙琳琳
技术编辑：王会莲
封面设计：优盛文化
开　　本：710mm*1000mm 1/16
字　　数：200千字
印　　张：12.25
版　　次：2022年2月第1版
印　　次：2023年1月第1次印刷

出　　版：吉林出版集团股份有限公司
发　　行：吉林出版集团外语教育有限公司
地　　址：长春市福祉大路5788号龙腾国际大厦B座7层
电　　话：0431-81629929
印　　刷：三河市华晨印务有限公司

ISBN 978-7-5731-1354-2　　定价：78.00元

内容简介
Content Validity

本书属于日本文学方面的研究文章。由川端康成生平及主要作品、川端康成审美意识探源、川端康成文学作品的自然审美、川端康成文学作品的色彩审美、川端康成文学作品的精神审美、川端康成文学作品的影像审美、川端康成文学作品的审美突破与创新等部分组成。全书以川端康成作品及其审美特征为研究对象，阐述了川端康成的生平及其主要作品情况，并对川端康成文学作品的审美特征从多个角度展开详细论述，对从事日本文学研究的学者和从业人员具有一定的学习和参考价值。

　　川端康成在日本当代文学史上有着重要的地位，作为第一位获得诺贝尔文学奖的日本作家，他的作品融合了东方传统美学与西方现代文学的技巧，蕴含着对纤丽、玄寂、风雅的日本传统物哀文化的体悟，将"物哀"的美学特征发展到了一个新的境界，形成了自己独特的生命美学内涵。坎坷多灾的个人经历与纤细敏感的艺术感知使他的文学作品具有直触人心的力量。色彩与光影作为视觉图像的内容相互交融，呈现出流光溢彩的艺术效果。情感与内涵蕴含在色彩变幻与光影交错中，通过视觉性的表达更直观地显现出来。镜像作为一种构图形式，呈现出虚实相交、主客合一的特征，文学的内在结构在镜像的映照下更为工整。川端康成作品独特的审美与其浓厚的艺术素养和纤细敏感的感知息息相关。他在绘画氛围的熏陶下产生了别具一格的艺术表达灵感，又将这种灵感与坎坷人生中生成的"孤儿根性"互相渗透，并将二者淬炼为其小说世界中悲与美的内在核心，这个内核支撑着川端康成在痛苦的人生中吟唱生命与美的赞歌。他用浸透了悲美的眼，细致地观看自然草木、世相人情，并用优美的文字描绘出来。川端康成文学作品独特的审美特征不仅是他个人艺术思维的结晶，更是古今东西方思维碰撞的产物。他在东方传统土壤的滋养下温和内化西方新锐的表达手法，使其作品兼具新意与典雅。

　　全书共分七章，第一章对川端康成生平及其主要作品进行了综述；第二章讲述了川端康成审美意识探源，主要论述了东方传统文化、西方现代主义文学思想和人生经历对川端康成文学风格的影响；第三章、第四章、第五章、第六章分别从自然审美、色彩审美、精神审美、影像审美等角度对川端康成作品的审美特征进行了深入剖析；第七章是对川端康成作品审美突破与创新的相关阐释。全书集系统性、科学性、新颖性于一体，知识性趣味性强，深化了对川端康成作品及其审美特征的理解和把握。

　　本书在撰写过程中参考了一些专家、学者的研究成果和著作，在此表示衷心的感谢。由于时间仓促，水平有限，不足和缺陷之处在所难免，恳切希望广大读者、专家批评指正。

Contents
目录

第一章　川端康成生平及主要作品

第一节　川端康成生平

一、空寂的童年憧憬

1899 年，川端康成出生于大阪市北区。川端康成的父亲川端荣吉是个医生，毕业于东京医学院。他的兴趣颇为广泛，曾跟大阪的一位儒家学者学过汉诗和绘画。在他的藏书中，汉文典籍相当丰富，此外还有大量的日本和西洋的文学作品。在川端康成不满两周岁的时候，因为患肺结核病，川端荣吉就与世长辞了。也许是由于年龄太小，和父亲最后告别时，川端康成好像没有感到悲伤。这是川端康成出世后经历的第一次死别。

父亲死后，母亲便带着川端康成回到自己的娘家，居住在大阪府西城郡丰里村黑田家。然而，不幸的是，刚刚过了一年，因为受了父亲的传染，川端康成的母亲也离开了人世，那时，川端康成还不满三周岁。这是川端康成出世后所经历的第二次死别。前后相隔仅有一年。

接踵而至的灾祸，在川端康成幼小的心灵上留下了更严重的创伤。他曾经说过："父母相继病死，深深刻入我幼小的心灵上的，便是对疾病和夭折的恐怖。"更让他不能抹去的是对父母，尤其是对母亲的思念，直到晚年，他的作品仍然不时流露出思念母亲的悲痛，这直接影响了他以后的创作。

失去双亲不久，川端康成便随祖父母回到了他的老家，姐姐芳子则寄养在姨母家里。川端康成的老家是个很大的宅子，在这个宅子里，他度过了自己的大部分童年和少年时光。

1906年春天，川端康成七岁，开始进入丰川村普通小学学习。对他来说，这是一个相当大的转折，一方面轻松愉快的家庭学习结束了，严肃紧张的学校学习开始了；而另一方面，狭小孤寂的家庭生活范围也渐渐被打破。

川端康成上小学后，不到三年内祖母和姐姐又相继弃他而去，从此他与年迈的祖父相依为命。祖父眼瞎耳背，终日一人孤寂地呆坐在病榻上落泪，并常对川端康成说："咱们是哭着过日子的啊！"这在川端康成幼稚的心灵上投下了寂寞的暗影。川端康成的孤儿体验，由于失去祖父而达到了极点。

对川端康成来说，他接连为亲人奔丧，参加了无数的葬礼，人们戏称他是"参加葬礼的名人"。他的童年没有感受到人间的温暖，相反地却是渗入了深刻的、无法克服的忧郁、悲哀因素，内心不断涌现对人生的虚幻感和对死亡的恐惧感。这种畸形的家境、寂寞的生活，是形成川端康成比较孤僻、内向的性格和气质的重要原因，促使他早早闯入说林书海。小学图书馆的藏书，他一本也不遗漏地统统借阅过。这时候，他开始对文学产生了憧憬。

二、文坛崭露头角

1915年1月，川端康成开始了学校寄宿生活。这时，川端康成的兴趣越来越集中到文学方面。他在写作上所结出的第一个果实，是自编诗文集《谷堂集》。

1916年对川端康成来说，是有重要意义的一年。在这一年，他的几篇作品在报纸、杂志上正式发表。对于立志当作家的少年来说，这是很值得纪念的一年。

1917年3月，川端康成于茨木中学毕业后，考取第一高等学校，到了东京后，川端康成开始直接接触日本文坛的现状和"白桦派""新思潮派"的作家和作品以及正在流行的俄罗斯文学，这使他顿开眼界。他在中学《校友会杂志》1919年6月号上，发表了第一篇习作《千代》，以淡淡的笔触，描写了他同三个同名的千代姑娘的爱恋故事。

1920年7月至1924年3月的大学时代，川端康成了向当时文坛挑战，改革和更新文艺，与爱好文学的同学复刊《新思潮》（第六次），并在创刊号上发表了《招魂节一景》，文章描写了马戏团女演员的悲苦生活，比较成功。川端康成的名字第一次出现在《文艺年鉴》上，标志着这位文学青年正式登上了文坛。

川端康成发表了《招魂节一景》以后，由于恋爱生活的失意，经常怀着忧郁的心情到伊豆汤岛，写了未定稿的《汤岛的回忆》。1923 年 1 月《文艺春秋》杂志创刊后，他为了诉说和发泄自己心头的积郁，又为杂志写出短篇小说《林金花的忧郁》和《参加葬礼的名人》。与此同时，他在爱与怨的交织下，以他的恋爱生活体验，写了《非常》《南方的火》《处女作作祟》等一系列小说，有的是以其恋爱的事件为素材直接写就，有的则加以虚构化。川端康成这一阶段的创作，归纳起来，主要是描写孤儿的生活，表现对已故亲人的深切怀念与哀思，以及描写自己的爱情波折，叙述自己失意的烦恼和哀怨。

这些小说构成川端康成早期作品群的一个鲜明的特征。这些作品所表现的感伤与悲哀的调子以及难以排解的寂寞和忧郁的心绪，贯穿着他的整个创作生涯，成为他的作品的主要基调。川端康成本人也说"这种孤儿的悲哀成为我的处女作的潜流，说不定还是我全部作品、全部生涯的潜流吧"。大学时代，川端康成除了写小说之外，更多仍是写文学评论和文艺时评，这成为他早期文学活动的一个重要组成部分。

三、文学道路上的探索

1924 年大学毕业后，川端康成与横光利一等发起了新感觉派文学运动，并发表了著名论文《新进作家的新倾向解说》。从某种意义上说，它起到了指导新感觉派作家的创作方法和运动方向的作用。但在创作实践方面，他并无多大的建树，只写了《梅花的雄蕊》《浅草红团》等少数几篇具有某些新感觉派特色的作品，他甚至被评论家认为是"新感觉派集团中的异端分子"。后来他自己也公开表明他不愿意成为他们的同路人，决心走自己独特的文学道路。他的成名作《伊豆的舞女》就是试图在艺术上开辟一条新路，在吸收西方文学新的感受性的基础上，对力求保持日本文学的传统色彩做了新的尝试。

川端康成从新感觉主义转向新心理主义，又从意识流的创作手法上寻找自己的出路。他首先试写了《针、玻璃和雾》《水晶幻想》，企图在创作方法上摆脱新感觉派的手法，引进乔伊斯的意识流和弗洛伊德的精神分析学，从而成为日本文坛最早出现的新心理主义的作品之一。在运用意识流手法上，《水晶幻想》比《针、玻璃和雾》更趋于成熟，在创作手法上采取"内心独白"的描写，交织着幻想和自由联想，在思想内容上明显地表现出西方文学的颓废倾向。

翌年，川端康成转向另一极端，无批判地运用佛教的轮回思想写了《抒情歌》，借助同死人的心灵对话的形式，描绘了一个被人抛弃的女人，通过呼唤一个死去的男人，来诉说自己的衷情，充满了东方神秘主义的色彩。这种"心灵交感"的佛教式的思考与虚无色彩，也贯穿在他的《慰灵歌》之中。

川端康成的这段探索性的创作道路表明，他起初没有深入认识西方文学的问题，只凭借自己敏锐的感觉，盲目醉心于借鉴西方现代派，即单纯横向移植。之后其自觉此路不通，又全盘否定西方现代派文学而完全倾向日本的传统主义，不加分析地全盘继承日本化的佛教哲理，尤其是轮回思想，即单纯纵向承传。最后开始在两种极端的对立中整理自己的文学理论，产生了对传统文学和西方文学批判的冲动和自觉的认识。这时候，他深入探索日本传统的底蕴，以及西方文学的人文理想主义的内涵，并摸索着实现两者在作品中内在的协调，最后以传统为根基，吸收西方文学的技巧和表述方法。在吸收西方文学思想和理念的同时，川端康成也开始注意将其日本化。《雪国》就是在这种对东西方文学的比较和交流的思考中诞生的。川端康成早期的作品，多半表现"孤儿的感情"和爱恋的失意，还不能说是形成了自己鲜明的艺术性格。但他经过不断的艺术实践来不断丰富创作经验，使自己的艺术才能得到充分发挥，创作个性得到了更加突出、更加鲜明的表现。他善于以抒情笔墨，刻画下层少女的性格和命运，并在抒情的画面中贯穿着自己对纯真爱情的热烈赞颂，对美与爱的理想表示朦胧的向往以及对人生无常和徒劳毫不掩饰地渲染。此外对人物心理刻画的细腻和丰富，更加显示出作家饱含热情的创作个性。尽管在之后的创作中，川端康成的风格还有发展，但始终是与《伊豆的舞女》如《雪国》所形成的基本特色一脉相连，其作品的传统文学色调没有发生根本性的变化。

这期间，川端康成还以他熟悉的动物世界为题材，创作了《禽兽》。小说描写了一个对人失去信任的心理变态者，讨厌一切人，遂以禽兽为伴，从中发现它们爱情纯真的力量和充满生命的喜悦，以此联系到人与人之间的冷漠和寡情。作家意在抒发自己对人性危机的感慨，呼唤和追求人性美。但作品拖着烦恼、惆怅、寂寞、孤独的哀伤余韵，表露了浓重的虚无与宿命的思想。这篇作品表现了人物的瞬间感受和整个意识流程。该作品非常重视传统结构的严密性，故事有序地推进，在局部上却采用了延伸时空的手法，借以加强人物心理的明晰变化，更深入地挖掘人物的内心世界。这是在借鉴意识流手法和继承传统手法结合上所做的一次成功的实践。此外川端康成还写了《花的圆舞曲》《母亲的初恋》，以及自传体小说、新闻小说、青春小说《高原》《牧歌》《故园》《东海道》《少女港》等。由于受到战时的影响，他背负着战争的苦痛，一味地沉潜在日本古典文学中，徘徊在《源氏物语》的物哀精神世界里，在艺术与战时生活的相克中，抱着一种悠然忘我的态度。

四、辉煌与沉寂

战后，川端康成对战争的反思，进一步扩展为对民族历史文化的重新认识以及审美意识中潜在的传统的苏醒。他说过"我强烈地自觉做一个日本式作家，希望继承日本美的传统，除了这种自觉和希望以外，别无其他东西。""我把战后的生命作为余生，余生不是属于我自己，而是日本美的传统的表现。"也就是说，战后川端康成对日本民族生活方式的依恋和对日本传统文化的追求更加炽烈。他已经在更高的理论层次上思考传统与现代、本土与外来的问题。他总结了一千年前吸收和消化中国唐代文化而创造了平安王朝的美以及明治百年以来吸收西方文化而未能完全消化的历史经验和教训，并且结合自己的创作实践，提出了"应该从一开始就采取日本式的吸收法，即按照日本式的爱好来学，然后全部日本化"。他在实践上将西方文学融化在日本古典传统精神与形式之中，自觉地思考东西方文化的融合。

川端康成在理论探索的基础上，充分发挥主动精神和创造力量，培育了东西方文化融合的气质，并且使之流贯于他的创作实践中，使其文学完全臻于日本化。同时他的作品呈现出更多样化的倾向，贯穿着双重或多重的意识。他在文学上获得最大成就的是《名人》《古都》《千只鹤》和《睡美人》等作品。

1968年，一项国际性的文化荣誉正悄悄降临东方，降在了大和民族的土地上。12月10日，川端康成以其"敏锐的感受，高超的叙事技巧，表现日本人的精神实质"而获得了诺贝尔文学奖。他身着印有家徽纹章的和服，佩上文化勋章，出席了在斯德哥尔摩召开的颁奖仪式，并做了《美丽的日本和我》的著名演讲。

《美丽的日本和我》是一篇非常优美的散文，也是研究川端康成的自然观、宗教观、文学观的珍贵资料。川端康成在演说中，引用古代通元禅师、左僧良宪、一休等人的大量优美诗句，阐明了日本的文化与美学特质以及自己的美学思想。

获诺贝尔文学奖后，国内外一时又掀起"川端康成"热。川端康成也越发忙于同国外的文学交流。

1970 年 11 月，由他扶持成长起来的文学家三岛由纪夫，因自身思想的极度矛盾和精神分裂，陷入谵妄状态，剖腹自杀。作为良师益友，川端康成痛不欲生。三岛由纪夫死后，川端康成经常神情黯淡，默默无语，若有所失。

1972 年 4 月 16 日下午 6 时许，川端康成在公寓口含煤气管自杀身亡，没有留下任何关于自杀的遗墨。在《临终的眼》一文中，川端康成曾说"无论怎样厌世，自杀不是开脱的办法，不管德行多高，自杀的人想要达到的圣境也是遥远的。"但是他自己还是走上了自杀这条凄绝哀伤的向神之路。

第二节　川端康成主要作品简述

作为近代日本第一个诺贝尔文学奖得主，川端康成一直是日本文坛上的热门话题，他一生创作了 35 部作品，主要代表作有《伊豆的舞女》《雪国》《千只鹤》《古都》。从川端康成作品中可以看出日本文学特有的理念和近代日本文坛的发展走向。川端康成作品中多数作品的主题都是爱情，爱情是大多文学家创作的主旋律，但是川端康成笔下的爱情与那些传统的爱情题材有着明显的不同。他既不偏重于那些花前月下、潇洒优雅的浪漫爱情，也不侧重于悲欢离合的伤感之情，而是在语言描述中自然而然地形成一种清淡的爱情。川端康成作品中还有许多作品的主题是死亡，这与他幼时的经历密切相关。因为他自小就亲眼看见着身边的至亲至爱一个个离他而去，他甚至得到了一个称号叫作"参加葬礼的名人"，这对他的文学风格和性格的形成有直接的作用。川端康成曾自称"受到了西洋现代文学的洗礼"，在他的这些作品中都表达了虚无悲观的主题，但他笔下的虚无悲观是以自我意识的破灭和价值观念的空缺为代价的，与西方的虚无悲观的文学风格迥然不同。不得不承认，川端康成是一个不拘一格、大胆抽象的作家，他敢于使自己的笔端触及常人所不敢想的文学领域，这是许多的文学家终生难以企及的。

一、《伊豆的舞女》

《伊豆的舞女》是川端康成早期的代表作，在读者中产生了深远的影响。

作品情节简单，描述一名高中生独自在伊豆旅游时邂逅一位少年舞女的故事，伊豆的青山绿水与少男少女间纯净的爱慕之情交织在一起，互相辉映，给了读者一份清新之感。作者川端康成极其细致地用细节向我们展现了人物的精神世界。

作品的主题是通过主人公青年学生的主观意识表现出来的。一位孤儿出身的大学预科生去伊豆旅行，途中与流浪艺人结伴而行，其间，对一位 14 岁的舞女产生了似恋非恋的爱慕之情。

在青年学生的主观感觉、体验中，中风老人的病痛，被流感夺去父母性命的三个孤儿及失去儿子、儿媳的孤苦老奶奶的可怜，落魄潦倒的荣吉，流浪奔波而孩子早产夭折在旅途的千代子，无奈做了舞女的熏子，迫于社会风习看轻女人的阿妈，离开故里亲人只身做了舞女的百合子，这些苦难、悲哀的印象，同青年学生孤寂、忧郁的心灵，产生了强烈的共鸣。他们的举手投足、音容笑貌都在青年学生的心灵的湖面上泛起了水花，使青年学生的灵魂得到了一次又一次的洗礼与升华。

第一次心灵的撞击及情感的升华是因熏子的纯洁而产生的。在青年学生的眼里，开始一直错把熏子看成是"成熟"的女子。当青年学生从舞女的无拘无束、无邪无欲的神态上明白了她还是个未成熟的"孩子"时，脑子里澄净得好像被擦洗过一样，笑容久久停留在脸上。

第二次心灵的撞击及情感的升华，是青年学生和舞女之间的感情交流。在旅行中，流浪艺人们对青年学生越来越表现出信任、感激。因为人们通常对流浪艺人是猎奇的、蔑视的，而青年学生既不猎奇又不含轻蔑之意，完全忘了他们是属于流浪艺人那一种类的人，这换来舞女对青年学生的赞扬。青年学生感觉到环绕舞女的社会气氛是悲哀的，而自己"孤儿根性"的心灵底色本来就是悲哀的，形成了作品悲凉的基调。在这种悲哀的氛围中，舞女和青年学生在心与心的交流中都互相得到了慰藉，从而使两颗自卑的、灰暗的心变得自信、明亮了起来。

最后，主人公的旅资耗尽，不得不和这队艺人分别。临行前，来送行的舞女默默无语，心中有着说不尽的难受。主人公也默默地登上了船，连一句告别的话语也无法说出口。直到船越走越远，才发现舞女站在小山上拼命地挥舞着白色的手帕。望着渐渐消失的舞女的身影，告别的悲伤涌上了主人公的心头，眼泪扑簌扑簌地往下淌。

这是一个美丽清淡而又包含着非常醇厚的人生品味的故事，作者用朴实、细腻的文字向读者展现出伊豆清丽的风景和少男少女纯洁而又忧伤的爱情。这个故事也可说是一个关于爱而不得，关于忘情的故事。邂逅与告别，告别与永别，这中间是一个情窦初开和自持自省的过程，什么都没有开始便已经结束了。就像日本人心爱的樱花一样，蓬勃而又短暂，鲜艳而又凄凉。

二、《雪国》

《雪国》这部作品，集中表现了川端康成文学创作中的"物哀"思想，在这部作品中，爱情的虚无之美、雪乡的洁净之美与作者个人的悲哀之美达到了极致，令读者看完之后既感到淡淡的惆怅，又深刻体会到了雪国之美。

《雪国》描写的是一名叫岛村的舞蹈研究者，从东京来到多雪的上越旅馆，并在这里结识了妓女驹子。驹子不仅年轻貌美，还会弹三弦琴，在两人交易的过程中，驹子对岛村产生了真挚、深厚的感情。但在岛村心目中，只是将两人的情感看作是露水情缘。

岛村第一次到雪国是在满山一片新绿的登山季节，他从山上下来回到旅馆，想找一个艺妓，女佣人就把驹子领来了，驹子给他的印象是难以想象的洁净。岛村只想和她交朋友，不愿亵渎她。所以让驹子帮忙找个艺妓，但被她拒绝了。驹子坦率地把自己的身世告诉了岛村。她出生在雪国农村，被生活所迫，到东京当过陪酒侍女，之后有一个爱她的男人把她赎了出来。回到家乡雪国之后打算做个舞蹈教师生存下去，可是才过了一年半，那个男人又死了。迫于无奈，只好到三弦师傅家里学艺，有时也到宴会上去表演。最后，在走投无路的情况下当了一名艺妓。岛村也谈了自己对歌舞的见解，使驹子很感兴趣，非常敬佩他。

岛村第二次到雪国是在下过初雪之后的冬天，这次他与驹子的往来更频繁了。驹子告诉岛村，她喜欢写日记，她的日记是从到东京当侍女以前写起的，同时，还经常看小说、记笔记，从 15 岁起，就把看过的书都记下来，这样的笔记本已经累积到 10 本了。后来岛村得知驹子挣钱是为了给她的未婚夫行男（舞蹈老师的儿子）治病。使岛村感到迷惑的是，虽然驹子是为了行男才当的艺妓，但她并不爱他，一直是叶子在照顾行男。岛村对叶子越来越肃然起敬，越来越感到她很神圣，而对驹子的情感也变得复杂起来。第二天，驹子让叶子把三弦和琴谱送到岛村的房间里来，好在这里练琴。岛村发现，驹子弹三弦琴的技巧比当地一般艺妓精湛得多，她不仅用普通琴书来练习，而且还要钻研比较高深的乐谱，这都和她平时不懈的努力是分不开的。不过在岛村看来，这是美好的徒劳，是值得可怜的对遥远未来的憧憬。岛村要回东京，驹子前去给他送行。这时，叶子匆匆跑来，说行男病情危险，要驹子赶快回去看看他。驹子却执意要送岛村而不愿立刻回去，岛村对驹子产生了生理上的厌恶，在回东京的列车上，心里十分难受。

岛村是在蛾子产卵、萱草茂盛的秋天，第三次来到雪国。岛村向驹子打听行男的情况，驹子说，行男已经死了。驹子虽然一心一意爱着岛村，但岛村却觉得这一切都是徒劳的，他一面怜惜驹子，一面也怜悯自己。他看到驹子比以前更成熟了，生活也越来越艰辛了，艺妓的凄凉归宿也开始在驹子身上显露了出来。但他更为叶子的美所倾倒，叶子不仅有美丽的外表，而且有美丽的心灵，她经常去给行男上坟，还求岛村要好好对待驹子。这都使他心里感到十分难受，仿佛梦幻就要消失。岛村这次在雪国逗留了很久，好像忘记了自己的妻室儿女。当冬季临近时，岛村决定离开雪国回到东京。临行前，村里剧场失火，叶子从剧场二楼掉下来摔死，岛村虽始终惦记着叶子的美貌，但此刻也只是略表同情而已。

川端康成在《雪国》中十分善于运用细腻的笔触去着意描摹环境，以景托情创造出一种特殊的气氛，把人物悲苦的心绪与大自然的美熔铸在一起，从而将人物的感情表现出来。《雪国》把自然作为表现感情的旋律来描写，人物与自然融合在一起，从而构成优美的意境。他写雪国的景物，无论是朝霞初露的清晨，还是夕阳西下的黄昏；无论是远方积雪的群山，还是山野里闪烁的灯火，都充满诗情画意。川端康成还两次通过镜面分别描写叶子和驹子的容貌，目的在于使人物的美与环境的美重叠起来，相互映衬、烘托，在有限的镜面之中，勾画出一个蕴含着无限的美的境界，让人叹为观止。

《雪国》集中表现了川端康成的物哀思想，既有对男女恋情的悲哀，也有对世间自然万物的悲哀。《雪国》中，驹子真心爱着岛村，不能自拔，但岛村却清楚地认识到驹子对自己的真爱只是徒劳。这种由男女恋情而出发的物哀之情延伸到第二层，便是对于世间众生的悲哀。川端康成在创作《雪国》时，正是日本军国主义疯狂扩张时期，在整部小说中，川端康成并没有描写任何军国主义战争场景，但他将现实抽象化，把世间万象贯穿在虚无的雪世界中，暗生出世间万事万物皆徒劳的感慨。

三、《千只鹤》

《千只鹤》主要是写男主人公菊治与身边几个女人错综复杂的关系，表现出了不道德的情欲。在日本优雅的茶道中，在清香飘逸的雅致闲适的环境中，菊治一面与亡父生前的情妇发生关系并在情妇死后爱着与情妇长相相像的女儿文子，一面又对先父另一个情妇做媒认识的雪子爱慕不已。就如川端康成自己所说，其目的在于描写不道德的情爱关系。

菊治在儿时就知道父亲的情妇，并对其中一位情妇身感厌恶，就是胸前有大痣的千花子。千花子一边与他父亲暧昧，一边又告诉菊治母亲他父亲与一个情妇太田不纯的关系，并借此大骂太田。但就是这样一个虚伪、八面玲珑又爱着菊治父亲的长舌妇贯串了小说。她给菊治介绍拿着千鹤包美丽纯洁的雪子，她还发现了菊治与太田及其女儿的关系。雪子是灵魂的救赎，是美的化身，文章最终也只是通过不可靠的千花子说出来雪子结婚的消息，这也注定了菊治不可能与一个纯洁化身的雪子在一起。

本篇中复杂的关系来源于相似和替代。菊治与其父亲的相似使太田夫人在菊治父亲死后爱上其儿子，而菊治因太田夫人的去世爱上了替代品太田的女儿文子。孤独的文子也对这个风华正茂、家底厚实的菊治多了一些关切暧昧，但因为知道其母的不耻行为感到羞愧抱歉，最终选择以死结束菊治对太田的想念和这些不道德的伦理关系。

《千只鹤》是川端康成在 20 世纪 50 年代创作的作品，是他的鼎盛时期。所以就艺术技巧而言，《千只鹤》写得圆润纯熟，浑然老到。写作于二战后的这篇作品与前面时期所写的有极大的不同，官能表现突出，突破了伦理道德约束。我们可以看到《千只鹤》是物与人的结合，是寓情于景的。千只鹤是日本传统美，象征着美好的雪子，还有书中所提的文子与菊治相坐在茶室时象征着其父与太田的茶杯等，书中设置的场景甚少，多用对话与景物描写结合，让读者从细腻的描写中看到人物的心思行为，并将其融合在浓郁的日本情调中。在淡化的情节里多出一丝无奈惆怅的凄凉美，便是川端康成的特色。

四、《古都》

《古都》描写了一对孪生姐妹悲欢离合的际遇。姐姐千重子出生后，由于家境贫寒，无力抚养，即遭遗弃，幸而为一位绸缎批发商所收养，成了一个养尊处优的小姐。而妹妹苗子，虽未见弃于父母，却在襁褓中便成了孤儿，孑立伶仃，长大后自食其力，到山里种植北山杉。姐姐千重子优美，文雅，善于感受，赋有少女细腻的心理：春花秋虫，使她联想到大自然的永恒，生命的无限；高耸的北山杉，使她感悟到为人正直之道。而苗子仿佛是挺拔俊秀的北山杉，当雷雨袭来时，在杉林里无可遮蔽的情况下，她便毫不顾惜自己，以身体庇护姐姐。为了不影响姐姐的幸福，她宁可远遁穷乡僻壤，表现出动人的姐妹之情和美好的情操。

作者以大枫树上的两株紫花地丁，来比喻孪生姐妹的命运：咫尺天涯，虽相见有期，却终难聚合。姐妹二人几度相逢，却因境遇不同，实难一起生活。苗子自感身世凄凉，千重子也有人生孤寂之感。由于姐妹俩无力抗拒命运，加之少女们多愁善感的情怀，使小说不仅具有浓厚的抒情气息，还蒙上了一层诗意的感伤。

小说的主题，虽说是写两姐妹的命运，但从全书的结构和作者的旨趣来看，作品刻意表现的，显然是京都的风物人情。京都历史悠久，千余年来，常为建都之地。优美的自然景色和四时风物，足可代表日本山河的妩媚秀丽。各种节令和风俗，体现了日本人民自古以来与大自然搏斗的魄力与传统。一处处的名胜古迹与佛舍浮屠，更反映了日本民族的智慧与情趣。所以，京都堪称是日本传统文化的荟萃之地，是日本人民"精神上的故乡"。不论川端康成写作《古都》的本意如何，就其艺术效果而论，确是表现了京都的自然美和传统美。作者让读者跟着千重子去寻访京都的名胜古迹，欣赏平安神宫的樱花，嵯峨的竹林，北山的园杉，青莲院的楠木，领略一年一度盛大的祇园会，时代祭，伐竹祭，鞍马山的大字篝火……小说好似京都的风俗画卷，使人能体味到日本民族的情趣、日本民族的美。所以，从这部作品，很能看出川端康成的创作特色，即以现代人的感受，用叹惋的笔调，描写日本民族的传统美。

川端康成曾以继承日本的美学传统自诩。正像我国在艺术上历来讲究意境一样，日本自古以来便注重"幽玄"之美，含蓄之趣，讲究作品读完使人觉得余情绵绵，韵味深长。川端康成作品里简约含蓄的语言，意在言外的象征，自由飞动的联想，的确继承了日本古典文学中的美学传统。

第二章　川端康成审美意识探源

第一节　东方传统文化的浸染

　　川端康成在作品中描写的文化现象或事物是对东方传统文化的具象化再现，一尘不染的雪国、温婉动人的东方女性、历史悠远的京都、清寂素雅的茶室，正是这些文化符号的组合，构成了作家的文学世界。这些符号是表现传统文化最形象的载体，是川端康成"立足于日本的传统而开出的灿烂的文学花朵"①。如果说文学世界是传统开出的美丽花朵，那一个个文化符号就是培育花朵的种子。

一、东方美学

　　川端康成通过其文学创作给我们充分展示了"意境""意象""境界"等东方美的魅力，进一步丰盈了"空灵美""哀怜美""虚幻美""朦胧美"等审美形态的内涵，可以说是东方审美形态的集大成者，他把"天人合一"的本体论审美推向了极致，显示了与西方纯形式主义审美趣味和实用主义审美态度相左的东方传统审美意识的深度。

　　将"天人合一"的人文精神追求和生命哲学思索推及至艺术审美，就表现为文学创作中"意境""意象"等东方审美境界的创制。东方传统美学的一个

---

① 孟庆枢：《历史的丰碑·川端康成：东方美的痴情歌者》，吉林人民出版社，2011，第34页。

重要特征就是追求意境、境界。意境、境界之所以成为东方艺术审美不可磨灭的神秘魅力，就是因为它深蕴着东方文化关于宇宙人生的追求和丰富哲思。川端康成文学自然审美的意义，不仅在于他在文学创作中贯彻了这一审美理想，而且，还在于他以此为基础建构了丰富的审美形态，如空灵美、朦胧美、哀伤美、虚幻美等。尤其是对哀伤美和虚幻美的明确绘制和主动追求，可以说使川端康成文学的自然美探索真正获得了现代意义，也使川端康成在真正意义上成了"东方美的现代探索者"。因为川端康成文学的这一审美形态在深层次上已和现代哲学、现代美学所揭示的人生虚幻感、世界荒谬感、精神异化感相通。然而，"虚幻感"的确又是以"天人合一"为基础的东方境界美的重要特征。

《中国古代的人学与美学》一书认为，境界美的哲学基础是形而下的现象界与形而上的本体界的统一，是有限与无限的统一，也就是"天人统一"，其具体的实现形态是"缘心感物时恍然呈现的心理幻影"，也就是说，以"天人合一"为基础的"境界"，其本身就是一种虚幻的美。它不是指实实在在的景，而是指弥漫在景物周围的恍恍惚惚的似有若无的景，主要是无限的有意义的虚空。这是虚幻的人生境界，也是自由的人生境界。正因为它是虚幻的，所以才是自由的。在实际的人生境界中，人所感受到的是不自由。他无法克服与环境的矛盾，也就是无法摆脱环境对他的制约。只有在这种一情独往、妙悟天开的虚幻境界中，环境化为心灵的环境，心灵化为环境的心灵，它们之间的矛盾消失了，人才会感到一种妙不可言的自由。最后，作者指出，境界论的美学大约比形象论的美学更贴近人生、更适应人的感性心灵、更符合审美的实际。① 也就是说，更接近生命的本体和审美的本体自由与超越。无独有偶，日本现代美学家今道友信在其名著《东方的美学》中也有类似的论述。他认为审美的最高沉醉是精神实现了通过物而完成的向物的突破，精神由此与"无"合为一体。但这个"无"是充满了意义的"无"，"精神规定了'无'的形态，'无'对于精神因此成为可见的了"②。这又和川端康成所言"虚无是无边无际无尽藏的心灵的宇宙"之含义相近。由此看来，"虚无"也罢，"虚空"也罢，"虚幻"也罢，也就的的确确成了东方美学独有的一种审美形式了。

川端康成文学中的诸多审美形态，都是东方"天人合一"审美境界的体现，而"天人合一"作为东方最理想的审美境界，它浓缩着东方文化关于宇宙人生

---

① 成复旺：《中国古代的人学与美学》，中国人民大学出版社，1992，第302页。
② 今道友信：《东方的美学》，蒋寅译，生活·读书·新知三联书店，1991，第132页。

的远大追求和丰富哲思,可以说是东方人文精神、哲学思想、美学追求千年绵延而来的一种审美积淀,因而具有非常丰富和复杂的内涵。也正是在这个意义上,我们才说川端康成文学的自然审美显示了不同于西方纯形式主义审美趣味和实用主义审美态度的东方自然美意识的深度。

二、茶道

茶道属于东方文化,最早起源于中国。在中国,"道"的概念起源于老子《道德经》中的"道生一,一生二,二生三,三生万物"。关于"道"的概念并没有统一的说法,因为连老子本人都说"道可道,非常道"①。从一般意义上理解,中国的"道"大体是指世间万物运行的法则。"道"的精神启示人们万事万物皆有其运行的规律,宇宙始于无,万物的存在只是无的浅层表现。茶作为一种载体,与"道"中"悟"的精神巧妙地融合在了一起,此即所谓"茶道"。

茶道虽起源于中国,但却在日本得到了丰富与保留。公元1191年,日本僧人荣西将茶种带回国内,由此开启了日本的茶道文化。荣西曾在《吃茶养生记》中记载,日本的茶种以及种茶、制茶、煮茶、饮茶等也都借鉴了中国。与中国的茶文化侧重养生之道不同,日本的茶道则与禅宗思想密不可分。茶道在日本的发展经历了自上而下的过程,受中国茶文化的影响,日本文化在吸收了中国茶文化的精神内质后将其仪式化。作为修身养性的艺术,茶道是日本江户和明治时代盛行的文人乐趣。日本文化学者谷川彻三认为,茶道是以人的身体动作为媒介的一门表演艺术,它包含了艺术、社交、礼仪和修行等四个要素,以艺术要素为首,四要素互为一体。②

在古雅幽静的茶室中,三五好友围炉而坐,畅聊人生。喝茶是具有东方特色的一个文化象征。对于茶,川端康成是有细致研究的,也深谙其理。他曾在《我在美丽的日本》一文中谈了对茶的看法。"泡茶的浓淡,至今仍然是根据个体的爱好而定,宾客向主人探寻茶叶的品名,已成为一种礼仪。制茶铺给各种茶叶安上繁多的风雅名称。也许同煮咖啡、沏红茶一样,从点茶的香和味中,

---

① 《老子今注今译(参照简帛本最新修订版)》,陈鼓应注译.商务印书馆,2012,第73页。
② 李红:《和敬清寂 茶禅一味:论日本茶道》,《河南大学学报(社会科学版)》2013年第2期。

可以表现出点茶人的人品和心地。"① 他还说："崇尚'和敬清寂'的茶道所敬重的'古雅、闲寂',当然是指潜在内心底里的丰富情趣,极其狭窄、简朴的茶室反而寓意无边的开阔和无限的雅致。"② 川端康成在其多部作品中都提到了茶道。喝茶时茶室的环境、挂画的搭配、茶碗的选择都是茶道所讲究的。作家从选茶、煮茶、喝茶等方面对茶道进行了详尽的再现。

小说《古都》中游客在赏樱休憩时会选择品赏淡茶,也正是这时千重子重遇好友真砂子。"千重子,我想请你帮个忙。我刚才帮师傅伺候茶席来着!""我这身装束顶多只能帮忙洗洗茶具。""一起进茶室喝喝茶好吗?""我那位茶道朋友长得标致吧?"从两人简单的对话中就可以看出茶道在服装、技巧上的讲究。茶道既是人休闲的一种方式,又可以从中看出一个人的品质。

小说《千只鹤》中茶道更是贯穿始终。小说第一句就为故事的展开做了铺垫。"菊治踏入镰仓圆觉寺内,对于是否去参加茶会还在踌躇不决。"在第一次茶会上,菊治认识了一个"拿一个用粉色绉绸包袱皮包裹的小包,上面绘有洁白的千只鹤"的稻村小姐。"房间面积约莫八铺席,人们几乎是膝盖挤着膝盖并排坐着。似乎净是些身着华丽和服的人。"作家通过让稻村小姐点茶展现她的美,"她那淳朴的点茶做派……可以领略到她的高雅气度。嫩叶的影子投在小姐身后的糊纸拉门上,使人感到她那艳丽的长袖和服的肩部和袖兜隐约反射出柔光。"通过介绍绘有嫩蕨菜图案的织部茶碗的来历,暗示了太田先生、太田夫人、菊治父亲和近子的隐秘关系。

川端康成说:"我的小说《千只鹤》,如果被认为只是描写茶道的'心灵'和'形式'的美,那就是误读。然而这部作品是对当今俗恶茶习的怀疑和惊醒,并予以否定。"由此可见,他描写茶道并不仅仅是为了表现传统之美,而是对现实的批判与复兴民族文化。

小说《岁月》中以描写茶具之美最为出色。如松子随父亲参观茶室时,对伊贺花瓶做了细致的描绘:"宛如一枚神秘的夜光贝,在海底熠熠生辉。经水打湿后,格外艳丽妖娆。伊贺瓷的釉面青里透黄,给周围那片微明薄暗一衬托,愈益显出蓝盈盈的光泽。"

由上可知,茶道在川端康成文学中展现了东方传统美学,其所追求的"和

---

① 川端康成:《川端康成谈创作》,叶渭渠译,北京:生活·读书·新知三联书店,1988,第278页。

② 川端康成:《雪国 古都》,叶渭渠、唐月梅译,作家出版社,2006,第205页。

敬清寂"境界也代表川端康成作品的淡雅风味和作家对高雅生活的向往。茶道，帮助世人从空寂中寻求内省，进而超越世俗，保持一种超脱的心灵境界。

三、围棋

围棋同样起源于中国，后由日本学者的吉备真备在公元 735 年带到日本。作为一种文人雅士的饭后休闲，"弈棋台上，松风流水中，棋子每随松子落，柳丝常伴钓丝悬，自有一种幽深清远的林下风流。禅宗追求一种自然、适意、清净、淡泊的人生，而在审美情趣上，则趋向于清、幽、寒、静。"①围棋在《古事记》《源氏物语》《枕草子》等日本文学名著中皆有出现。无论是在中国还是日本，围棋都被视为一种高雅的活动。

作为一项竞技，围棋是独特的。棋手的实力可能千差万别，但是可以通过让子的方式找到平衡点，实现"中和"，这是一种平等精神。首先，棋盘上的空间是公有的，任何一方都可以随意落子，而不像象棋等明确地划分出双方的地盘；其次，每一个棋子都是平等的，不存在将帅兵卒之分；最后，即使一处败着，仍可在别处重开战局，胜负不全凭某一颗棋子，最终以集体成果分胜负。这种平等也是一种和谐均衡的美。

川端康成的一生都与围棋相伴。初三时，他从同学母亲那学会下围棋，从此就与围棋一生相伴。1924 年之后的三年间，川端康成旅居伊豆汤岛，在此期间，他经常与赋闲老人浅田翁切磋棋艺。此外，川端康成与日籍华人吴清源也是十分要好的朋友。吴清源祖籍福建，14 岁时东渡日本。在 25 岁之后的 15 年间，他所向披靡，打败所有日本遗留高手，创造了日本棋坛史上的"吴清源时代"。川端康成与吴清源在 1932 年认识，此后的 40 年间，两人的联系从未中断，川端康成十分钦佩吴清源，写了 110 余篇关于他的文章。

中篇小说《名人》塑造的就是一位将围棋视为生命的棋手秀哉名人的故事。在秀哉名人的世界里，追求棋与生命的融合是他的毕生奋斗目标。名人的对手是大竹，在双方对决的过程中，大竹每一步棋都要思考很长的时间，有时甚至几个小时。名人宽容忍让，耐心应战。当看到对手将围棋艺术世界破坏时，他心情受到影响，最终败下阵来。名人的棋士之风，代表的是气度与风范。秀哉

---

① 何云波：《围棋与中国文化》，人民出版社，2001，第 329 页。

名人是传统围棋精神的卫士，他在围棋中达到了人的生命的内在和谐与安宁，每走一步棋，都蕴含着人生的智慧。

四、东方女性形象

川端康成作品的成功，离不开人物形象，尤其是其塑造的传统东方女性形象。说到东方女性，较之于西方，无论在外貌形态还是在精神内在上都存在较大差异。一般意义上来说，东方女性具有温婉贤淑，相夫教子的美德，可以为了家庭牺牲一切，具有奉献精神。而西方女性更加自由开放，充满现代主义气息，她们追求的是一种更加独立自主的生活方式。

川端康成作品中的女性是一种典型的东方女性形象。下面试举几个富有代表性的女性加以分析。首先以川端康成的获奖三部曲小说为代表，《雪国》中的驹子，"她梳理着一个我叫不上名字的大发髻，发型古雅而又奇特。这种发式，把她那严肃的鹅蛋形脸庞衬托得更加玲珑小巧，十分匀称，真是美极了。令人感到她活像小说里的姑娘画像，头发特别丰厚。"作家用几笔就勾勒出一个东方女子的形象。驹子和叶子，这两个人可以说是互为补充的形象，如果说驹子是作家塑造的具体实在，那叶子则是精神存在。驹子出身低微，自己的命运从小就不受自己把控，在东京过着下层女性的生活。后随舞蹈老师迁至雪国，一个远离城市的乡村。年轻貌美的她热爱生活，做事执着有力。为了给行男看病，她最终沦为艺妓。叶子有着谜一样美丽的声音和清澈的心灵，她关心家庭，单纯善良，心里爱着行男，日夜不停地照顾他，不离不弃。当行男死后她还经常去墓碑前祭奠他，钟情如一。

再看《古都》中的千重子和苗子，这对孪生姐妹在一次偶然的机会中因为面貌几乎一致而相认，姐妹俩出身于一个家庭，最终却因为命运的安排过着截然不同的生活。一个在城市享受大小姐般的荣华富贵，一个却在乡村干着养家糊口的粗活。但是不同的人物命运却没有使姐妹俩的性情变得不同，两个人都是单纯善良，乖巧懂事的女性。在养父母的家庭中都扮演着举足轻重的作用。千重子敢爱敢恨，爱憎分明，知书达理，与养父母犹如至亲；苗子则坚忍顽强，不因生活的困苦低头。苗子虽然已经与姐姐相认，但又怕影响姐姐一家的生活，所以始终不愿意到千重子家做客。由此可以看出她的善良。

《千只鹤》中的文子，操持家务，贤良淑德。父亲早逝，对于母亲的孤单她能设身处地地为其着想，就连对待母亲的情人（一个有妇之夫）她也像对待自己的父亲一样尊重有加；当得知母亲与情人的儿子菊治发生关系后，她虽然痛苦，但对母亲仍没有一句责备，她还亲自找到菊治，为母亲的行为感到抱歉，并在母亲去世后把家事料理得妥妥帖帖。文子是包容的，对于痛苦她总是选择默默承受，总是站在别人的角度考虑，她具有一种博爱的奉献精神。

《伊豆的舞女》中熏子也是带有典型的东方女性特征的形象。第一次看到主人公"我"时，她主动让座，并把坐垫翻过来给"我"坐，怕弄脏了我的衣服；给我递茶水时，又因为紧张不小心把茶洒了出来；与"我"下棋时，脸也会不由自主地红起来；每次见到"我"时，总是害羞又有礼貌地打招呼。性格内敛，情窦初开但又害羞不敢表白，思虑周到细致，可爱调皮却又不失少女本色，其实不仅是日本，在中国也可能会在旅途中遇到这样的女子，无论是中国还是日本，同属东亚文化圈，由此可以说这部小说成功塑造了熏子这个东方少女形象。

川端康成笔下的这些女性形象，温婉动人，贤良淑德，具有奉献精神，代表了传统东方女性的特质。

"明治以后，随着国家的开化和振兴，曾出现过伟大的文豪，但我总觉得许多人在学习和引进西方文学方面，耗费了青春和精力，大半生都忙于启蒙工作，却没有立足于东方和日本的传统，使自己的创作达到成熟的地步，他们是时代的牺牲者。"[1]通过作家的自述可以发现，川端康成之所以写传统文化，表现民族之美，是因为这些东西正在遭受破坏。悲痛之余，他只能用手中的笔，画出历史的原貌，借以帮助民众找回曾经的记忆。

东方传统之美表现在人与物的方方面面，如甘于奉献、温柔可人的东方女性，清寂典雅的茶道，讲究阴阳调和的围棋，充满历史底蕴的古城落。川端康成善于捕捉生活中的细微之处，并将其放入传统的文化语境中。这种美表现了其民族的人文精神，同时也展现了带有地域色彩的东方文化。

---

[1] 川端康成：《川端康成谈创作》，生活·读书·新知三联书店，1988，第263页。

第二节　西方现代主义文学思想的洗礼

从外部环境看，复合型的日本文化，具有包容心态的日本国民，推行全部欧化政策的日本社会，动荡的日本社会形势，混乱纷争的日本文坛都为川端康成接受西方现代主义文学的影响提供了客观条件。从川端康成的个人情况来看，悲惨的身世，不幸的遭遇，过早地接触死亡，使得川端康成对人生、社会有了更深的认识，在他的内心深处潜藏着难以名状、难以消除的悲哀，时时侵扰着他脆弱的心。这种低沉、悲哀、孤独的情绪与西方现代作家对人生社会的认识相似，于是接受西方现代主义文学的影响也就顺理成章了。

一、不同时期与西方现代主义文学的关系

（一）学生时代

川端康成与西方现代主义文学的关系最早可以追溯到川端康成上学时期。当时的川端康成对文学产生了浓厚的兴趣，立志要当一名文学家，于是他放弃了游戏娱乐，更加发奋学习，广泛地涉猎古今世界名著和日本名著。他读的外国作品中最多的是俄国文学，他尤其喜爱陀思妥耶夫斯基和契诃夫等人的作品。正如他说："我迷恋陀思妥耶夫斯基，而不欣赏托尔斯泰。可能由于我是个孤儿，是个无家可归的孩子，哀伤的漂泊的思绪缠绵不断"[①]。而陀思妥耶夫斯基以其卓越的心理描写艺术被日后的西方现代派称为始祖。可见，川端康成从学生时代就开始有意无意地接触一些类似于西方现代派的作品，从中汲取营养。同时，川端康成还读了惠特曼、乔伊斯、泰戈尔等人的作品，这一切都对他日后的创作产生了重要的影响。此外，当时的日本文坛对他也有很大的影响，川端康成上中学时，日本近代文学正处于鼎盛时期，在西方文艺思潮影响

---

① 叶渭渠：《冷艳文士川端康成传》，中国社会科学出版社，1996，第 8 页。

下产生的自然主义、白桦派、新思潮派、唯美派文学都十分活跃。这些派别的作品使川端康成很早便间接接受西方文学的洗礼，使他很自然地能够跟上西方文学的节拍，逐渐具备了一个现代作家的基本素养，使他能够很自然地接受西方现代主义文学的影响。

（二）新感觉派时期

二十世纪二十年代，日本文坛基本处于沉寂、停滞的状态，1908年形成的自然主义文学由成熟开始走向衰微，其间出现的"白桦派""新思潮派"都未能改变整个文坛的这种局面。川端康成对此极为不满，于是与横光利一、片冈铁兵等一批有才华的年轻作家致力于引进西方现代派文学，为日本文坛带来新鲜的空气。在这种情况下，日本文坛第一个真正意义上的文学流派——新感觉派诞生了，川端康成成为新感觉派运动中的旗手。新感觉派诞生之初即遭到著名作家广津和郎、生田长江、宇野浩二等人的强烈反对，他们批评新感觉派的神经和感觉是异常的、病态的，是代表颓废文学的。为此，川端康成在《文艺时代》发表《新进作家的新倾向解说》，对新感觉派运动的兴起，新感觉派的内涵，表现主义的认识论及达达主义的思维方式等进行了论述。这篇文章一方面有力地回击了外界的批评，另一方面也系统地介绍了新感觉派，指出了它的理论根据与创作方法。首先，川端康成对新感觉派文学运动的蓬勃兴起和作家的创作活动给予了充分的肯定，他说："所有对文艺感兴趣的人，今天必须注意的首要目标，就是当今涌现出来的新近作家，就是新近作家的'新'。理解他们的'新'，就获得了通向新文艺王国不可缺少的唯一入场券。没有获得这张入场券的人，在明天的文艺界，就失去了当作家和借鉴家的资格。"① 而这里所谓的"新"就是指这批作家重视感觉和讲究技巧的共同倾向。其次，川端康成还谈到"表现主义的认识论"和"达达主义的思维方式"。事实上，川端康成与达达主义、表现主义的渊源极深。早在1923年，川端康成的同学北村喜八在为一份美术刊物撰写文章介绍达达主义的时候，引起了川端康成极大的兴趣，几天后，川端康成再次去北村喜八的住处探讨表现主义和达达主义等新思潮。他似有所悟，在日记中写道："刻下正在开始考虑新表现和新创造问题。"②

---

① 韩春红：《浅析川端康成的日本新感觉派文学理论与创作》，《名作欣赏》2014年第5期。
② 叶渭渠主编《川端康成文集》，广西师范大学出版社，2002，第338页。

国外的新思潮使他找到了知音，使他不再关心旧文坛，而投身于新文艺的创造。可见表现主义、达达主义对川端康成的影响。

在《新近作家的新倾向解说》中，川端康成具体介绍了新感觉派的理论根据，他说："因为有我，天地万物才存在，自我的主观之内有天地万物，以这种情绪去观察事物，就是强调主观的力量，就是信仰主观的绝对性，企图以这种情绪来描写事物，就是今天的新近作家的表现态度。""眼下日本还没有发现表现主义小说家，但我觉得今天的新感觉的表现，在认识论上与表现主义的理论依据是一样的，他们是可以结伴的。"①此外，川端康成还谈到达达主义，认为达达主义采取反抗一般的思维表现方式：我们通常把一些杂乱无章的不着边际的思维加以选择、整理，按秩序付诸语言和文字，而达达主义则是让意识随意流动，将这种意识不加整理地表现成文字，认为这是最真实、客观的，同时也是感觉的。而新感觉的思维方式与达达主义相似，往往打破理性思维，捕捉瞬间的感受，给人一种零乱的感觉，但却是最真实的体现。由此可见，达达主义、表现主义与新感觉派的密切关系。对此，川端康成在《答诸家的诡辩》一文中指出："可以把表现主义称作我们之父，把达达主义称作我们之母，也可以把俄国文艺的新倾向称作我们之兄，把莫朗称作我们之姐"。

总之，新感觉派时期也是川端康成初登文坛探索与西方现代主义文学关系的第一个回合，他极力提倡以表现主义、达达主义为核心的新感觉手法，但最终由于无视现实、偏于极端、单纯追求新奇形式，未能在日本传统中消化该手法而归于失败。但他却积累了经验使得该手法在其以后的文学创作中大放异彩。

（三）新心理主义时期

新感觉派解体后，川端康成开始转向新心理主义。新心理主义是川端康成探索与西方现代主义文学关系的第二个时期。新心理主义从其本质上看与新感觉派是相通的，可以看作是新感觉派运动发展的继续。与新感觉派一样，新心理主义也同样受到非理性主义哲学，特别是柏格森的直觉主义、弗洛伊德的精神分析学说的影响，新心理主义否定理性认知，认为内在直觉是获得认识的唯一方法，而直觉即意识。只不过新感觉派在描写直觉时，运用象征、暗示、自由联想等手法表现自我感受和主观感情，而新心理主义则在作品中广泛地使用

---

① 川端康成：《川端康成谈创作》，生活·读书·新知三联书店，1988，第32页。

自由联想、内心独白等纯意识流手法，从更广阔更深刻的意义上揭示人物的潜意识。日本文艺理论家伊藤整对新心理主义做出了重要贡献，他不但译介了乔伊斯的理论和作品，而且创作了《作为方法的意识流》，他说："无论是乔伊斯，还是普鲁斯特、伍尔芙，尽管他们的作品中心理写实主义的表现方法因外观上的晦涩而受到种种非难和打击，然而时至今日一个明白无误的事实是，无视新的心理主义便无法取得进步。"①伊藤整认为："不实践、超越这一新开化的小说领域，便无法加入描写新人类的明天的小说创作。"②伊藤整的观点给日本文坛带来很大震动。早在新感觉派期间，川端康成便对新心理主义大加欣赏。据说川端康成在《新心理主义文学》出版纪念会上就曾赞扬说，由于伊藤整翻迄今为止为文学所做的业绩，这样的会再开几次也不多。此后，川端康成便大量阅读了伊藤整译的乔伊斯的作品，后来又买了乔伊斯的原著同日译本对照着阅读，潜心研究，企图从意识流的创作手法上寻找自己的出路。他首先试写了《针与玻璃与雾》和《水晶幻想》，但最终被认为是"试验性失败之作"。究其原因，主要是没有很好地总结新感觉派时期失败的教训，仍然坚持横向移植，仅仅停留在对意识流技法的简单模仿，不能从根本上将这一技法与日本传统相结合，因此失败也就在所难免了。

（四）成熟期

川端康成曾一度摒弃了传统，狂热追求西方的东西。这种全盘西化的追求并未给川端康成的创作带来成功，因此他开始重新审视自己的文学之路，于是将目光转向了传统，并公开表示："我们的文学虽然随着西方文学的潮流而动，但日本文学的传统却是潜藏着的看不见的河床。"③这一时期的川端康成虽然开始回归传统，但并非一味地简单地继承，他执着于日本传统，在此基础上采用、加以改造，形成了适合东西方思维习惯与审美意识的西方现代表现技法。总的来说，川端康成主张"日本既是日本的，也是东方的，同时也是西方的"④，即创造出一种新的日本文学，既有传统的，又有现代的，既有东方的，又有西方的，但其根是传统的、日本的。在这一时期，川端康成很好地处理了

---

① 千叶宣一：《日本现代主义的比较文学研究》，中国社会科学出版：238社，1997，第237页。
② 千叶宣一：《日本现代主义的比较文学研究》，中国社会科学出版：238社，1997，第238页。
③ 川端康成：《川端康成谈创作》，叶渭渠译，生活·读书·新知三联书店，1988，第3页。
④ 叶渭渠：《冷艳文士川端康成传》，中国社会科学出版社，1996，第2页。

与西方现代主义文学的关系，一方面他在作品中表现了日本的传统精神，同时又融入了一定的西方现代精神、现代意识；另一方面他大胆地采用加以改造的西方现代表现技法，将这种表现技法与日本的传统表现方式相融合。正是由于出色地处理好了日本传统文学与西方现代主义文学的关系，才使得川端康成文学既是西方的，又是东方的，从而使其文学走向了世界。

总之，无论是日本文化的特点及当时社会的整体氛围，还是川端康成本人的气质，都为川端康成接受西方现代主义文学的影响创造了条件。从川端康成个人的创作道路来看，川端康成的文学之路就是在如何处理与西方现代主义文学的关系中展开的，西方现代主义文学对川端康成文学的形成产生了重要影响。

二、川端康成作品蕴含的现代意识

川端康成的一些小说表现了现代人的理智和感觉，对现代人的精神状态进行了多层次的深入挖掘，展现了现代社会人与人之间关系的疏远，现代人病态、变态的行为及内心的失落、孤独、荒诞感。这与西方现代派文学中体现的现代意识极为相似。无可否认，西方现代文学的现代意识对川端康成产生了一定的影响，同时川端康成也将西方现代文学中表现的现代意识融入了日本传统文化精神之中，以一种新的方式审视现代人的感受。

（一）异化感、荒诞感

现代资本主义社会的深刻危机带来了人的全面异化，现代人强烈地感觉到人与自然、社会、他人、自我的和谐关系消失了。在个人与物质文明方面，现代人深切地感受到物质文明的高度发达给人带来精神上的痛苦，使人陷入威胁、恐惧之中，认为物质世界有抑制人的生命体，扼杀人性甚至毁灭人类的危险。艾略特在他的《荒原》中就描绘了物质世界使人的精神世界毁灭的可怕情景，奥尼尔的《毛猿》也表现了物质文明发达的现代社会使人的价值等于甚至低于禽兽。在个人与社会方面，现代人认为社会固然给个人以安全感，但社会力量又在有形或无形中制约着人，使人在强大的社会面前显得渺小无力，个性丧失，被社会所异化。尤奈斯库的《犀牛》描述了一个把人变成犀牛的故事，开始只是一个人变，后来是一群群的人变，最后只剩下出版社的一个小职员贝朗吉没有变，他孤独地呼喊："我一定要一个人对付整个世界！""我是最后一个人，我将坚持到底！我决不投降！"这个戏剧通过荒诞的变形手法反映了现代社会对人造成的伤害，使人变异。在个人与他人方面，现代社会使人与人的关系极端恶化，人与人之间相互对立，他人的存在对自己的利益构成了威胁。因此，在现代社会，人与人之间互相仇视、相互残害。现代派文学就给我们展示了一幅幅现代社会人与人之间充满敌意的可怕画面，如斯特林堡的《鬼魂奏鸣曲》，描写了人与人之间的彼此残杀，卡夫卡的小说描写了人与人之间的无法沟通。在人与自我方面，现代社会使人异化成非人，失去了人的价值，失去了自我的本质，于是，"寻找自我""寻找归属"成为现代人常见的精神问题。伍尔芙的意识流小说《波浪》就是通过六个兄弟姐妹的独白，专门谈论有关"自我"问题的。美国黑人作家艾里森《隐身人》的主人公因找不到自我而成为他人看不见的"隐身人"，对自我的探讨、寻找自我归属，表现了现代作家对人自身的思考。总之，现代作家对现代人的异化进行了全方位的展示，表现了现代人内心的异化感。

川端康成对残酷的现实人生有着敏锐的洞察力。他致力于表现现代人的精神危机，探究现代人内心复杂的感受，表现现代社会人与自我、人与人、人与社会之间的疏远、冷漠及现代人变态、病态的行为。如在《山音》中，川端康成就描写了信吾一家几个人物的性格由于战争的残酷和战后的艰苦环境而被扭曲了。在作品中，信吾与妻子、儿子、女儿都存在着难以消除的冷漠，却对自己的儿媳产生了些许爱意。因为他在儿媳身上发现了自己曾爱恋过的大姨子的美，但又始终无法超越道德的界限，走上乱伦和堕落之路，而只是限制在"精神上的放荡"，在行为上以更多的理智加以制约。信吾的儿子修一也处于精神的麻木状态中，他的家庭观念和社会道德被战争扭曲了。他与妻子、父亲等家人难以沟通交流，过着放荡的生活。他与战争寡妇绢子产生的婚外恋，并非是出于真情，而是由于两人身心都受到战争的创伤，同病相怜。战争寡妇绢子在战后无依无靠，一个弱女子已经无法再忍受孤独和伤痛，她明知修一已有妻室却还与他往来，并且决定生下一个自己的孩子，借以寻求生的希望与理由。尽管修一与信吾苦苦相逼，甚至修一对她拳打脚踢，她也不为所动，并苦苦哀求："我不会要求别的什么，我只要求能让我生下这个孩子！"总之，作品展示了战争造成的一代人的精神麻木和颓废，在这里人与人无法理解难以沟通，人性都存在着不同程度的扭曲与变形。在《湖》中，主人公银平的孤独感，是由于他生就的一双像猿猴般丑陋的脚而引起的，因此他同这个社会产生了隔阂，他希望通过肉体这部分丑陋得像猿猴一般的脚，向往美和追求美。于是他就用他丑陋的脚去追逐美貌的女性，寻找一种想象中的美，以统一美和丑，来解脱自我。他企图以这样一种复杂而荒诞的感情，来治愈自己心灵的创伤。然而，丑与美永远是对立而存在的，追逐女性并未能治愈自己内心的寂寞，也未能找回失落的自我，他始终处于精神的痛苦中。他的不幸遭遇反映了现代人自我的异化及与他人关系的紧张。

川端康成的作品还表现了对现实合理性的怀疑，表现了现代人内心的荒诞感。如在《睡美人》中，江口是一个丧失性功能的老人，面对自己的老丑，为了战胜死亡而多次来到"睡美人俱乐部"。小说描写了老人通过视觉、嗅觉、触觉、听觉等手段来爱抚睡美人，希望以这种方式与睡美人进行实际不存在的、抽象的交流，或曰生的交流，借此追忆逝去的年华。在这里，老人在虚幻的氛围中，以这样一种荒谬的形式表达了自己对生命的渴望，也反映了老人对现实世界荒诞性的理解。小说详尽、真实地描绘了老人在半昏迷、半清醒的状态下混乱的意识流动，如回到了童稚时代，想到了自己的母亲，女人及自己一生做的恶等。以世俗的眼光来看，江口老人属于社会上的成功人士，然而在他一生的回忆中却充满悔恨与痛苦，他渴望回到童稚时代。从老人混乱的回忆中，不难看出现实社会的荒谬性，人生的无意义，在一定程度上流露出了现代人内心的荒诞感。又如在《一只胳膊》中，写一个姑娘卸下一只手臂，借给男主人公一个晚上，男主人公回家以后，便抱着这只手臂作为女人本身的象征，借助超现实的幻想，来追求人性不可或缺的部分，企图从狂热的性享受上得到满足。残酷的现实扭曲了人的自然人性，小说以怪异的形式给我们展示了现代人的病态和变态，同时也反映了现代人内心的荒诞感。

以上分析了川端康成小说中表现的现代人的异化感及对现实的荒诞感。西方现代作家往往通过人性的变异、甚至变形表现人的异化、现实的荒诞，而川端康成却通过描写人的一些不正常的、病态的、变态的情欲，表现人的异化及现实的不合理，如《千只鹤》中的菊治，《山音》中的信吾，《睡美人》中的江口老人。现代作家在表现现实世界的荒诞时，往往会陷入一派虚无颓废中，而川端康成引入了佛禅对世界的认识，从禅宗里找到了一种安慰生命的思考方式，使人在感受到残酷现实的同时，又保持了从容的心态。

（二）孤独感

二十世纪的西方社会是一个病态的社会，物质生产的突飞猛进给现代人的精神世界带来了空前的重压，人们普遍感到现实世界无法把握，内心充满了焦灼不安、迷茫痛苦、孤独失落。现代派作家致力于探索现代人的这种孤独的精神世界，致力于探索人与社会，人与人，人与自然和人与自我关系的对立，表现人在这种对立关系中极端孤独的心理。斯特林堡在《鬼魂奏鸣曲》中让人与鬼魂同时登场，把现实与虚幻混杂在一起，展示人与人之间的彼此倾轧和残杀。用剧中人的话说就是"不是你喝干我的血，就是我掐断你的咽喉。"奥尼尔的《毛猿》以辛辣的笔触，道出人与人之间的不可沟通。主人公只好与猩猩为友，寻求理解，结果被猩猩掐死。尤奈斯库在《秃头歌女》中一反常规，用荒诞的形式来说明人与人之间互相隔绝、陌生的关系达到了十足可笑的地步。一对夫妇应邀赴宴，见面后竟互不相识，无话可说，尴尬万分。两人经过回忆来伦敦的路线、乘坐的车辆，家中的摆设和女儿的特征以后，才恍然大悟：原来两人是乘坐同一辆车来的，住在同一间房子里，睡在同一张床上，"啊，我们原来是夫妻！"而且还有一个两岁的女儿。夫妻间的关系冷漠到如此的地步，人与人之间的孤独和隔膜就可想而知了。

川端康成深受西方现代文学影响，他也特别注重在自己的小说里表现现代人的孤独感和失落感。但川端康成小说中表现的孤独感却有别于西方现代派小说中现代人的孤独：他表现的孤独更多地融入了自己的经历、体验及日本传统的美学观念。川端康成从人道主义精神出发，本着对人性的关怀，不仅以同情的心态表现了下层人物悲惨的生活境遇，而且深入到人物的内心世界，表现其内心孤独、哀伤的情绪。这一点可以说贯穿了川端康成创作的始终，由前期对个人孤独感的描写发展到后期对现代人孤独境遇的展示。

川端康成前期的作品受其"孤儿情结"的影响，带有明显的自传性色彩，多从自我的角度阐发内心的那份孤独、忧郁、哀伤的情绪。在《伊豆的舞女》中，"我"是一个孤儿，为排遣现实生活的苦闷决定到伊豆旅行。从作品的一开始，"一位孤儿一人独自旅行"就给整部作品加上了一种沉重的色调，接着作品中写到，为使孤寂的心得到些许安慰，"我"多情地追随一伙艺人并与舞女产生了微妙朦胧的恋情。作品从一人独自外出旅行开始，到孤独一人最后踏上归程结束，从孤独开始到孤独结束，把"我"内心难言的心境，表现得入木三分。在作品中，作者把自己的身世之感，与艺人"同是天涯沦落人"的失落心态，"离别之悲"，这几种复杂的感情交融在一起，形成了作品忧郁悲凉的孤寂氛围。这就更加渲染了"我"内心的孤独感。又如《十六岁的日记》写于作者的祖父病逝之前，他克制着悲痛欲绝的心情守护在弥留之际的祖父身旁，以极其冷静的目光，客观地观察着祖父的一举一动，琢磨祖父的一言一语而获得敏锐的感受，然后将这些感受表达出来。据作家自我介绍，在写这部作品时，他的家人几乎都死绝了，只剩下祖父一人。现在他唯一的亲人也将离他而去，作者当时痛苦、孤独的心情我们不难想象。可见，这部作品就是作者在当时苦闷、孤独的心境下写成的，因此作品充溢着作者痛苦、孤独的真实体验。总之，川端康成前期的作品多从个人的角度表达人物内心的孤独。

川端康成后期的作品对人性的探索表现得更加成熟，由前期对个人孤独的咏叹上升到了关注社会底层人物的心境，从而表现现代人内心的孤独境遇。因此，这一阶段的作品所反映的孤独不仅仅是个人的孤独，而是人在社会中的根本孤境，显示了现代人生存的一种尴尬的局面。像驹子、苗子乃至秀哉名人等众多人物，虽然他们的环境和际遇不同，但他们在生活上的孤独处境却是一样的。《雪国》就在一定程度上表现了现代人的孤独、哀伤和痛苦。

尽管川端康成对残酷的现实有着清醒的认识，在小说中表现了现实的荒诞及人内心的孤独异化，但现实中的问题又是川端康成不愿面对、无力解决的，于是他陷入了深深的痛苦与矛盾之中。为了摆脱这种矛盾的苦闷心境，有时他便把"禅"的消极思想引进人物的心灵世界，企图以此忘却现实生活中的烦恼。于是在他的作品中体现出了佛禅的人生态度，认为人生无常、虚幻、万物皆空，在作品中充溢着虚无、悲凉、哀伤的氛围。川端康成在他的小说中一方面体现了现代人的精神状态，另一方面又把这些现代人引入虚境，引入到一种虚无缥缈的空的氛围中，很好地将西方的现代意识与日本的传统精神融合在了一起，使小说中既表现了西方的意识理念又表现了日本的传统精神。

第三节　人生经历对其文学风格的影响

川端康成的创作风格的转变，与他特殊的人生经历有着重大的关联。在认识川端康成文学的过程中，需要摆脱固有的束缚，更新文学观念，了解其特殊的人生轨迹与其文学风格转变的关联，才能升华对其作品真髓的认识。

川端康成的文学风格主要经历了两次变化。一是由表现孤儿情感、描写自己爱情失意的私小说到体现日本传统的物哀、幽玄美的文风的转变，如《伊豆的舞女》《雪国》就是这一时期的代表作；二是二战后以《千只鹤》《仙音》为代表的作品，主要追求感官享受和渲染病态的性爱，或多或少染上了颓伤色彩的风格。这两次文风的转变都与川端康成的人生经历有着直接关系。

一、早期作品体现孤儿根性

川端康成由于先天不足，体质十分孱弱。家人担心他出门惹事，让他整天闭居在阴湿的农舍里，幼年时他与外界几乎没有发生任何接触。此后，又经历亲人的相继去世，他接连为亲人奔丧。他的童年没有感受到人间的温暖，相反地渗入了深刻的无法克服的忧郁、悲哀因素，这种畸形的家境、寂寞的生活导致川端康成孤僻、内向、忧郁的性格。这对他以后的文学创作产生了深刻的影响，川端康成本人也说：这种孤儿的悲哀成为我的处女作的潜流。如，在祖父病重后，他守候在祖父病榻旁，内心不断涌现对人生的虚幻感和对死亡的恐惧感，决心把祖父弥留之际的情景记录下来，于是写成了《十六岁的日记》，这既是一个孤儿痛苦的现实的写生，又是洋溢在冷酷的现实里的诗情，在此也显露了川端康成的创作才华的端倪。之后，他把过去所写的诗文稿装订成册，称《第一谷堂集》《第二谷堂集》。此后，他以自己的亲身经历及青年时代遭遇的失恋为素材，以第一人称的形式写了《参加葬礼的名人》《篝火》等小说。这些早期的作品主要描写孤儿的生活，体现他的孤儿感情、孤儿根性，表现对已故亲人的深切怀念与哀思以及描写自己的爱情波折，叙述自己失意的烦恼和哀怨。

二、中期作品体现物哀与幽玄美

川端康成自幼对文学有着浓厚的兴趣，立志当小说家，并广泛地涉猎世界和日本的古今名著。他对《源氏物语》虽不甚解其意，只朗读字音，欣赏着文章优美的抒情调子，然已深深地为其文体和韵律所吸引。1917，他开始直接接触日本文坛，大量阅读了当时正流行的俄罗斯文学，这使他顿开眼界。1924年，川端康成大学毕业后与横光利一等创办《文艺时代》杂志，发起了新感觉派文学运动。

新感觉派是基于第一次世界大战结束以后，日本经济得到恢复和发展，但1920 年爆发了经济危机，特别是在 1923 年发生了关东大地震，给社会生活造成了严重的困难，社会上蔓延着虚无和绝望的思想以及西方贪图瞬间快乐的风气，文坛强烈意识到安定的社会、民众风貌遭到破坏的现实，有感而发。著名评论家千叶龟雄指出：所谓文艺时代派所具有的感觉，远比以往表现出来的任何感觉艺术都新颖，在语汇、诗或韵律节奏感方面都很生动，这一流派因此被称为新感觉派。

新感觉派认为文学的象征远比现实重要，人们要以视觉、听觉来认识世界和表现世界，即以感性认识论作为出发点，依靠直观来把握事物的表现。因此，他们主张将基于主观概念掌握的外在现实知性地构造成新现实，并使用语言予以重组，认为艺术家的任务是描写人的内心世界，而非表面的现实；他们强调主观和直感的作用，否定一切旧的传统形式，主张进行所谓文体改革和技巧革新。就文学理论而言，他们醉心于从各种现代主义到新心理主义、意识流乃至弗洛伊德的性欲升华论等横向移植西方现代主义。他们还形象地说：可以把表现主义称作我们之父，把达达主义称作我们之母，也可以把俄国文学的新倾向称作我们之兄，把莫朗称作我们之姐。期间，川端康成发表了著名论文《新进作家的新倾向解说》，从某种意义上说，它起到了指导新感觉派作家的创作方法和运动方向的作用。

另外，因为川端康成从小受到汉学的熏陶，喜爱古典文学，尤其是对日本古典名著、世界最早的长篇小说《源氏物语》更是爱不释手。这一经历，对他的文学创作产生了深刻的影响，他在写作时，少年时代读到的那种如歌一般的韵律就回荡在他心间。另外，印度诗圣泰戈尔 1916 年访问日本时，曾对日本急于汲取西方文化而忘却了日本文化的传统发出了警告：所有民族都有义务将自己民族的东西展示在世界面前。假如什么都不展示，可以说这是民族的罪恶，比死亡还要坏，人类历史对此也是不会宽恕的。青年时代的川端康成在读完这段有关发扬民族传统重要性的讲话后，心灵上产生了强烈的共鸣，所以，他虽然受到欧洲近代现实主义文学的洗礼，但同时也立足于日本古典文学，对纯粹的日本传统体裁加以维护和继承，成为新感觉派集团中的异端分子。他总结了日本文学学习西方文学的利弊，指出："我总觉得许多人在学习和引进西方文学方面，耗费了青春和精力，大半生都忙于启蒙工作却没有立足于东方和日本的传统，使自己的创作达到 . 成熟的地步"。他还总结了自己的创作经验和教训，提出应该从一开始就采取日本式的吸收法，即按照日本式的爱好来学，然后全部日本化。

正是由此，1926 年川端康成在写名篇《伊豆的舞女》时，开始运用日本古典文学的传统美和表现这种美的传统技法，从精神和技法两方面来体现日本文学传统的特质。整个故事以南伊豆明媚的秋光为背景，叙述了大学预科生"我"因孤儿根性而扭曲了性格，怀着不堪的、令人窒息的忧郁来伊豆旅行，并邂逅舞女熏子一行的经历。文章通过描写熏子纤细的美，反映出她内在的悲伤和沉痛的哀愁，表现出一种日本式的物哀的自然感情。同时，"我"与舞女熏子自始至终都没有向对方抒发自己的感情，他们彼此在忧郁、苦恼的生活中从对方身上得到了温暖，萌生了一种半带甘美、半带苦涩的情感，作者有意识地将这种情感淡化，把两人的悲从属于美，又使美制约着悲，淡淡的悲与真实的美交融在一起，创造出日本物哀传统美的精神。文中，"我"与舞女之间来无影去无踪的短暂邂逅，不知所自始，也不知其所终，"我"行将离去，从此天各一方，舞女突然出现在码头的前前后后……这些清清淡淡、影影绰绰的寻觅，颇具和歌的哀怨缠绵和深沉细腻，洋溢着日本俳句典雅的瞬间美。如果说《伊豆的舞女》首先显示了川端康成独特的文学风格，那么近代抒情小说《雪国》则标志着川端康成在创作上已经成熟，开始了一条新的艺术道路。

三、晚期文风作品体现病态与颓唐之美

1945 年 8 月 15 日，裕仁天皇正式宣布无条件投降。日本彻底战败，整个日本及日本传统文化陷入了风雨飘摇之中。同时，由于美军的占领，美国文化以及生活方式对日本无孔不入的渗透，使日本的民族传统文化倍受摧残。川端康成对战争的反思进一步扩展为对民族历史文化的重新认识，他开始自觉地去做一个日本式的作家，把战后的生命作为余生，希望继承日本美的传统。日本战败后，川端康成和当时的广大日本国民一样，失去了所谓皇军这一绝大多数日本国民赖之以存在的精神支柱，产生了心理性虚脱，精神陷入麻木的状态，家庭观念和社会道德感也被战争所扭曲，所以企图追求新的人性解放，转而走向颓废。

这就促使了川端康成文学风格的第二次转折。以《千只鹤》《山音》为代表的晚期作品，主要描述了追求感官的享受和病态的性爱，或多或少地染上了颓伤的色彩，奠定了川端康成晚期的文风。《千只鹤》用简洁笔法含蓄而朦胧

地写到几个人物的近乎超越伦理的行为；《山音》则是着重描写了人物由于战争创伤而心理失衡，企图通过一种近乎违背人伦的精神，来恢复心态的平衡，展示了战争所造成的一代人空虚、麻木、颓废的图景，捕捉到了战争留下的阴影。如果离开战争和作家所处的日本战后的具体环境，是很难理解《山音》之意义的。

　　总体而言，川端康成晚期的作品多是表现一种病态、颓唐之美以及在爱欲挣扎中道德的沉沦。对此，长谷川泉认为川端康成的晚期作品所展现的并不是老丑的东西，而是世阿弥的《风姿花传》的境地。我们对川端康成晚期的作品，也应该从具体的历史的角度，参照作家当时所处的具体环境和意识状态以及作家的人生经历和性格，给予较为公允、正确的认识。

第三章　川端康成作品的自然审美

第一节　川端康成自然审美意识的文化动因

纵观川端康成的文学创作，其自然观念大致可归纳为三大类型：自然神灵论、自然价值论和自然本体论。在川端康成作品的自然抒描和自然思索中，这三种类型既交融混合，又逐层递升。

一、自然神灵论

所谓自然神灵论，就是把大自然看作是神灵的显现和象征。日本也和其他东方国家一样，主张自然万物是有灵性的，认为每个具体的自然物都栖息着一个神灵。川端康成在《日本美之展现》一文中指出："广袤的大自然是神圣的领域……凡是高岳、深山、瀑布、泉水、岩石，连老树都是神的化身。这种民俗信仰，现在依然作为传统保存了下来。"[①] 很明显，这种自然观属于东方"万物有灵论"和"泛神论"的自然观念范畴。泛神论不仅认为各种事物都有灵魂，而且这种灵魂还具有普遍性。自然风物正是由于内在神灵的各不相同，所以才千差万别，但它们都包含在神灵性的绝对统一中。这种把自然界每一具体物都奉若神明的自然神灵论，不仅形成了日本民族敬爱自然的深层文化心理，而且也造就了日本人把一切自然物都作为有灵性的活物来亲近、来理解、来接受的

---

① 叶渭渠主编《川端康成文集：美的存在与发现》，中国社会科学出版社，1996，第264页。

情感、思维特点。感悟自然，不仅成为他们进行精神内省的重要方式，而且成为他们审美活动的重要内容。日本的茶道、花道、盆景和园林艺术之所以经久不衰，正是受驱于这一深层文化心理。对自然美的出色描写和深刻理解也因此成为日本文学源远流长的一大特色。无疑，川端康成作品中相当突出的自然关涉和自然抒描，正是日本传统的文化精神要求使然。

川端康成作品自然抒描的突出特点，就是对大自然内在灵性的极力展示。川端康成在许多文章中提到"要尽力揭示大自然的生命力""展示大自然的灵魂"，就是受自然神灵论的影响而对文学提出的一种美学要求。所谓自然的生命力、自然的灵魂，就是大自然的内在气韵和律动，是永恒的宇宙精神。具体说来有两个层面的含义：其一是指自然物生死不息之无限过程所透射出的强大生命意志和生命律动；其二是指具体自然物在"灵"的基础上和具有普遍性品格的神——宇宙本体的"相通性"。简单来说，每一具体自然物尽管不是宇宙精神本身但都是无限宇宙精神的载体，因为在川端康成看来，每一具体自然物既是一个独立的生灵，又应是人类感悟宇宙终极的象征性符号。这是川端康成自然美意识中的重要内容。他是这样理解自然的，也是这样要求自然的。因而，川端康成极力主张文学要展示大自然的灵性，并以此为文学之佳境。川端康成写他有一次观涛："虽是海的声音、河的声音、瀑布的声音，却忘却了它的海的声音、河的声音、瀑布的声音，而以为是大自然的声音，辽阔世界的声音。"①也就是说，他感到了大自然内在的灵性之声。在他笔下"远方天际的富士山的姿容，与其说是山，莫如说是一种天体"②，也就是说，是某种宇宙精神之象征。

在川端康成看来，自然景色的千变万化，纤细差别，更是大自然灵性的体现，是大自然和人的对话、交谈。因而，川端康成极力主张文学要抒描自然景色的变化，他甚至不放过自然景色因时、因地、因人而异的纤微差别。川端康成作品中，自然景物抒描上鲜明的"四季感"以及对具体自然物瞬间变化美的捕捉，均说明了这一点。川端康成甚至把对自然景物纤细差别的把握上升到文学、美学本质的高度。他在一篇文章中，以给树起不同的名字为例进行说明：把一棵银杏树叫乳垂银杏，以区别其他银杏，这也是文学的精神。他认为景色因时、因地、因人而异，也就具有了文学的差异性，"百合花这种植物曾为成

---

① 叶渭渠主编《川端康成文集：美的存在与发现》，中国社会科学出版社，1996，第278页。
② 叶渭渠主编《川端康成文集：美的存在与发现》，中国社会科学出版社，1996，第10页。

千上万的大诗人所吟诵过，它都没有折服，还是绽开得那样的美。这是不朽的花。不然，今天我辈就搞不了什么文学了"①。"我们文学家就是要为大家、为生活在这世上的所有人，献上一个新的真正的名称。"②从这段文字里我们不难感到：这新的名称，其含义就是——富有灵性和生命力的大自然所不断呈现出来的新的差异和人对这差异的捕捉。

"神灵自然观"还是造成川端康成作品自然审美中神秘朦胧感的主要原因。众所周知，当审美主体对大自然进行审美观照时，是伴随着强烈的感情活动的，是充满着无限的遐思和冥想的，所谓"思接千载、视通万里"是也。而"神"是什么？有人说的好："'心'的无限扩大便是神。"加之，泛神论主张，神灵的本质只能按每个人的感受来理解。所以，当审美主体进入"神与物游、妙悟天开"的境界而与读者形成审美差距时，这种情况也在所难免。比如，川端康成下面这段关于自然风物的感触就叫人颇觉神秘："母亲让一个无知的婴儿赏花，并教给他这是百合花，同对百合花所有情况都了如指掌的神，这两种精神结合起来去观赏百合花，这就是文学。"川端康成此时对大自然的审美观照，必定是进入了纯个人感受的"妙悟天开"之中。其实，我们也并非不谙其理：川端康成作品一方面力描自然景物之纤细差别，另一方面又要把自己关于宇宙人生的遐思冥想灌注其中，这必然带来川端康成作品自然抒描的朦胧感和神秘色彩。甚至让人觉得，他的景物描写越细越深，则越发朦胧。可以说，纤细感、律动感和朦胧感，同时存在于川端康成作品的自然审美之中。

二、自然价值论

所谓自然价值论，就是主体把客体自然作为自身精神活动的物质外壳而赋予大自然各种理念价值，以达精神上把握自然的目的。川端康成作品的自然价值论主要表现为哲学价值观和美学价值观两种形态，而且呈示出以哲学思辨为基点、以美学把握为中介，最后又归返于哲学思辨的独特表述系统。自然价值论是川端康成作品自然观念的核心部分，是造成川端康成作品悲和美品貌风格的深层动因。可以说，川端康成作品的悲哀性、虚幻感，除了作家本人因自幼就成了孤儿而形成的人格心理上的"孤儿根性"的影响外，很大程度上，则是来自于川端康成对大自然的理性思考和建立在这种思考上的美学把握。

---

① 叶渭渠主编《川端康成文集：美的存在与发现》，中国社会科学出版社，1996，第141页。
② 叶渭渠主编《川端康成文集：美的存在与发现》，中国社会科学出版社，1996，第129页。

　　川端康成在谈及自然对人的价值时说："从中可以看见自然的生命，领悟人生的哲理，吸取宗教的精神。"他还明确表示：自然"它是我的感受的借助之物"，"风景充满幻想和象征"①。也就是说，客体自然，是作为触发其思考、蕴涵其感性的象征体和借助物而有价值的。这可以看作是川端康成关于大自然哲学价值观的一种简洁表述。那么，大自然给了川端康成哪些哲学启示呢？

　　大自然是永恒、无限的象征。面对一棵千年老树新发了"显得特别娇嫩"的绿叶，川端康成感到"充满了青春的活力"，老树那种"扎根大地、支撑天空"的姿态，在川端康成看来就是一种"大自然与人的生命的永恒的象征"。在《花未眠》中他说："自然的美是无限的。"他还借东山魁夷的话说：大海的波涛富有象征永恒生命感的韵味，大自然在其变化中，显示出生之证明。生命的活力借助自然的无限得以显现，主体的存在借助客体的永恒得以肯定和高扬。无疑，这种关于大自然的哲学思考是和笼罩整个川端康成作品的悲哀性不相称的。看起来这似乎是川端康成作品中最微弱的声音，但是仔细分析我们就会发现，川端康成这一关于大自然的积极思考，虽然没有明确地辐射川端康成的文学创作，但它却是川端康成自然价值观的基点和归点。川端康成就是沿着这条以肯定为基点，以否定为参照，最后又落脚于"空、虚、否定之肯定"的思维轨程，完成了其关于自然价值观的哲学思辨，从而使其关于自然的思考显示出独到的深刻性，某种程度上具有了现代生命哲学的意味。

　　"坐在具有几百年、上一二千年树龄的大树树根上，抬头仰望，自然会联想到人的生命短暂。这不是虚幻的哀伤，而是一种伟大的精神不灭，同大地母亲的亲密交融，从大树流到了我的心中。"②也就是说，大自然不仅是人类生命力永恒无限的象征，也是人生短暂、无常和虚幻的映照。这类感触在川端康成作品的自然抒描中随处可见，而且也正如作者所说，它是经常地、深深地弥漫于作者的胸间、渗入作者的内心的。以大自然为参照物来思悟人生，大自然的永恒、无限，映衬出人生的短暂、无常、虚幻。那么，反过来从有限人生的角度来审视自然，自然便也成了一个短暂的过程——也就是说，每个人实际所接触、所把握到的自然，只是宇宙无限发展过程中的一个短暂瞬间，是极其有限的。这种不得不接受的有限性，对任何一个具有自由自觉本质的生命主体，都是一个悲痛的打击，也是笼罩在整个人类头顶上的一层阴影。这就是人类理性

① 　叶渭渠主编《川端康成文集：美的存在与发现》，中国社会科学出版社，1996，第238页。
② 　叶渭渠主编《川端康成文集：美的存在与发现》，中国社会科学出版社，1996，第272页。

所反复体味到的那种永恒的悲哀——人类生命意识中永远无法摆脱的悲剧性。任何一个心智高远的人对此问题都会感到惘然，作为一代文学大家的川端康成自然也不例外。笼罩于川端康成作品中的浓厚的虚幻感和悲哀性，不能说和川端康成这种对大自然的理性思考无关。如果说川端康成作品的悲哀性是从作家本人人生经历上的"孤儿根性"发端的，那么，在其关于大自然的哲学思考中，这种悲哀性则得到了进一步的加强。

人类自从把自己从自然界提升出来之后，就有了人和自然的对抗。人生的有限性同大自然的无限性之间的冲突对立，使得许多诗人作家由衷叹惋并痛切思索。毋庸置疑，这种思索本身就是一种主体意识的自觉，表明这些诗人作家那种敢于直面短暂人生的勇气和对人类未来的关切之心。而且，我们深知，只有对生命永恒爱之烈，才会对生命无常感之切。当然，川端康成作品对大自然的思索与抒描，始终盘桓在某种"悲哀"的氛围中，但是殊不知，这种"悲哀"究其实质，并非一般人理解的充满了否定性指归的"悲观"，而是一种包含了作者乃至日本民族对自然与人生的肯定精神以及主动的把握态度的日本式的"悲苦"。

川端康成关于大自然的美学思考，构成了其美学价值观内容。这些内容是以他对大自然的哲学思辨为基础的。在川端康成看来，大自然本身就是美的存在。从他把文学看作是一种主体对永恒客体的瞬间把握和主体的自我救助这一哲学思考出发，他必定要在文学中极力描绘大自然的美。"在小说家中，我这号人大概是属于喜欢写景色和季节的。"[1]的确，川端康成很少把其文学审美的触角伸向其他领域，"他更多是崇尚自然事物的美，即自然美"[2]。对大自然深刻的审美观照及精彩抒描，这是川端康成作品的重要追求。

川端康成从主体对客体的纯粹审美关系出发，认为大自然的一切存在本身就是美的。川端康成作品对大自然的审美观照，主要着眼于自然景物的感性情状。在川端康成看来，大自然首先美在其自身的多彩多姿、千变万化。"以'雪、月、花'几个字来表现四季时令变化的美，在日本这是包含着山川草木、宇宙万物、大自然的一切。"[3]川端康成作品不仅以细腻的笔触力现自然景致本身之丰富多彩，以形写形、以色貌色，而且还尽力捕捉日本季节时令的变化之

---

① 叶渭渠主编《川端康成文集：美的存在与发现》，中国社会科学出版社，1996，第23页。

② 叶渭渠：《东方美的现代探索者——川端康成评传》，中国社会科学出版社，1989，第220页。

③ 叶渭渠主编《川端康成文集：美的存在与发现》，中国社会科学出版社，1996，第203页。

美。如《雪国》中对雪国初夏、晚秋、初冬的季节转换、景物变化的描绘，大自然被写成了一个伴随着情感流动的完整旋律。而《古都》则在以自然景物衬托和加深千重子和苗子这对孪生姐妹悲欢离合之情愫的同时，又以她们对外界事物的主观感受来展示京都季节时令的推移。以至于有人认为这对姐妹也是为了突出京都的风物而塑造的。其次，大自然美在其纤巧风雅、妙趣无穷。在日本人看来，能将自己置身于大自然，审视其妙趣，感受其雅致，这本身就是一种风雅之美。川端康成不仅借日本古代俳人向井去来的话加以表达，"风雅存在于自然环境之中""应该了解自然环境之中的风雅"；而且他自己也明确表述："风雅，就是发现存在的美，感受已经发现的美。"①不过他又指出这种由兴趣和爱好所体会到的美是有限度的。也就是说，这是一种不动情感的审美心态所体会到的自然美，具有感觉性和赏玩性。有人指出，风雅是介于优美和崇高之间的一种审美形态，这种形态既未抛弃物体的感性形式，又是对物体感性形式的超越。这和川端康成的观点是暗合的。

川端康成作品对风雅之美的追求，一方面体现在将作品中的人物多置身于大自然之中，作为自然的一部分，与自然共生、一体化，另一方面则体现为对大自然在色彩、声音、形状等方面所表现出来的妙趣和韵致的敏锐感受性，他极善于捕捉和把握自然风物给他的那一瞬间的感觉，其作品经常以色彩的鲜明对比和形状的巧妙组合，来给我们展示这一自然美，还有一方面是大自然美在其静寂清澄、温润和谐。作为神灵象征的自然，诸神各有所安、万物皆有所在，大自然统一在幽静和谐之中。在川端康成看来，大自然在外在形式上所呈现出来的静澄和谐之貌，是大自然最美的感性形态，是其他美学形态所无法比拟的。秩序、和谐、统一是大自然的美，也是人生美的基础、艺术美的源泉。其实，以静寂和谐为美是由东方文化精神中"天人合一"的根性所规定的。明白了这一点，我们就不难理解"雪、月、花"为何被日本人视作大自然的象征，而川端康成又为何把其作为自己自然审美的焦点：《伊豆的舞女》中自然审美的核心物象是雨、《雪国》是雪、《古都》是紫花地丁和北山杉——均侧重秀美的自然风物。川端康成作品的自然审美中，极少壮美形态，也和这一美学追求有关。

以上三种形态，可以说是川端康成作品自然审美形态中的形式美。可是川端康成作品重在追求大自然的内在美，也就是说，比起自然景物的感性情状，

---

① 叶渭渠主编《川端康成文集：美的存在与发现》，中国社会科学出版社，1996，第239页。

川端康成作品更看重自然景物的情感和意理内蕴。对大自然内在美的追求又和川端康成文学的自然神灵论、自然哲学价值论相贯通。具体说来，可分为这样几种类型。

第一，自然的灵性美。也就是大自然内在活的灵性和律动，或者说是大自然内在的生命力。"他写自然事物，不重外在形式的美，而重内在气韵，努力对自然事物进行把握，在内在气韵上发现自然事物的美的存在。"①川端康成笔下的自然景物，不仅灵动活现，而且气韵犹生。用"神似"来把握自然美，这是川端康成作品的一贯追求。

第二，自然的理念美。大自然美在其能给人以哲理的启迪：大自然是永恒，是无限；是纯洁的存在，是自由的象征；是无尽的生命，是丰富的动力。大自然同时也是严整的秩序、圆满的和谐和对立的统一。大自然作为这些哲理沉思的物化体现，也是美的。大自然总是昭示着丰富深邃的哲理，这些抽象理念与大自然的同构存在，不仅使理念自身成为一种审美，而且也使大自然变得更美。作为理念象征的自然美，经常流入川端康成的心中，他说："'古人均由插花而悟道'，就是受禅宗的影响，由此也唤醒了日本人的美的心灵，大概也是这种心灵使人们在长期内战的荒芜中得以继续生活下来的吧！"②这里所谓"道"就是"自然之理"。自然因理而美，"理"凭借"美"而被感悟。其实，川端康成作品的自然抒描含有丰富的哲理意味，但这种哲理很少指向人生层面，而多是指向人类的精神和宇宙的精神。

第三，自然的社会美。自然之所以美，就在于它是社会丑的反衬。这是川端康成作品自然美学价值观的社会学层次。川端康成作品或把下层人物的不幸和自然美结合起来，或给人物的悲伤情绪衬以自然美的背景。这虽不能说川端康成的目的在于突出社会人生的丑恶，以引起人们疗救的注意，但在两相映照之下，却也能使人生的不幸在情绪上更打动人。在自然与人生这一共同体中，人生中的不幸把自然美映成了一种忧伤的美，以这种美的残缺作用于读者的恻隐之心，这才是川端康成作品追求的侧重点，也是日本民族传统的美学风格"幽情""物哀"的体现。

第四，自然的情感美。川端康成作品自然审美中，最美的形态当属于情感

---

① 叶渭渠主编《川端康成文集：美的存在与发现》，中国社会科学出版社，1996，第221页。
② 同①。

化的自然，也就是作为情感寄托和精神归依的自然。这和西方文学中单向式地把自然作为情感宣泄的媒介不同，是情感对自然的移注和透射。人化于景、景化于人，由心及物、由物及心，双向互动。在川端康成作品中，集中体现为东方式的情景交融的意象和境界。自然景色，美在它能触发人的情思，能溶解人的精神。川端康成在《我在美丽的日本》一文中说，"看到雪的美、看到月的美，也就是四季时令的美，而有所醒悟时，当自己由那种美而获得幸福时，就会热烈地想起自己的知心朋友，但愿他们共同分享这份快乐。也就是说，由于自然美的感动，强烈地诱发出对人的怀念的感情"。自然美与人情美的交融是日本文学自古以来的传统。因而，川端康成的抒描自然很少局限于客观地再现，而是把人的情感溶解于自然，使大自然蕴聚着一种人的情韵。如《雪国》《古都》，皆以自然美为背景，将人、将事、将情、将理均溶化于时令风物之中，同自然美的韵致达到一种内在的契合。也就是说，川端康成描写自然，不单是为了构成环境，也不仅是限于烘托气氛或渲染情调，而是将人物的感情投射于自然、溶解于自然，使自然的韵致和人的情绪同时增加深度，从而造成一种情景交融、幽深妙远的美的境界。不过川端康成在这里所营造的美的境界，还只是中国美学家王国维所说的"以我观物，故物皆着我之色彩"的"有我之境"[1]。

　　以上可以看作是川端康成作品中大自然内在美的四种表现形态。需要说明的是：之所以称之为大自然的内在美，这主要是因为川端康成的审美切入点重在审美主体，而不是像前三种那样重在审美客体。自然美，严格来说是无内外之分的，其只能是一种主客体的同构。

三、自然本体论

　　追求主体向自然本体的复归，这就是自然本体论。其具体表现形式为"物我双融""天人合一"。在自然价值论体系中，自然是受人支配的工具。天光海色、花容月貌带有极大的主观随意性。在"物我双融""天人合一"的审美观念中，自然与人之间没有主从之别，而是完全对应、互相包容的。人对自然的召唤，得到自然亲切的呼应，"这时的自我已摆脱尘世俗念，不为物役，回归到人的本体。这时的自然不存在任何道德、情感理念价值，无功利、无实用，

---

① 王国维：《人间词话》，长江文艺出版社，2017，第 151 页。

回归到自然本体。无知觉无意识的自我化人无目的的无价值的自然，物即我，我即物，自然本体与人的本体同化为一"①。

在文学中，就本质而言，自然已成为一种壮阔深邃的宇宙意识和永恒精神境界的象征和暗示。无疑，对自然本体进行审美观照，这是川端康成作品自然美意识的一个最重要的方面，可以说，川端康成是把它作为其文学与人生之极境来追求的。

在《我在美丽的日本》一文中，川端康成通过日本古代禅僧的诗作阐述了"天人合一"这一东方式的传统自然观。他引用明惠上人法师的"冬月拨云相伴随，更怜风雪浸月身""山头月落我随前，夜夜愿陪尔共眠""心境无边光灿烂，明月疑我是蟾光"的诗句，来说明他们的"心与月亮之间，微妙地相互呼应，交织一起而吟咏出来"。他们"以月为伴""与月相亲""亲密到把看月的我变为月，被看的月变为我，而没入大自然之中，同大自然融为一体"。这种"看月变为月"的心物融合，就是自然与人"本体合一"的自然审美。川端康成说东山魁夷的风景画都是大自然和画家邂逅，心灵互相感应的产物：大自然风物的存在，是东山魁夷的幸福和愉快，而东山魁夷的存在难道就不是大自然的幸福和愉快？此话不正是中国诗句"我见青多妩媚，料青山见我应如是"的另一种表达吗？"天人合一"的本体论自然观不仅驱动着川端康成作品在写景时极力追求景与人在内在情绪上的契合，而且，还决定了他的小说作为矛盾结构，更多的是对立面之间的渗透和协调，而不是对立面之间的排斥和冲突，包括真与假、美与丑、善与恶、生与死等等都是同时共有的，都包含在一个绝对矛盾中，然后净化假恶丑，使之升华为美。

"天人合一"的自然观一定程度上启迪了川端康成深层精神结构中"宿命"和"虚无"的生命体验。只要人类无法摆脱其生命体验中的这一重宿命，那么，人类对"天人合一"的追求将是永恒的。而人类在精神上追求"天人合一"，必定要在心理上体验一定程度的"宿命"和"虚无"。当然，川端康成的虚无思想受佛禅影响很大。佛教禅宗在信仰实践上就是以"天人合一"为其最高追求的。川端康成说：古人均由插花而悟道，就是受了禅宗的影响。想要由大自然的一草一木而开悟宏阔的"天体之道"，进入物我双融的境界，就必须完全抛弃自身。只有把自己彻底忘却，万思归一、化入自然万象，才能触摸到自然

---

① 陈静漪：《中西文学自然观略探》，《报刊资料选汇（外国文学研究）》1986年第12期。

的底蕴、把握宇宙生命的脉动，获得自然本体的认识。川端康成借东山魁夷的话来阐明这一点：从少年时期起观察大自然，掌握了自然万物都是沿着成长、衰亡的循环轨道永恒地运转下去的。我想，大概只有抛弃自己的一切，才能直接观察到根本的力量所在。①

川端康成从这种"天人合一"的自然观出发所渲染的"虚无"和"宿命"，实际上就是生命本体对这种超越意识的自觉，是个体有限对宇宙无限的追求。因而，川端康成多次强调"进入无思无念的境界，灭我为无。这种'无'不是西方的虚无，相反，是万有自在的空，是无边无涯无尽藏的心灵宇宙"②。川端康成作品中那种始终保持着的闲寂和空灵的艺术境界，也主要来自这种旨在追求超越体验的"天人合一"的自然审美。

从这种"抛弃自身""投入自然"的自然本体论出发，川端康成认为：流转、无常才是生之证明，轮回转世就是生死不灭。人死灵魂不灭，个体的生命消亡了，人类的生命意志却不可逆转地无限绵延："一片叶子的凋落，意义是深远的，是与一棵树的整个生命休戚相关的，正因为一片叶子有生有灭，四季中的万物才能永远地生长变化。""我们和大自然同根相连，永不休止地描绘着新生和消亡。"③ 所以，生即死，死即生。为了要否定死，就不能不肯定死。"空、虚、否定之肯定"的哲学思辨不仅贯通于川端康成的自然观，而且统率着他的美学观。在川端康成看来，生命从衰微到死亡，是一种死灭的美，正如从这种"物"的死灭才能更深刻地体会到"心"（精神）的深邃一样，"悲之切"才能体会到"美之至"，所以他经常强调："平安朝的风雅、物哀成为日本美的传统"④，还说，"'悲哀'这个词同美是相通的"⑤。

由此看来，川端康成的"无常"和"虚无"，与其说对"生"是一种轻视，莫如说是一种"大爱"，是一种形而上的体认和把握。这种纯理念意义上的把握，具体到现实中，就为人生众相割裂成无数个"无常"，给人以"无边的悲哀"；上升到美学，则成为恒美的"永生"，给人以"心灵的支撑"。"无常也就是变化，生死轮回，实际上这正是生命的状态，描绘着成长和衰灭的圆轮，

① 叶渭渠主编《川端康成文集：美的存在与发现》，中国社会科学出版社，1996，第286页。
② 叶渭渠主编《川端康成文集：美的存在与发现》，中国社会科学出版社，1996，第208页。
③ 逸夫：《心灵的回声 我与自然》，四川民族出版社，1992，第88页。
④ 叶渭渠主编《川端康成文集：美的存在与发现》，中国社会科学出版社，1996，第265页。
⑤ 叶渭渠主编《川端康成文集：美的存在与发现》，中国社会科学出版社，1996，第217页。

提供着生存证明的想法，不管你是否意识到，它都存在于大多数日本人的心灵深处。"①

"悲与美"既是川端康成乃至日本民族精神的主响，当然也就成了川端康成作品的主调。

川端康成作品的自然美意识是一个几种观念交互渗透的复杂的审美体系，其对文学的辐射也是同样的扑朔迷离。不过有一点却是明晰的，这就是：从肯定到否定、再到否定之否定——这一关于自然万物的哲学思辨轨程始终贯穿于川端康成作品的自然美意识之中，它既是川端康成作品独特的"悲与美"品貌产生的内在动因，也是川端康成作品的深刻性所在。

第二节　变动不居的季节描写

日本的诗人、作家善于从一草一木的细微变化中，敏锐把握四季时令的变化，感受自然生命的律动、万物的生生不息。季节感已成为日本民族文化心态的一部分，它并不仅仅是对物理性的时间推演的感知，而是在日本传统文化土壤中孕育、培植和繁衍起来的人类精神与自然风物的交织融合。②

一、季节的轮回与人情的离合

川端康成通过物哀的审美意识，把对自然美的感动在四季自然景色中表达出来，使他笔下的自然美具有四季感。日本是一个四面环海的岛国，季节变化既鲜明又细致，日本文人自古以来便注重欣赏自然景色，对自然的美丽以及自然生命灵性的流转消亡有深入心灵的体会，他们在四季变化中发现自然的美，把这种美经过他们心灵情感的感染以及酝酿，再创造出文学作品中的自然景色美，并与作品中人物的情感命运紧密地结合在一起，将自然美主体化，文学家在作品创作中，使自然美景经过内心情感即物哀的情感取向的浸润，这些

① 井上靖，东山魁夷，梅原猛：《日本人与日本文化》，周世荣译，中国社会科学出版社，1991，第19页。

② 周阅：《川端康成是怎样读书写作的》，长江文艺出版社，2000，第137页。

自然美景意境便不再是单纯的物理环境，而是具有作家观照性复杂感动的情感载体。"自然景色，四季变化都具有作家的情感色彩。"①在他的作品中，自然景色的四季变化包容着人物情感的流转，人与自然巧妙地呼应，和谐地交织在一起，使自然景色之美感染着读者的心灵，也更好地表达了物哀文化中对于自然美的感动这一含义。

川端康成在小说中始终把季节的变迁与人物情感的变化融合在一起，展示出一种"天人合一"的意境。川端康成以他对自然美敏锐的感受，把日本传统的四季感作为伴随人物感情变化的主旋律，使人物形象与自然景物的美糅合在一起，达到出神入化的地步，充分表达了创作主体对于自然美的感叹。川端康成说："当自己看到雪的美，看到月的美，也就是四季时节的美而有所省悟时，当自己由于那种美而获得幸福时，就会热烈地想念自己的知心朋友，但愿他们能够共同分享这份快乐，这就是说，美的感动，强烈地诱发出对人的怀念之情。"②他把对大自然的这种感受方式倾注到四季自然美景中，在作品中，他通过紧紧把握主人公的心绪来感受自然，使他们的心灵与自然融为一体。川端康成笔下优美的四季景色，体现了日本岛国的妩媚秀丽，描写出作家对四季自然景观的独特感受，再现了四季自然的美。川端康成十分崇尚自然美的四季感，他曾深情地说："不仅是花草树木，山川海滨的景色，四季的气象也是如此，这种风土，这种大自然中孕育着日本人的精神和生活，"③"在小说家当中，像我这号人大概是属于喜欢写景色和季节的。"④川端康成在他的作品中表现出了人与自然的亲和关系，他全身心地投入自然，通过对具体自然物的描绘来展示季节的推移和变化，尽情地展示自然的美，"所谓季节感不仅指对春夏秋冬的四季循序推移的感受性，而且是对日本文化土壤上酝酿而成的人与自然、人的感情与季节的风物交织，内中蕴含着苦恼、谣言、爱恋情绪的理解性。"⑤川端康成将人的思想感情揉进四季之美中，在对季节变迁的描写中达到物我一体

---

① 叶渭渠主编《独影自命》，广西师范大学出版社，2002，第108页。

② 叶渭渠、唐月梅主编《川端康成集：散文随笔传记卷·临终的眼》，东北师范大学出版社，1996，第4页。

③ 张良村：《世界文学历程（上）》，国际文化出版公司，1997，第89页。

④ 诺贝尔文学奖全集编译委员会主编《诺贝尔文学奖全集（40）川端康成（第2版）》，九华文化事业股份有限公司，1982，第84页。

⑤ 长谷川泉：《长谷川泉日本文学论著选：川端康成论》，孟庆枢译，时代文艺出版社，1993，第27页。

的境界，以春夏秋冬时令的更替，衬托出人物感情的波动。他笔下的四季美景绚丽多彩，在描绘自然美的过程中，也充分展示了主人公的情感变化，四季感成为人物情感的依托，人物的感情在对四季自然美的描写中得以升华。在四季更迭孕育出的美感中，使作家对自然美的感动得以充分展示。

川端康成的《雪国》充分展现了冬去春来后雪乡的优美与变迁。他以四季的更替构成小说的暗线，以大自然的语言暗示人物的情感和命运，充分展现了人与自然互相交融的境界。

岛村与驹子初次相识于初夏的五月，那时的雪国一片嫩绿。驹子的俊秀婀娜与群山的盎然绿意互相映衬，人物的内心也顺应初夏的生机洋溢着青春的热情。驹子在半夜酩酊大醉后来到岛村的房间，她按捺不住心中对岛村近乎狂热的爱，却又不想成为岛村的玩物。与此同时，岛村既想利用这一良机得到驹子，又不忍心玷污驹子的纯洁。在驹子和岛村的对话和行动中，川端康成突然插入了一句简短的景物描写，"外面的雨声骤然大起来"①。这短促、精辟的一句话恰如其分地表现了人物内心激烈的矛盾与斗争。驹子和岛村，他们燃烧的情欲、理智的压抑都融进了滂沱大雨之中。因此，"骤然大起来"的不仅是雨声，还有他们矛盾而又强烈的激情。两人初次相见而萌生的情感随着初夏万物的生机逐渐浓郁，但其中却也掺杂着丝丝的荫翳。当岛村和驹子在亭亭如盖的杉树下小憩时，驹子的"脖颈上淡淡地映上一抹杉林的暗绿"，这无疑暗示了驹子的命运中将要出现的阴霾。小说中有这样一个细节描写，岛村靠着的那棵树"不知为什么，只是北面的枝丫一直枯到了顶，光秃秃的树枝，像是倒栽在树干上的尖桩，有些似凶神的兵器"②。这段描写看似随意，但绝不是信笔所至。驹子充满生命的活力，正如初夏的新绿；岛村对一切均感徒劳，恰如光秃、干枯的树枝。他在驹子生活中的出现，就像投射过来的"凶神的兵器"，给她带来了巨大的伤害。因为驹子是一个如山溪般清澈优美而又充满追求的姑娘，但她面对的却是岛村这样一个虚无的灵魂。他那如枯枝般干涸的心灵，正如同"凶器"，在刺杀着驹子爱的憧憬和生命的活力。男女主人公相逢于雪国最美好的夏季，但他们的交往中却伴随着"暗绿"与"枯枝"等不祥的迹象。初次相见，川端康成就通过自然景物的细腻描绘，预示了他们的情感裂痕。

岛村第二次去雪国是在相隔一百九十九天后岁暮年初的冬夜，也就是小说

---

① 叶渭渠主编《川端康成文集：雪国 古都》，中国社会科学出版社，1996，第24页。

② 叶渭渠主编《川端康成文集：雪国 古都》，中国社会科学出版社，1996，第21页。

的开头部分。"穿过县界长长的隧道，便是雪国。夜空下一片白茫茫"①，小说第一句就把雪国的独特景观——寂静、洁白的雪野展现在读者面前。车窗外席卷进来的冷空气、檐前的冰柱，还有仿佛沉浸在无底深渊中的寂静的村子……这一系列景象进一步传达出冷寂、凄凉的气氛。岛村与驹子的情感也在这寒冷的冬季逐渐结冰，正如那寂静的雪野，令人感到萧瑟、凄凉。川端依然是用大自然的语言，含蓄地表现了他们之间的裂痕。驹子还是在岛村的房间里，但透过窗户，他们看到的已不再是初次相见时的新绿，而是"一幅严寒的夜景，仿佛可以听到整个冰封雪冻的地壳深处响起冰裂声"②。这种声音正是从岛村和驹子的心灵深处升起的，他们都已预感到了彼此之间徒劳的爱。因为驹子与岛村之间的差别正如那透明的天空和黑色的山峦，色调并不协调。驹子是个被世俗鄙弃的艺妓，但内心充满了对真正的爱情、清白的人生和自由人格的强烈追求。她渴望拥有普通女人的幸福生活，并把这一切寄托在岛村身上。然而，岛村却是对一切均感徒劳的心灵衰弱者，根本无法爱别人，况且他又是一个有妻室的人。当驹子为再次的分离感到痛苦万分之时，岛村却反问自己"她对自己的感情已经发展到了这个地步了吗？"此时，我们不禁为驹子感到彻底的悲哀和同情。如果说，初夏萌发的感情至少在表面上留下了一片温馨，那么隆冬的再度相会却令驹子感到了前途的渺茫。驹子时而被激情麻醉，时而又被现实惊醒，她的犹疑反复，在川端康成的笔下化作冬日苍凉的山峦，"背阴的山峦和朝阳的山峦重叠在一起，向阳和背阳不断地变换着"③。当驹子为岛村送行时，离别的哀愁和未来的危机早已抹杀了曾经相聚的欣喜。

　　岛村和驹子在第三次相聚时已是满山秋色。秋天是落叶飘零、寒风萧瑟的时节，此时，阳光已不再温暖，天空也不再明媚。在这不可逆转的季节里，万物不得不收藏起对生命的热望，沉没于空寂之中。这是自然的归宿，也是驹子寄托在岛村身上的爱的宿命。在这一节中，小说多次写到了秋虫。秋虫出现于秋色满山的背景之下，它好像贴在纱窗上似的静静地一动也不动。虽然它的翅膀是透明的绿色，但这秋色中的一点淡绿"反而给人一种死的感觉"④。这无疑暗示了驹子对岛村的爱如同季节的轮回，归于寂灭已是不可挽回之势。随着秋

---

① 叶渭渠主编《川端康成文集：雪国 古都》，中国社会科学出版社，1996，第 1 页。
② 叶渭渠主编《川端康成文集 雪国 古都》，中国社会科学出版社，1996，第 31 页。
③ 叶渭渠主编《川端康成文集 雪国 古都》，中国社会科学出版社，1996，第 56 页。
④ 叶渭渠主编《川端康成文集 雪国 古都》，中国社会科学出版社，1996，第 55 页。

意渐浓, 秋虫逐渐死亡, 乍看好像是静静地死去, 可是走近一看, 只见它们抽搐着腿脚和触角, 在痛苦地拼命挣扎。川端康成还进一步把秋虫的死亡与驹子相联系, "一群比蚊子还小的飞虫, 落在她(驹子)那从空开的后领露出来的、抹了浓重的白粉的脖颈上。有的虫子眼看着就死去, 在那儿一动不动了"①。这一特写不仅暗示了驹子爱的憧憬的破灭, 更深刻地暗示了生活在底层的她奋力挣扎的徒劳, 恰如秋虫的垂死挣扎。驹子虽如苍劲挺拔的芭茅般坚强, 但她根本无法抵御命运的裹挟, 无法抗拒作为艺妓而人老珠黄的命运。

贯穿小说首尾的初夏的嫩绿、严冬的暴雪以及仲秋的初雪等等, 构成了一幅幅美丽的雪国图景。在大自然温暖与寒冷交错的乐章中, 跳动着人物内心跌宕起伏的音符。驹子对岛村从满怀憧憬到彻底绝望, 岛村对驹子从依恋到背弃, 其间情感的变化, 在自然的轮转中被体现得淋漓尽致。

不仅《雪国》如此, 在其他作品中, 川端康成也经常以季节的轮回来暗示人物的情感与命运。在前期作品《温泉旅馆》中, 川端康成从夏逝起笔, 经过深秋一直写到冬至, 与季节的更迭相对应的是澡堂女的悲哀命运。特别是在最后一章"冬至"中, 川端康成以冬夜的寒冷、阴森, 反衬了少女阿笑去卖身的悲惨命运。另外, 在这个凄凉、冷寂的冬夜里, 少女阿清的葬礼更是为小说增添了悲哀的余韵。在后期作品《古都》中, 川端康成则将人物作为自然的一部分来描写。千重子和苗子这对孪生姐妹由起初的分离到重逢, 再到最终的分离, 她们的悲欢离合与四季的自然更替紧密相连。故事从樱花烂漫的春天开始, 经过杉林葱翠的夏天、冷雨骤降的秋天, 一直写到雨雪交加的初冬, 人物的情感与自然的四季景观共生而构成一个美丽而悲哀的故事。川端康成很理解自然的心, 他敏感地把握住自然生命的律动, 使人间的悲欢离合与自然万物的生息紧密相连。可以说, 在川端康成的诸多作品中, 如果没有自然物象的季节变化, 就不会有人物情感的变化, 人情与自然达到了完美的结合。

二、四季之虹与人的命运

川端康成不仅常以季节轮回中的自然万物来体现小说人物的情感、命运, 有时他还以同一物象在不同季节中的表现来对人物进行暗示,《彩虹几度》即是如此。这部小说又被译为《几次出虹》, 小说全篇以"虹"作为核心意象,

---

① 叶渭渠主编《川端康成文集 雪国 古都》, 中国社会科学出版社, 1996, 第63页。

通过其在不同季节中的表现形象，深刻反映了同父异母三姐妹（百子、麻子和若子）在战后环境中各自不同的命运。

川端康成在不少作品中都用"虹"来象征人物的情感和命运，并赋予美丽的七彩之"虹"复杂的内涵。在川端康成文学中，"虹"首先是希望和憧憬的象征。"东京也出彩虹吗？这镜子里也会出彩虹吗？幼小的她站在彩虹的小河边。"① 这里的"虹"是《水晶幻想》中的女主人公在作为小姑娘时的希望，表达了她对东京和未来的美好向往。《虹》中，美少年木村曾梦想成为飞行家，但在战后混乱的时代中，他整天和舞女们混在一起，醉生梦死。于是他对生活感到了厌倦，进而想逃避现实，"想飞到彩虹里"。在他眼里，虹是超越现实的理想世界的象征。其次，"虹"还是吉凶的象征。七彩之虹是绚丽多姿的，人们往往把虹的出现当作吉利的象征，认为它会给人们带来幸福和希望。但七彩之虹又是虚幻的、瞬息即逝的，幸福和"虹"一样也多是短暂无常的。因此，在特定情境下，川端小说中的"虹"又是不吉利的象征。中国古代也有"白虹贯日，则有战乱"的说法。在小说《美丽与悲哀》中，坂见庆子是个富有魅力的妖女，并与自己的师傅音子陷入同性恋之中。出于嫉妒，庆子主动勾引音子的初恋情人大木年雄和他的儿子太一郎。她腰系一条自己有意画了"无色的虹"的腰带，在天快黑时诱惑太一郎与她一起去乘汽艇。结果汽艇发生了事故，庆子被救了上来，太一郎却身陷湖底，她终于达到了复仇的目的。庆子腰带上的"无色的虹"是蕴含着其预谋的。"只是水墨浓淡的曲线，也许谁都看不出来吧，但我想让夏天的虹绕在身上，这是时近黄昏悬在山上的虹。"② 黄昏喻示着生命之晚期，而"时近黄昏悬在山上的虹""无色之虹"分明是一条妖气十足的夺命勾魂之虹。它比贯日白虹更加不吉利，它凝聚了庆子的妖气、魔性，把年轻、单纯的太一郎引向了一个无人知晓的黄泉世界。

在《彩虹几度》中，川端康成把季节的轮回与"虹"的复杂意蕴紧密结合起来，并在此基础上，含蓄地表现了三姐妹的悲欢离合与情感命运。小说以"冬天的彩虹"开篇，岁暮年初时节，麻子独自一人去京都寻找自己的妹妹若子，在失望而归的路上，她望见了琵琶湖上空美丽的彩虹。此时在麻子的眼中，彩虹是吉利的象征，是幸福和希望的象征。她说："我们大人年末看见大彩

① 川端康成：《川端康成作品：再婚的女人》，叶渭渠、郑民钦译，漓江出版社，1998，第105页。

② 叶渭渠主编《川端康成文集 美丽与悲哀 蒲公英》，中国社会科学出版社，1996，第144页。

虹，来年该是个好年，幸福要来了。"于是，她的"心飞到湖水对面的彩虹那边，似乎想要到那彩虹之国去"①。她相信经过自己的努力，妹妹若子会回到自己的身边，也很快会有一个充满爱的家庭出现。但与麻子同座的大谷却说："冬天的彩虹有点瘆人。热带的花在寒带开放，真有些像废王之恋呢。也许因为彩虹下端猛然断开……"②果然，美丽的七彩之虹很快就变换了它的姿影，失去了其优美的弓形曲线，成为无法跨越的断虹。这样，虹就以大自然的语言带给麻子一丝不祥的预感。她们姐妹之间的情感鸿沟或许就像这冬天不合时宜的断虹，是根本无法跨越的。也许姐姐百子的极端说法更为真实："人有各种各样的游泳方法，有适合本人性情的水池的水……兄弟姐妹早晚也要成为外人，那样更好。就任她随便谋生算了。"③毕竟若子是在作为艺妓的母亲身边长大的，而麻子和百子则是在作为建筑师的父亲身边长大的，不同的生活环境造成了她们身份的悬殊，注定了她们终将分离的命运。因此，冬天的断虹也就成为不吉利的预兆，成为理想无法实现的象征。

在接下来万物萌生的春天，小说中没有出现"春天的虹"，却出现了"桥"。弓形的桥与彩虹的形状是非常相似的，因此，"桥"在川端康成笔下也就成为"虹"的化身。在春花烂漫的时节，青木夏二的出现对百子和麻子姐妹而言，可以说是一石激起千层浪。百子曾与启太相爱，但启太后来在战争中牺牲，夏二恰是启太的弟弟。因此，百子从夏二的举手投足间清晰地看到了已死去的恋人的影子，过去的情感和悲伤也如同春天万物的复苏样一破堤而出。与此同时，麻子与夏二也在春天邂逅，他们随同万物的生机萌生了新的情感。这样，在百子和死去的启太之间，在麻子和夏二之间就建立了不同的"桥"。百子与启太的桥"像是一座没有对岸的桥。活着的人架起了桥，对岸没有支柱，桥的那一端就会悬空。而且，这桥无论延伸多长，也是到不了对岸的。"④启太死了，但百子的爱却并没有因恋人生命的终结而终止，反而愈加浓厚。百子独自架起的这座"没有对岸的桥"无疑象征了百子"单向通行"之爱的痛苦与徒劳。麻子与夏二渴望建立"像彩虹一样美丽的桥"，这象征了他们对爱的美好憧憬，但彩虹的虚幻无常，无疑也象征了他们内心的不安，因为他们根本无法

---

① 川端康成：《川端康成作品：彩虹几度》，孔宪科、杨炳晨译，漓江出版社，1998，第3页。
② 同①。
③ 川端康成：《川端康成作品：彩虹几度》，孔宪科、杨炳晨译，漓江出版社，1998，第10页。
④ 川端康成：《川端康成作品：彩虹几度》，孔宪科、杨炳晨译，漓江出版社，1998，第81页。

跨越启太和百子之爱的阴影。因此，"没有对岸的桥"如同"断虹"，依旧是理想无法实现的象征，是不吉利的象征；"像彩虹一样美丽的桥"，也依然是虚幻无常的象征。

百子与死去的启太之间、麻子与夏二之间的沉重情感随着夏天的到来而更加浓郁。因无法承受失去启太的痛苦，百子与少年竹宫陷入更加病态的爱恋中，并孕育了不该孕育的生命。麻子也因恋情的折磨，原本健康的身体垮了下来，住进了医院。等麻子出院时已到了万物开始沉寂的秋天。在萧瑟的秋季里，秋叶开始凋零，万物也都收起了对生命的热望。川端康成依然用大自然的语言，对少年竹宫的夭折及百子的流产做出了预示："银杏的叶子还不是落叶的颜色，才刚刚开始发黄。这样的叶子也许很脆。"① 竹宫自杀，孩子流产，百子也逐渐熄灭了心中的火焰，陷入任人摆布的无为状态。麻子也随着病愈消除了内心的痛苦，熄灭了对夏二复杂的爱。在医院流产期间，百子收到了麻子的信，信中说东京的天空又出现了彩虹，或许这就是两姐妹获得"无心"之后，预示着她们明媚未来的"彩虹之路"吧。"秋天的彩虹"在这里终于成为吉利与幸福的象征。

春天是万物复苏的季节，但小说并没有写象征幸福和希望的春天之虹，却代之以现实中的"断桥"。秋天是万物凋零的季节，然而东京的天空却出现了美丽的彩虹。这看似矛盾，其中却蕴藏着深层内涵。在川端康成看来，执着于现实的情感复苏或过度膨胀，都会给人带来极大的痛苦，相反，徒劳之爱的熄灭才会给人带来幸福和安宁，这其中包含着他深邃的"无"与"空"的思想。因此，在小说中，"秋天的虹"才是幸福和希望的象征。

通过分析川端康成对春、夏、秋、冬的细腻描写，可以看出他是一个对季节变迁的感应很敏锐的人。当他在仲夏清晨被伯劳鸟的叫声惊醒时，会"不由感受到秋意"。他说，"在一个季节里必然感受到下一个季节的来临。冬季总是孕育春天。春天总是孕育着夏天"②。在创作《雪国》之前和期间，川端康成曾多次来到越后汤泽，每次都因踏访的时间不同而获得不同的感受，并由此形成小说中季节的推移。但是川端康成很少呆板突兀地直接点明季节，而是用十分优美、含蓄的语言不动声色地将其暗示出来，这是大自然赋予他的智慧。他笔下的初春是寒樱开放的季节，暮春是落樱纷飞的季节，夏天是"麦田飘香的季

① 川端康成：《川端康成作品：彩虹几度》，孔宪科、杨炳晨译，漓江出版社，1998，第114页。
② 叶渭渠主编《川端康成文集：美的存在与发现》，中国社会科学出版社，1996，第73页。

节"，秋天是"枫红""飞蛾产卵"的季节，隆冬则是"滑雪的季节"，等等。此外，川端康成对季节的敏感又带有浓厚的人情味，使自然人性化。

第三节　自然美与人情美的深度契合

川端康成在注重描写自然美的同时，通过对故事情节的开展、人物形象的塑造，使作品达到了自然美与人情美的深度契合。

《古都》首先是将京都的传统、精神文化和风物展示给读者。它从四时行事赏樱、葵节、祇园节、鞍马的伐竹会、如意岳的大字篝火、时代节，到名胜古迹平安神宫、南禅寺、御室仁和寺、北野神社、圆山公园的左阿弥、正仓院的仿古书画断片，再到加茂川风光、嵯峨竹林、北山圆杉、青莲院楠木，乃至西阵的织锦、植物园的草木花卉，凡是京都的一景一物，无不在他的笔下生辉，染上绚丽的色彩。小说不仅写出了现代京都的风物，而且展示了千年来京都的变迁，保持了京都小巷纤细的自然景象中的传统气息，重现了古都的自然美和传统美。这部作品所抒发的怀旧之情，慨叹日本传统的不断衰落，实际上是感时伤世，嗟叹战败后京都的荒芜，以图焕发国人对保护京都传统和发扬民族精神文化的热忱。它也是对战后美国化的风潮冲击日本传统的一种警告，表现了川端康成对日本传统的珍爱。

但是，《古都》也不是单纯地独立地写景物，不是一部地方志，而是独具匠心地将故事情节的展开、人物形象的塑造完美地同写古都的风物时令结合在一起，将人物作为自然的一部分，使人物与自然共生，一体化了。也就是说，作者描写自然，不单是为了构成环境，也不仅是限于烘托气氛或渲染情调，而是将人物的感情生活投影于自然，假托于自然，借自然景象以寄意抒情，创造了一种独特的魅力。

小说写了四处紫花地丁的变化来暗喻千重子和苗子命运的发展。首章"春花"，是从千重子家宅庭园中的老枫树上的上下两株紫花地丁开花的情景开始描写的：

打千重子懂事的时候起，那树上就有两株紫花地丁了。

上边那株和下边这株相距约莫一尺。妙龄的千重子不免想道："上边和下边的紫花地丁彼此会不会相识，会不会相认呢？"她所想的紫花地丁"相见"和"相识"是什么意思呢？

川端康成在这里只是说明千重子为这两株紫花地丁的生命所感动，引起了无限"孤寂"的感伤情绪，虽然还没有道明千重子的感慨的含意，但却借千重子的感叹，提出她所想的两株紫花地丁的"相见"和"相识"是什么意思，为后来千重子和苗子这对孪生姐妹的离别又重逢、相识相认做了艺术的铺垫。

第二次，作家在"北山杉"一章再现这两株紫花地丁：

千重子把脸转向中院，沉默了一会儿。

"像那棵枫树多顽强啊，可在我身上……"千重子的话声里带着哀伤的情调，"我顶多就像生长在枫树干小洞里的紫花地丁，哎呀，紫花地丁的花，不知不觉间也凋谢了。"

"真的……明春一定会重新开花的。"母亲说。

低下头的千重子，把目光停在枫树根旁那座雕有基督像的灯笼上。（中略）好像在祈祷什么。

"妈妈，真的，我是在什么地方生的？"母亲和父亲面面相觑。

作者又借千重子的嘴，说出"我也像生长在枫树干小洞里的紫花地丁"，然后怀疑自己的出生地和身世，来象征千重子的命运，并将她对紫花地丁生命的惆怅色彩，渗透到她自己的心间，她发出的感慨，不仅起到了故事情节铺展和人物感情流动的诱发作用，而且构成苗子登场后的微妙心理的伏线。

第三次在"祗园节"一章再一次出现同一物象是这样描述的：

今天晚上，中院那个雕有基督像的灯笼也点亮了。老枫树树干上的那两株紫花地丁也依稀可见。

花朵已经凋谢。上下两株小小的紫花地丁大概是千重子和苗子的象征吧？看样子，这两株紫花地丁以前不曾见过面，而今晚上是不是已经相会了呢？在朦胧的灯光下，千重子凝望着这两株紫花地丁，不觉又一次噙上了眼泪。

作家在这里才点明上下两株紫花地丁的隐喻意义。这对孪生姐妹经过春、夏的几次欢聚，到了深秋即将悲离的时候。

第四次在"深秋的姐妹"一章最后一次出现这两株紫花地丁时，它们的叶子"却已经开始枯黄了"。这简洁的一笔，浓重地渲染了千重子与苗子即将悲离的感伤情调和沉痛心绪，使千重子的感情生活更富有悲哀的色彩。可以说，千重子感情色彩的变化，许多时候是依托在紫花地丁几次出现和变化之中，有时她为紫花地丁的"生命"所打动，有时她又为紫花地丁的"孤独"而哀伤。紫花地丁已经不单纯是物象的存在，而是与人的心灵、精神以及人的命运相通了。

川端康成由写千重子感叹紫花地丁而及于古老的灯笼、灯笼脚上的基督立像、玛利亚没有抱婴儿等外界景物，这都是以千重子联想自己的出生，猜疑自己是个"弃儿"的主观感觉为转移的，使人物内在心理的演变，不仅依托在紫花地丁这"狭窄的小天地上"，而且随着时间的推进和景物的位移，在更广阔的空间自由驰骋，使人物的主观感觉带上冥冥的幻象。川端康成还涉笔千重子由想起自己饲养的古丹壶里的金钟儿，而又及于中国的"壶中别有天地"的故事，给小说投下了暗示的象征。无论是紫花地丁还是金钟儿，都是在狭窄困苦的地方生存，千重子由这种"自然的生命"，勾起了一种莫名的惆怅，从而又产生新的联想，联想到自己的身世和孤独的处境。总之，景物的变化和位移的过程，就是人物心理的流程，人物个性的发展从忧而喜，又由喜而悲，完全融进自然景物中了。

在这部小说里，除了紫花地丁之外，川端康成倾注心血最多的描写对象，就是北山杉。这是他赋予人格美的物象之一。

川端康成在散文《北山杉》中说过："京都的北山杉是《古都》的主要舞台。"他为了写北山杉，曾三次到北山去赏景观杉，培养创作的灵感，以着力挖掘杉的内在美。在《古都》里，川端康成对杉的外形美着墨不浓，只借助小说家大佛次郎在《京都之恋》中的第一段描写："北山的杉林层层叠叠，漫空笼翠，宛如云层一般。山上还有一行赤杉，它的树干纤细，线条清晰，整座山林像一个乐章，送来了悠长的林声……"它有色、有乐、也有林声，展现了北山杉木的外形美，而川端康成用自己的笔墨，浓重地表现杉树的人格美。作者写杉，是从千重子喜欢看北山杉落笔，来诱发出这对孪生姐妹的命运与杉的关系的。苗子栖居北山杉林间，千重子、苗子的生身父亲可能是劳动时从杉树上摔下致死，千重子甚至觉得她爱杉，"说不定是被父亲的灵魂召唤"，乃至这对孪生姐妹的相见、相认、相离都是与杉树结下了不解之缘。她们两人在杉树下躲雨的场面，更是仰赖于杉林的衬托。可以说，作者以杉林抒发了千重子思念生父的哀切情怀，喻示千重子和苗子的手足之情犹如杉一般优雅、纤细和微妙，更以杉木的坚挺、秀丽与苗子纯朴的性格、正直的心灵相映衬。作者写杉，完全是为了诱起作品中人物的喜怒哀乐的感情，与人物性格的塑造是密切关联的。因此，与其说川端康成是在写杉，不如说是在抒情，这是一种形式独特的抒情描写。杉也好，紫花地丁也好，早已超脱了物象本身，而抹上了人物的感情色彩，达到了主客观、物与我、景与意、形与神的完美契合。一部小说能把如此丰富的风物与如此细腻微妙的感情实现完美的交融，这不仅在川端康成的其他小说中不多见，而且在日本现代小说中也确实是很稀罕的。文艺评论家山本健吉说得好："从某种意义上，也可以说《古都》是地理风土的小说。实际上，作者到底是想写美丽的女主人公，或是女主人公姐妹俩，还是想写京都的风物，我认为作者本人也难以分清孰主孰从。"这位文艺评论家是倾向于"这对姐妹也是为了突出京都的风物而塑造的"。

第四章 川端康成作品的色彩审美

第一节 川端康成作品色彩描写的内涵化

川端康成是色彩描绘的大师，有着非常人的敏锐的色彩知觉。在他的小说中有大量细致精微的色彩元素，其主要作品《伊豆的舞女》《雪国》《古都》《睡美人》《千只鹤》《山音》《湖》以及一些短篇作品中都出现了大量的色彩词，其中最为典型且寓意深厚的就是白色、红色与黑色。康定斯基认为"颜色是直接对心灵产生影响的一种方式，色彩是琴键，眼睛是音相，心灵是绷满的琴"①。色彩除了能流露个人的内心情感，更渗透到了广泛的历史文化领域，承载了丰富的文化内涵。有时，色彩作为一种文化符号的载体能够微妙地映射出一个民族的审美情趣与审美文化心理。川端康成的小说中充溢了大量的色彩，且每种色彩的背后都有其代表的象征意义，是作者传情达意的手段之一。而作品中时常出现的白色、红色与黑色这些经典的"原色"更是表现突出，它们被赋予了深厚、多样的意义，是川端康成文学视觉版块中重要的组成部分。

一、代表空灵圣洁之美的白色

"当色彩与人们的生活发生联系时，由于人们风格习惯、生活实践、审美态度的作用，就使色彩带上了一定的情感意味，具有一定的象征意义。"②在人

---

① 康定斯基：《艺术中的精神》，重庆大学出版社，2011，第4页。
② 季水河：《美学理论纲要》，湖南人民出版社，2011，第86页。

们的色彩感知中，白色象征着清明、纯洁，日本神话中的神兽白鹿、白鸟等都是天神的化身。白色自古以来就是尊贵的颜色，对白色的崇敬与喜爱贯穿日本的历史与文学，渗透到日本人生活的各个方面。日本的国旗就以白色为底色，天皇的衣服为白色，婚礼服饰也为白色。且白色所表现的素淡之美与禅宗、茶道、花道等艺术所崇尚的简素相通。川端康成继承了传统文化中对白色的审美认识，并将对白色的审美认识融入文学创作之中，表现出了文学的轻灵之美。在川端康成主要的七部作品中，白色出现了很多次，它在小说的色彩板块中是必不可少的组成部分。白色常会被与空、无联系在一起，但川端康成提到"没有杂色的洁白，是最清高也最富有色彩的"①。因此白色除了纯洁性还兼备丰富性，在小说中发挥着不同的艺术效用。譬如塑造神秘的幻想空间、突出纯洁清丽的少女形象、净化心灵的污浊等。

　　"穿过县界长长的隧道，便是雪国。夜空下一片白茫茫"②，这是《雪国》颇受好评的开篇。列车冲出逼仄黑暗的隧道，进入一片广阔清冽的世界。"隧道"成为现实与幻想的边界，一端是喧哗热闹的都市，另一端是古朴幽静的雪乡小村。"雪国"正是川端康成用白雪塑造的幻想之乡，长满白色芭茅的后山，雪漂的绉纱、雪中的火灾与银白色的星河，这些让人印象深刻的意象与场景都是以白色为基础色调。《雪国》中的山村覆盖着的白色的雪，隔离了纯净空旷的雪乡与外部世界。遥远纯白的幻想世界其实是川端康成心灵净土的映照。类似雪国的白色空间在小说《抒情歌》中也有描绘，龙枝在幻境中看到已故恋人的房间："房间的墙壁是乳白色的，古贺春江的油画和广重的版画《木曾雪景》相对而挂。壁毯是印度丝帛的极乐鸟图。椅套是白色的，煤气暖炉也是白色的。"③尽管龙枝所看到的"白色房间"暗示着死亡世界，但这个白色的幻想空间并没有阴森恐怖的氛围，反而充斥着明快安详的气息，是人死后安宁的灵魂归所。小林秀雄评价川端康成："我总认为川端康成的心灵深处是冷澈的，是一个大空洞。这是一个非常珍贵的空洞。川端康成几乎是自我无存，让他人的生命之光通过这空洞之中。"④无论是《雪国》还是《抒情歌》，小说中塑造出的

① 叶渭渠主编《川端康成文集：美的存在与发现》，中国社会科学出版社，1996，第208-211页。
② 叶渭渠主编《川端康成文集：雪国 古都》，中国社会科学出版社，1996，第3页。
③ 叶渭渠主编《川端康成文集：伊豆的舞女》，中国社会科学出版社，1996，第162页。
④ 长谷川泉：《长谷川泉日本文学论著选：川端康成论》，孟庆枢译，时代文艺出版社，1993，第246页。

幻想空间都是神秘而冰凉的"空洞",通过白色将"空洞"的时空感无限地扩大延伸,营造出了一种空旷寂寞的气氛。川端康成在这广阔的"空洞"中置放小说人物的情感与生命,并使其熠熠生辉。与超现实的幻想空间相对应,白色还突出表现了环境中女性的纯净之美。无论在中国还是日本,"洁白无瑕"都是女性纯洁的代名词。川端康成喜爱用白色展现女性肌肤的白皙柔嫩,用白色的衣物或装饰衬托女性的圣洁。《雪国》中的叶子、《伊豆的舞女》中的舞女、《千只鹤》中的稻村雪子、《山音》中的菊子等这类洁白纯净的女性在川端康成小说中不计其数,她们美好的姿态都离不开白色的渲染和映衬。与雪国洁白晶莹的环境相衬,叶子的形象如雪花般纯净冰凉充满了虚幻哀婉的美感,她就像一个漂浮在雪国中的白色精灵,被笼罩在一片朦胧之中。叶子以空灵的声音出场"她说话声音优美而近乎悲戚"[1],以火灾中坠落为结束"火光在她那张惨白的脸上摇曳着"[2]。川端康成描写叶子坠楼的形态如一片雪花飘落在茫茫火光中融化凋零,仿佛她并非来自人间而是来自遥不可及的圣洁世界,死亡凝固了她永恒的美。《千只鹤》中的稻村小姐在菊治眼中一直都是纯美的象征,"菊治感到这位点茶的小姐的纯洁实在很美"[3]。小说中白色的千只鹤是稻村小姐的标志,也是纯洁的象征。"小姐的周边,仿佛有又白又小的千只鹤在翩翩飞舞。"[4]千羽飞动的白鹤衬托出稻村小姐的纯美清雅。总的说来,川端康成在众多小说中都塑造过纯净无瑕的圣女形象,这些女性形象取材于现实生活,在艺术加工的过程中,川端康成用白色将她们洗礼、净化,雕琢出一个个理想化的圣女形象。

白色还象征着净化与洗礼,日本神道认为,凡是有色即为不洁,唯有白色纤尘不染,至纯至洁,最宜作为神圣的象征。川端康成利用白色无垢的特质,稀释和消解了女性肉体官能的诱惑性,赋予了她们精神上的洁净感,从而塑造了她们纯净无瑕的形象。《伊豆的舞女》中青稚的舞女是社会底层的卖艺者,被人轻贱。而"我"在初见舞女时也产生过邪念,被世俗污染的"我"在浴场看到少女的裸体时被她的纯洁赤诚所感染,"洁白的裸体,修长的双腿,站在那里宛如一株小梧桐。我看到这幅景象,仿佛有一股清泉荡涤着我的

---

① 川端康成:《雪国》,叶渭渠、唐月梅译,北京燕山出版社,2001,第28页。
② 川端康成:《雪国》,叶渭渠、唐月梅译,北京燕山出版社,2001,第122页。
③ 川端康成:《雪国》,叶渭渠、唐月梅译,北京燕山出版社,2001,第14页。
④ 川端康成:《千只鹤》,叶渭渠译,南海出版公司,2013,第16页。

心。"①"我"不禁感到身心被洗涤得干净清爽，变得快活兴奋。这里的白不仅净化了舞女，使她远离世俗回归童稚，更净化了"我"的心灵让"我"抛弃杂念，享受纯真的人情。雪乡的传统"雪晒绉纱"是指织纱在纯白的雪地中接受曝晒，就如同将人放置在雪国中接受白色的净化与洗礼，清除内心的杂念与污秽，此时的白色也是净化污秽的手段。因此雪国中的人物也浸染了纯净之白，表现出不同于现实的空灵之美。

二、代表爱欲官能之美的红色

自古以来，红色在不同民族的自然认知中都代表着太阳与火，给人原始、冲动、本能的印象。同样在所有色彩中，红色所代表的情感最为激烈，其所蕴含的情感内涵也十分丰富，时而明快温暖，时而禁忌压抑。川端康成文学中红色的特别之处在于，它"具有一种热烈、兴奋的情调"②，在许多情境下沾染了充满官能感的情欲色彩，散发着常轨之外的危险气息，给人强烈的视觉与心理冲击。红色在川端康成主要的小说中也多次出现，是川端康成突出视觉刺激感的重要元素之一。

红色，象征着生命的热烈燃烧。《雪国》中的驹子与叶子是相对应的人物，她们分别被纳入了红与白两个迥异的色彩板块，象征着精神的叶子以白色为底色，体现了其至纯的圣洁之美；而象征着生命活力的驹子以红色为底色，实化为肉体的存在。"双颊绯红，很有朝气。那两片美丽又红润的嘴唇微微闭上时，上面好像闪烁着红光，显得格外润泽。"③绯红的脸庞与红润的嘴唇是驹子外貌描写的重要特征，驹子的许多出场川端康成都着力铺陈艳丽光彩的红色，以展现驹子洋溢的青春活力。"和服后领敞开，可以望到脊背也变得红殷殷的"④，驹子脸部的红润扩散到了身体肌肤、脊背，甚至连周围的环境都被染上了红色。"县界上的群山，红锈色彩更加浓重了，在夕晖晚照下，有点像冰凉的矿石，发出了暗红色的光泽。"⑤由局部到整体，由内及外使驹子的肉体都浸透在红色之中。红色不仅仅是肉体的血色，也是灵魂炽烈燃烧的颜色，驹子的灵魂也是

---

① 叶渭渠主编《川端康成文集：伊豆的舞女》，中国社会科学出版社，1996，第84页。
② 季水河：《美学理论纲要》，湖南人民出版社，2011，第86页。
③ 川端康成：《雪国》，叶渭渠、唐月梅译，北京燕山出版社，2001，第64页。
④ 川端康成：《雪国》，叶渭渠、唐月梅译，北京燕山出版社，2001，第58页。
⑤ 川端康成：《雪国》，叶渭渠、唐月梅译，北京燕山出版社，2001，第97页。

红色的，她的灵魂充溢着热烈纯粹的情感，她的出现就像热和光投入到了岛村虚无的人生中。在岛村看来驹子的爱就像一团火，而驹子也说自己是"火枕"会将他烧伤。驹子的红色是明亮、艳丽、温暖的，是生命炽烈燃烧的红。

三、代表悲寂死亡之美的黑色

佐竹昭广在《万叶集拔书》中提到："日本人的原始色彩感觉是赤为明、黑为暗、白为显、青为晕。这些色名是根据日出日落时的光线的差异区分的，通过明显对立的色表现出两种光的谱系。"① 黑色在日本文化中与赤、白相对，是死亡的象征。川端康成的小说中，多次出现了黑色，黑色是其色彩板块中重要的一部分。川端康成继承了文化传统对黑色的审美释义，常用它来渲染压抑消沉的氛围，表现人的消极情绪。在无声的黑色中，所有的色彩都被压抑得失声，这种不明朗的色相在川端康成的文学中被赋予了丑陋、寂寞、死亡的内涵。川端康成在小说中非常细致地刻画了"黑色标记"，如《湖》中银平黑色的脚，《千只鹤》中栗本的黑痣。这些丑陋的黑色标记在生理与心理上都给人带来了不适感，让人联想到不洁与邪恶。银平因为一双天生如猿猴般丑陋的脚而感到自卑和难堪，"这双脚脚背的皮肤又厚又黑，脚掌心皱皱巴巴，长脚趾骨突出面弯曲，令人望而生畏"② 但他又不断地用这双黑色的脚跟踪白皙肌肤的美人，黑与白的界限使他望而却步，自觉放弃了触摸圣洁少女们的想法，仅仅满足于遥望与追寻。近子的黑痣在《千只鹤》中出现了多次，是小说着墨描写的重点。这颗黑痣给幼小的菊治带来了长久心理阴影，"虽说我八九岁的时候，只看到过一次那块痣，但直到现在还浮现在我眼前呢"③。栗本的黑痣让菊治感到丑陋不堪难以忍受，他认为如果吃奶的婴儿降生于世睁眼看到的第一幅景象就是母亲乳房上的黑痣，那么这颗痣在幼小的孩子内心深处留下的阴影会伴随着他的一生。这颗黑痣在菊治眼中不仅是痣，更是某些邪恶事物产生的缘由。他把栗本的阴谋都归咎于这颗黑痣，认为栗本强行干涉他的生活，背后肯定有某种不可告人的目的，他既厌恶又惧怕着栗本。黑痣就是栗本的象征，象征着她的丑陋、邪恶、粗俗。

---

① 叶渭渠、康月梅：《物哀与幽玄：日本人的美意识》，广西师范大学出版社，2002，第48页。

② 叶渭渠主编《川端康成文集：山音 湖》，中国社会科学出版社，1996，第89页。

③ 川端康成：《千只鹤》，叶渭渠译，南海出版公司，2013，第23页。

川端康成小说中的这些黑色标记，一方面是被标记者阴暗和自卑人生的源头，另一方面也给他人带来不适感和恐惧感，是邪恶丑陋的象征。

"黑色是无声的色彩，在这种色调上，几乎所有的色彩都丧失了声响，某些完全四散流溢只在身后留下微弱的、极其无力的声响。"①康定斯基色彩分析中描述了黑色寂寞无声与消沉压抑的特性，在小说中这种色彩特性得到了细致的体现。《雪国》中的岛村是疏离冷静的旁观者，他观看着山村的风土人情，观看着不同女人徒劳的一生，往返于城市乡村，游离于现实之外，不属于任何一个地方，他的灵魂是虚无而寂寞的。岛村的心是个巨大的空洞，里面几乎自我无存，他是一个游离的观看者。因此他眼中的风景总浸染了凄清寂寞的情感，雪国的夜景就是其心境的真实写照："繁星移近眼前，把夜空越推越远，夜色也越来越深沉了。县界的山峦已经层次不清，显得更加黑苍苍的，沉重地垂在星空的边际。"②黑夜繁星与黑色山峦正是这个孤独的探寻者心灵的外在折射。在岛村空洞心理的对照下，驹子的一言一行都是生命的赞歌。她那认真的反抗，认真的笑，炽烈的爱都是一种生的姿态，但即使这样也逃不过命运的捉弄，她所有的努力只留下了"徒劳的"叹息。驹子是一个认真生活的女人，她十分爱洁："女子给人的印象洁净得出奇，甚至令人想到她的脚趾弯里大概也是洁净的。"③但因命运的安排。她过着寄人篱下的生活，住在如旧纸箱一般昏暗肮脏的蚕室"房子显得很矮，黑压压的，笼罩着一种冷冷清清的气氛。"④驹子就像一只蚕蛹，她透明的身躯栖息在这块狭小昏暗的地方。洁净的女人与黑色逼仄的房间这样鲜明的对比更加突出了沉重的压抑感，一个梦想着当琴师的认真生活的女人，不得不蜷缩在阴暗的蚕室中被现实的黑暗渐渐吞噬，她如火般炽烈的情感，不断挣扎奋斗的人生，最后只剩下一片徒劳的叹息，无声的黑色吞没了她。黑色的寂静无声相融于岛村虚无寂寞的心灵和驹子徒劳的宿命，表现出一种虚无悲哀之美。

寂静的黑色不仅流露出寂寞悲哀的情感更象征着死亡，人们自然地将黑色与死亡相连，认为静谧的黑色是与生命终结的无声状态相契合的。掌小说《白马》中，野口梦到身着红衣的画中恋人妙子变成了黑衣女郎："好像层层黑布连

---

① 康定斯基：《艺术中的精神》，李政文、魏大海译，中国人民大学出版社，2003，第77页。
② 川端康成：《雪国》，叶渭渠、唐月梅译，北京燕山出版社，2001，第48页。
③ 川端康成：《雪国》，叶渭渠、唐月梅译，北京燕山出版社，2001，第48页。
④ 川端康成：《雪国》，叶渭渠、唐月梅译，北京燕山出版社，2001，第53页。

在黑衣上，又好像是同黑衣分开的另一种东西'那是什么东西啊？'"①衣服的颜色由红变黑，象征着鲜活生命渐渐迈向死亡，颜色变化预示着妙子生命的流逝。梦是心理的折射，梦境中的黑色元素也是老人因死亡逼近而产生的焦躁恐惧情绪的投射。死亡气息一直萦绕在川端康成描写老人的文学作品中，《睡美人》中江口老人一进秘密房间就想起和歌"黑夜给我准备的，是蟾蜍、黑犬和溺死者。"②在房间里昏睡的少女，她们服药后没有任何知觉，只是一个有血肉触感的真人玩偶。与之共眠的老人"内心涌起的，也许不只是接近死亡的恐惧和对青春流逝的哀戚。"③与死亡为邻的老人和近似死亡状态的无知觉的少女都被困在黑色的昏暗房间，老人每次与睡美人共处都会由年轻的躯体产生联想，回忆自己的人生。他们或忏悔，或思考，如同生命即将结束前对神灵的祷告。江口老人最后一次来到俱乐部，为他服务的是一个皮肤黝黑的姑娘，黑姑娘在夜间猝死，黑色的力量逐渐占据主导，他看到了黑色的海："老人仿佛看到那又黑又广阔的海，有一只大雕般的凶鸟叼着血淋淋的猎物，几乎贴着黑色波浪在盘旋。"④黑黢黢的海面下仿佛有死神在召唤，黑姑娘的死让老人感到恐惧、绝望，黑色的寂静压倒了一切。江口也被这浓厚的黑包裹着，他的内心充满了黑色的死亡威压，弥漫着时间流逝、生命丧失的无奈与悲哀。

在川端康成的文学世界中，色彩具有丰富的内涵与意义，浸透在作品中的色彩不仅仅是塑造形象的手段更是表情达意的途径之一，色彩与自然环境、人物情感息息相关，通过色彩可以窥见日本传统的"感性文化"一隅。川端康成自述"我爱好美术作……就是没有能力把它变成语言，也不想因为培养这种能力而丧失那种只能意会不能言传的乐趣。"⑤川端康成对色彩的调配驾轻就熟，他所说的"没有能力"只是自谦。但他的话提醒了我们，文学中色彩词的魅力绝不只是将色彩与情感内涵连线式地对应。前文所分析的色彩内涵与象征也只是选取其中具有普遍性的特征为例。川端康成文学的色彩运用极其细腻丰富，在色彩的调配上除了上述的黑、白、红等具有代表性的原色外，也有许多与日常相悖的陌生化运用等。

---

① 叶渭渠主编《川端康成文集：掌小说全集》，中国社会科学出版社，1996，第560页。
② 川端康成：《睡美人》，叶渭渠、唐月梅译，北京燕山出版社，2007，第253页。
③ 川端康成：《睡美人》，叶渭渠、唐月梅译，北京燕山出版社，2007，第283页。
④ 川端康成：《睡美人》，叶渭渠、唐月梅译，北京燕山出版社，2007，第289页。
⑤ 叶渭渠主编《川端康成文集：花未眠——散文选编》，广西师范大学出版社，2002，第224页。

第二节　川端康成作品主要色彩探析

一、"红""黑""白"——典型的女性形象的塑造

在美学发展史上，典型问题一直和美的本质问题紧密联系在一起，别林斯基在评《现代人》的文章中曾说过"没有典型化，就没有艺术"[1]，可见，典型问题在美学中的重要性。典型强调普遍性与特殊性的统一，而在川端康成的小说中，色彩正是将女性形象中蕴含的共性与个性展现得淋漓尽致的重要因素。

川端康成作品中用于塑造女性人物形象的"红""白""黑"的色彩组合以"红色"为主。"红色"在川端康成小说中有着多样化的运用，通过修饰词而形成的浓淡、明暗不同的"红"色对人物形象的塑造产生了恰到好处的作用。正如上文第一章中所说，在日本文化中，红色和黄色是被视为一体的，因此，川端康成作品中的"红"色系可以由两个层次构成，第一个层次包含"红"和"黄"两个色彩大类，第二个层次则是"红"和"黄"在文本中的细化。据统计，"红"在川端康成的小说中主要可以细化为红、绯红、微红、暗红、血色、淡红、粉红、黄红、深红、桃红、赤、浅红、黑红、暗红、朱红、胭脂、嫣红、艳红、殷红、彤红等；"黄"则主要可以细化为黄、浅黄、深黄、土色、枯黄、蜡黄、淡黄等。可以说，"红色"不仅是川端康成的小说中出现频率最高的色彩，也是被表现得最为丰富的色彩。而"白"色和"黑"色在川端康成小说中则相对比较单纯，没有那么多变的表现。

川端康成曾在其作品中强调过，人物描写可以分为形貌描写和心理描写两个部分。通过对其小说中色彩使用情况的观察，我们可以发现，色彩用于人物的情况也可以主要分为形貌塑造和心理情感塑造两个方面。

---

[1]　朱光潜：《西方美学史（下）》，江苏凤凰文艺出版社，2019，第678页。

（一）"红""白""黑"对女性人物形貌的塑造

"红""白""黑"的色彩组合在不同的作品不同的人物身上有着不同方式的运用，有时是三种色彩的交相辉映，有时则会弱化其中的一种或两种色彩。《雪国》中驹子的形象就主要是由"红""白""黑"三色共同构成的。"她那贴在岛村掌心的眼睑和颧骨上飞起的红潮，透过浓浓的白粉显现出来。这固然令人想到雪国之夜的寒峭，但是她那浓密的黑发却给人带来一股暖流。""女子懊恼地低下头，和服后领敞开，可以望到她的脊背也变得红殷殷的，宛如袒露着水灵灵的裸体。也许是发色的衬托，更使人有这种感觉吧。额发不太细密……像黑色金属矿一样乌亮发光。"①浓厚的"白粉"代表着驹子的艺伎身份以及工作的辛苦与无奈，而透过白粉显出的"红潮"和衣服下"红殷殷"的身体则代表着驹子本身真实的色彩。"镜子里白花花闪烁着的原来是雪。在镜中的雪里出现了女子通红的脸颊。这是一种无法形容的纯洁的美。"②未上妆的驹子脸颊的"通红"正是雪国的姑娘特有的艳红的颜色，是驹子真实的肤色。但"红"色在文本中不仅表示驹子本身的肤色，还代表着驹子心灵的颜色。即使浓厚的白粉也遮挡不住她时常显露在脸颊上的神色——或为"绯红"，或为"红晕"，或为"通红""涨红"等，这是驹子艺伎身份下天真、娇羞、纯洁的真实生命体现，也是岛村之所以认为她无比洁净的原因。此外，"红"色也应和着驹子所展现出的对美好生活的热情和向往。而文本中的"黑"色则主要表现为驹子乌黑的长发、浓黑如"半睁的眸子"的睫毛、生活起居的环境。浓黑的长发和睫毛或可彰显出驹子身体里蕴含的旺盛的生命力，但生活起居环境的"黑"色——"房子显得很矮，黑压压的③"，则和厚厚的"白粉"一起强调着与她内心的状态相矛盾的现实境况。一个内心充满热情、天真诚挚，想要努力挣脱现实生活的泥沼但却只能是"徒劳"的女性形象，在"红""白""黑"三种色彩的描画晕染中跃然纸上。

另一位《千只鹤》中的女性——雪子，则主要由"红""白"两种色彩共同构成，"红""白"两种色彩既是雪子拥有的绘着洁白的千只鹤的粉红色包袱皮的色彩，也是雪子的代表色。"那位小姐手拿一个用粉红色绉绸包袱皮包裹

---

① 川端康成：《雪国》，叶渭渠、唐月梅译，北京燕山出版社，2001，第25页。
② 川端康成：《雪国》，叶渭渠、唐月梅译，北京燕山出版社，2001，第31页。
③ 川端康成：《雪国》，叶渭渠、唐月梅译，北京燕山出版社，2001，第35页。

的小包，上面绘有洁白的千只鹤，美极了。"①菊治第一次见到雪子的时候就对她的包袱皮印象深刻，以至于他日后每每想起雪子，脑海中就浮现出绘着洁白的千只鹤的粉红色包袱皮或者纷飞的白色千只鹤。菊治甚至称雪子为"千只鹤小姐"。鹤在日本文化中被奉为神鸟，而白色因在日本文化中的神圣性常常被视为联系神与人间的色彩，因此以"洁白千只鹤"来象征雪子，不仅突出了她的纯洁，甚至在她的纯洁之上加上了神圣的色彩，正如菊治对雪子的感觉：纯洁得就像是"来自另一个世界的人"。而红色以及粉红色则赋予了雪子灵动、柔和、娇媚，"少女般的小红绸巾也不使人感到平庸，反倒给人一种水灵灵的感觉。小姐的手恍若朵朵绽开的红花。小姐的周边，仿佛有又白又小的千只鹤在翩翩飞舞"②。这里的"红""白"组合不再如《雪国》中驹子身上的"红""白"组合那样透露出一种矛盾的对立感，而是互相融合、相得益彰。"白"色为雪子增添了超越常人的高雅、纯洁，赋予她理想化、神圣化的女性形象和气质，"红"色特别是较浅的粉红色则为雪子添加了属于常人的温柔、可爱和真实感，"红"色可以更加衬托出"白"色的纯洁，"白"色也能凸显出"红"色的浪漫与灵动。

"红""白"组合在《千只鹤》中对女性柔美的塑造不仅出现在雪子这个角色身上，在另一位女性角色——太田夫人身上则有着更加直接的表现。文本中对太田夫人的形象着墨并不多，只是通过菊治的视角将她那无比的温顺、柔和、温馨强调了出来。直到太田夫人去世之后，菊治仍念念不忘她那份温柔，并且将她的遗物——志野陶的水罐和茶碗视为她的化身，这两件志野陶的器具都是"白釉里隐约透出微红"③，显得冷艳而温馨，菊治评价它们是似梦一般的柔和，"他本想说柔和的女人似梦一般，不过出口时省略了'女人'二字"④。"柔和的女人似梦一般"，不仅太田夫人似梦一般、雪子以及文子（太田夫人的女儿）也似梦一般。"白"色与"粉红"及"微红"的搭配，融合了高明度、低纯度的色彩和甜美的色彩元素，这样的搭配容易形成一种典雅、梦幻、柔和的氛围，正因为如此，被这"红"与"白"的色彩组合所笼罩的女性都具有了似梦一般的美。

① 川端康成：《千只鹤》，叶渭渠译，南海出版公司，2013，第7页。

② 川端康成：《千只鹤》，叶渭渠译，南海出版公司，2013，第16页。

③ 川端康成：《千只鹤》，叶渭渠译，南海出版公司，2013，第56页。

④ 同②。

除了驹子和雪子之外,《伊豆的舞女》中的熏子则是一位有着"洁白"肌肤、秀美"黑发""乌黑"眼珠以及时常飞"红"的脸庞的少女,而"我"则认为"她那双亮晶晶的又大又黑的眼珠娇媚地闪动着,这是她全身最美的地方"①。《古都》中的千重子同样有着"白嫩"的肌肤和常常"红"了的脸颊。《山音》中的菊子也是如此,但是"红"在她的身上更加频繁地出现,远远多于"白"。《睡美人》中的"睡美人"们虽形貌、姿态各异,但因为都是年轻的少女,再加上周围"深红色"帷幔的映衬,她们白皙的肌肤中都流淌着鲜活的"红"色,那是年轻的生命独具的血色。

由此可以发现,"红"色和"白"色在川端康成笔下的女性的形貌中运用得最为广泛,但是我们不能因此忽略"黑"色在女性形貌特征中的作用。如果要从总体上总结出川端康成笔下女性形貌的共同特征的话,那就是:白皙粉嫩的肌肤、时不时"红"起来的脸颊、"乌黑"浓密的秀发和"黑溜溜"的眼珠。

(二)"红""白""黑"对女性人物心理情感的塑造

除了运用于女性人物形貌神色的塑造,"红""白""黑"三色还被广泛运用于对女性人物的心理及情感的刻画。由于除《古都》外的其他五部作品都无一例外地采取了从男主人公的视角去观察、描绘女性的方式,这样的叙事视角为女性人物增添了朦胧感和神秘感,但同时也会有削弱女性人物的饱满度的倾向。而川端康成却在文本中非常巧妙地运用色彩将女性人物内在的心理、情感变化细腻地刻画了出来。

"红""白""黑"三色中,"红"色因其代表浪漫情感的属性往往被用来描写娇媚的女儿态和女子心中的恋情。《伊豆的舞女》描写了"我"和舞女熏子之间朦胧、纯洁的爱情,而故事中,熏子的少女心事正是通过几处"红"色表现出来的。"'冬天也能游泳吗?'我重问了一遍。舞女脸颊绯红,非常认真地轻轻点了点头。""她刚在我面前跪坐下来,脸就臊红了……"②"她那显得有些不自然的秀美的黑发几乎触到我的胸脯。她的脸倏地绯红了。"③《山音》中年轻又天真烂漫的儿媳妇菊子同对她格外关心的公公信吾之间产生了无法言说的情愫,对于信吾,这样的情愫表现在对菊子特别的关心和温和,而对于菊子,则

---

① 川端康成:《伊豆的舞女》,叶渭渠、唐月梅译,南海出版公司,2014,第94页。
② 川端康成:《伊豆的舞女》,叶渭渠、唐月梅译,南海出版公司,2014,第84页。
③ 川端康成:《伊豆的舞女》,叶渭渠、唐月梅译,南海出版公司,2014,第93页。

表现在她和信吾在一起时经常性的脸红。当说起要和信吾一起去跳舞时，她的脸上"泛起了红潮"　当她差点和信吾撞个满怀时，脸上则"微微染上了一片红潮"；当信吾一边试用着她送的电动刮胡刀一边望着她时，她那缺少血色的双颊上反而泛起淡淡的红潮，眼睛里也闪烁着欣喜；等等。《古都》中千重子从最开始在真一面前时脸上飞起的"红晕"到后来面对成熟稳重又多次帮助自己的龙助时脸上飞起的"红潮"，暗示着千重子心中恋情的悄悄转移。而《雪国》中的驹子面对自己喜欢的岛村时，脸颊上也是时而"红晕"，时而"绯红"，时而"红潮"，时而"通红"……这些不同程度的"红"将这些年轻女性的天真纯洁和害羞娇媚直接地展现出来，同时也将隐藏在她们心中的爱恋心事一一点明。

不同于"红"色对欣喜、恋情的表露，"白"色和"黑"色常常被用于表现女性心中的不安等负面情绪。《古都》中千重子表面上轻松愉悦，常常带给养父母快乐与宽慰，但实际上却因为自己的弃儿身份而心事重重。当她第一次与孪生姐妹苗子相遇的时候，她强压着内心的感情，一边否认自己有孪生姐妹，一边却脸色一片苍白，她听着苗子说着父母的情况，眼前呈现一片黑暗。这里的"苍白"与"黑暗"生动地揭示了千重子得知真相后内心强烈的悲伤和复杂的情感。在《山音》中，菊子因为丈夫修一常常亲近情妇娟子而不时脸色刷白，一个"刷白"便将菊子心中不满、难过、无奈等复杂的情感展露出来。

通过上述分析，我们发现，"红""白""黑"三色不管是在塑造女性人物外部形象方面还是在刻画女性人物内心世界方面都有着十分细腻的运用。"红""白""黑"这三种色彩以及它们之间的搭配组合使文本中的女性人物不再是平面化的形象展示，而是变得生动、立体，仿佛活动在读者眼前；而且川端康成通过对这三种色彩及其组合的运用，不仅描绘出了"川端式"的纯净美人的形象，而且还在不同的作品中赋予了她们各自不同的鲜活的生命。通过对色彩的运用，将共性和个性融入一个个女性角色之中，这正是川端康成小说中的典型女性人物的永恒魅力所在。

二、"青""红""白""黑"——展现日本自然环境特色

"青"在日本文化中是人类赖以生存的大自然的象征，在某种程度上独立于"红""白""黑"的色彩体系之外。也就是说，相比于其他三种色彩常常被运用于人物及附属于人的器物上，"青"色则常常被运用于对自然环境的呈现。

（一）"青"色代表的日本风情

"青"色在日本文化中本来就有着很强的包容性，将青、蓝、绿、灰、碧等色彩都包含其中。据统计，在川端康成的六部代表作中，"青"色系的色彩首先可以细化为青、绿、灰、蓝四大类，其中绿色系的色彩出现得最多，可见川端康成对绿色的钟情。川端康成曾在《日本美之展现》中向一个来日本学习的意大利人询问对日本最深刻的印象，得到的答案是"绿意盎然"，川端康成自己也十分赞同，并且认为再没有哪个国家的绿色像日本的绿色那样丰富多彩、千差万别、纤细微妙。

川端康成小说中的"绿"可以细化为深绿、淡绿、嫩绿、暗绿、墨绿、翠绿、青翠、苍翠、碧等。

这些不同程度的绿色往往作为故事展开的环境色而存在，既贴近日本人生活环境中绿色植被广泛覆盖的现实，也能为故事情节的展开提供一个幽静祥和的氛围。在这几部作品中，《古都》中"绿"色出现的频率最高。《古都》这部作品，不仅展现了人情美，风景美也是其描写的十分重要的部分，而笼罩着古都的悠悠绿韵正是这座城市最美的风景之一。"京都作为大城市，得数它的绿叶最美。修学院离宫、御所的松林，古寺那宽广庭园里的树木自不消说，在市内木屋町和高濑川畔、五条和护城河边的垂柳，都吸引着游客。那是真正的垂柳，翠绿的枝条几乎垂到地面，婀娜轻盈。还有那北山的赤松，绵亘不绝，细柔柔地形成一个圆形，也给人同样的美的享受。特别是时令正值春天，可以看到东山嫩叶的悠悠绿韵。晴天还可以远眺叡山新叶漫空苍翠。"①松林和赤松的"绿"、垂柳的"翠绿"、东山嫩叶的"悠悠绿韵"和叡山新叶的"苍翠"代表着明暗、深浅程度不同的"绿"色，这些深浅明暗不一的"绿"色使京都的"绿韵"不仅具有一种整体上的一致性，还具有一种内在的流动性，而大自然的生命律动正蕴含在这整体的协调一致和内在的流动性之中。除了直接对京都的"绿韵"进行赞美之外，川端康成还借由故事中的人物来表达对这"绿"色的喜爱："花固然美，千重子却喜欢去看新叶的嫩绿。"②"'秀男先生，你在看什么呢？''看松树的翠绿。你瞧，那仪仗队有了松树的翠绿作背景，衬托得更加

① 川端康成：《古都》，叶渭渠、唐月梅译，南海出版公司，2014，第38页。
② 川端康成：《古都》，叶渭渠、唐月梅译，南海出版公司，2014，第59页。

醒目了。宽广的御所庭院里净是些黑松，所以我太喜欢它啦。'"①在《山音》中，信吾看到蝴蝶在胡枝子的绿叶间飞舞，觉得在绿叶间时隐时现的蝴蝶翅膀"美极了"。这和《古都》中秀男认为松树的翠绿将仪仗队衬托得更加醒目一样，正是绿色枝叶的衬托让蝴蝶翅膀显得美极了。此外，信吾因为自己的衰老以及女儿和儿子的婚姻的不顺利而苦恼烦闷，儿媳菊子便邀请信吾到新宿御苑去，她认为那里的一片绿韵肯定会让信吾心情舒畅。果然，到了御苑后，面对"眼前的一片翠绿"信吾"豁然开朗了"，并发出了"啊！真舒畅！"②的感叹。信吾觉得"绿"色的品格和分量感染了自己，"绿"色中蕴含的大自然的力量甚至洗涤了自己和菊子之间的郁闷。

"绿"色的淡雅、宁静、柔和、稳定不仅使它独具静美的魅力而被人们所喜欢、欣赏，而且也能够以其宽容大度的色彩性格更好地衬托出其他事物的形貌、色彩。此外，"绿"色也代表着希望、生命的活力、生机和蓬勃，以其坚强的品格感染着周围的人类。日本有着广袤的森林，对于生活在其中的人们来说，"绿"色更是日本的代表色彩。

（二）"红""白""黑"与"绿"一起营造的季节感

川端康成也曾借小说中人物之口表达："日本是讲究季节的。"③季节感是日本文化的特征之一，也是日本文学的传统。日本的季节感不仅强调对季节变化的感受性，更强调人的情感与自然季节的风物的交融。正如东山魁夷所说："春天萌芽、夏天繁茂、秋天妖娆、冬天清净——我们日本人早在佛教传来以前，不就已经在观察这种大自然的变迁的世故，并且切肤地感受到人的生死宿命及其悲喜了吗？而且这种感情在其后任何时代的日本人心中都继承下来了。"④就色彩来说，只有"绿"色中是不能展现出这种季节感的，还需要"红""白""黑"这三种色彩的配合。

《古都》中，春天的绿意和红花因为彼此色彩的互补性而更加相称："松木的葱郁青翠和池子的悠悠绿水，也能把垂樱的簇簇红花，衬得更加鲜艳夺

---

① 川端康成：《古都》，叶渭渠、唐月梅译，南海出版公司，2014，第140页。
② 川端康成：《山音》，叶渭渠译，南海出版公司，2013，第180页。
③ 川端康成：《千只鹤》，叶渭渠译，南海出版公司，2013，第96页。
④ 东山魁夷：《美的情愫》，复旦大学出版社，2008第58页。

目。"① 这是京都春天的色彩。夏季傍晚一片火红的天空让人不禁驻足观望："夏季昼长，尚未到夕阳晚照的时分，还不是一抹寂寞的天色。上空燃烧着璀璨的红霞。"② 冬天的天空是灰蒙蒙的，"那是京都冬天的色彩③"。在山村里还会下起小雪，将枯萎的树枝和杉树上残留的叶子都"染"上了"白色"，好看极了。红绿、火红、灰白不仅展现出了小说中季节的流转，同时也和故事中人物的情感紧密相连。千重子在春天垂樱的"红色"中感受到了女性化的温柔，但同时也在垂樱热闹的"红"中感到了自己的无比寂寞；夏季天空的"火红"在千重子看来不是寂寞的颜色，也正是因为千重子和苗子已经相逢并且越来越亲近，千重子先前的寂寞在慢慢淡去；而冬天阴沉的"灰色"中也蕴含着龙助父亲和千重子父亲因为各自孩子的事情而苦闷的心情。《雪国》中，驹子和岛村第一次相遇时是初春，"到处一片嫩绿"④，具有新鲜感的绿色伴随着初遇的男女互相之间的吸引和萌生的恋情；第二次见面时已是寒冬，群山上覆盖着皑皑白雪，而到了夜晚，黑压压的山峦和杉林则浮现了出来，"然而，尽管山峦是黑压压的，但不知为什么看上去却像茫茫的白色"⑤。这正是雪国的冬天特有的景象。周围环境苍茫的白色也让岛村心中的"徒劳感"更加强烈；第三次见面时是秋天，芭茅的花在山上形成一片"白花花的银色"，芒草绽开了"淡黄色"的花，山峦披上了枫叶的"红色"，并伴随着秋意渐浓而变成更深的"红锈色"，"在夕阳晚照下，有点像冰凉的矿石，发出暗红的光泽"⑥。转而冬天又至，天空呈现出"灰色"，雪花在驹子周围"飘成了白线"，初雪过后，枫叶的"红"渐渐褪去，山峦又变成了一片茫茫的"白色"。在秋天色彩的剧烈变动到冬天色彩又回到白色的这种变化过程中，岛村和驹子之间的感情也在经历着剧烈的变化，并最终在冬天白色的虚无中两人的感情又回到了"无"的状态。

具有新鲜感、浪漫感、温柔感的"翠绿""嫩绿"等"绿"色和娇艳的花的"红"色是最能代表春天的色彩；而具有热闹感、暖感的天空的"火红"是夏天特有的色彩；秋天是色彩最为丰富也是色彩变化最剧烈的季节，从"白色"

---

① 川端康成：《古都》，叶渭渠、唐月梅译，南海出版公司，2014，第 12 页。
② 川端康成：《古都》，叶渭渠、唐月梅译，南海出版公司，2014，第 77 页。
③ 川端康成：《古都》，叶渭渠、唐月梅译，南海出版公司，2014，第 167 页。
④ 川端康成：《雪国》，叶渭渠、唐月梅译，南海出版公司，2013，第 11 页。
⑤ 川端康成：《雪国》，叶渭渠、唐月梅译，南海出版公司，2013，第 29 页。
⑥ 川端康成：《雪国》，叶渭渠、唐月梅译，南海出版公司，2013，第 88 页。

到"黄色"再到明暗浓淡不同的"红色",不仅展现出冬天来临前生命的热情释放,也蕴含着剧烈变化的发生;冬天则往往伴随着"灰色"的天空和"白色"的雪,"灰色"的阴沉感和"白色"的虚无感也和人的情感相符合。在这里,"红""白""青"(绿)"黑"四种色彩或者说色系以其内在的丰富性不仅鲜明生动地描写出季节的流转,而且也展现出人的情感与自然和季节变化之间的密切联系。

三、川端康成作品中紫色的描写

在"红""白""青""黑"的"四原色"体系之外,"紫"色也是川端康成小说中使用频率较高的一种色彩,出现最多的是在《古都》中。

在《古都》这部作品中,紫色的使用主要集中在第一部分"春花"中,确切来说主要集中在对"紫花地丁"的描述上。这一部分的开头,也是整个故事的开头,"千重子发现院子里老枫树干上的紫花地丁开了花"①,她被这小小的紫花吸引住了。"紫花地丁"在这里出现应非偶然,而是作者的刻意安排。首先,紫花地丁是"寄生"在枫树的树洞里的,暗示着千重子是被这家夫妇收养的,千重子因为自己的"寄生"身份而对"寄生"在树洞的紫花地丁格外关注,正如后文她的自白一样:"'我顶多就像生长在枫树干小洞里的紫花地丁。'"②其次,紫花地丁有两株,相距大约一尺,千重子曾对着这两株花发出过它们是否会相见、相识的哀思。这其实也在暗示着千重子后来和生活在一个城市并且自己也见过的孪生姐妹苗子的相遇和相识,这一点,后文也有印证:"上下两株小小的紫花地丁大概是千重子和苗子的象征吧?看样子,两株紫花地丁以前不曾见过面,而今晚是不是已经相会了呢?"③这正是在千重子和苗子相遇相识之后千重子的所思所想。在日本文化中,紫色具有悲哀、哀伤的象征意义。川端康成在故事的开头反复提起"紫花地丁",使整个故事从一开始就笼罩上了淡淡的悲哀气息,和故事中这一对孪生姐妹的命运息息相关;而且在川端康成的笔下,千重子身上有着"一种不可名状的哀愁"④,她的孪生姐妹苗子虽然生长在

① 川端康成:《雪国》,叶渭渠、唐月梅译,南海出版公司,2013,第3页。
② 川端康成:《雪国》,叶渭渠、唐月梅译,南海出版公司,2013,第67页
③ 川端康成:《雪国》,叶渭渠、唐月梅译,南海出版公司,2013,第92页。
④ 川端康成:《雪国》,叶渭渠、唐月梅译,南海出版公司,2013,第16页。

山村，有着健康坚强的体魄，但"眼睛里却蕴含着深沉而忧郁的神色"①。两姐妹的"哀愁"和象征她们的紫花地丁的"紫色"遥相呼应。

和《古都》中的"哀愁"不同，《雪国》中的"紫"色是典雅、迷人以及爱恋的象征。驹子在和岛村共度一夜之后，晨起时在梳妆台前照镜子，岛村被映在镜子里的雪和驹子的脸庞所吸引："镜子里白花花闪烁着的原来是雪。在镜中的雪里现出了女子通红的脸颊。这是一种无法形容的纯洁的美。也许是旭日东升了，镜中的雪愈发耀眼，活像燃烧的火焰。浮现在雪上的女子的头发，也闪烁着紫色的光，更增添了乌亮的色泽。"②紫色在这里不仅起着在女子的黑发上增添光泽的作用，更是在"无法形容的纯洁的美"中增添了高贵、典雅、迷人、妩媚的冶艳之美。紫色也象征着爱恋，"紫色的光"也寓意着驹子身上散发的对岛村的爱情的光辉。

但是在《千只鹤》中，"紫"色却被注入了负面的寓意。《千只鹤》中的近子是菊治父亲曾经的情人，菊治父亲去世后，近子仍不停地出入菊治家，干涉菊治的生活，对于菊治来说，她是一个令人厌恶的存在。而菊治对近子最深刻的印象就是近子左边乳房上的一大块"黑紫色"的痣，"黑紫色"虽然只在故事开头出现过一次，但是这一块黑紫色的"痣"却在后文中作为近子的象征反复出现，甚至在没有提及"痣"的地方，只要近子出现，也都会让人联想起她的那块"黑紫色的痣"。可以说，近子是一直笼罩着菊治的阴影，而痣的"黑紫色"也伴随着这种情况笼罩在整个文本之中。"黑紫色"不是一种纯正的紫色，是在紫色中加入了大量的黑色，使紫色的纯度遭到破坏，这也必然会破坏紫色本身的意蕴。这里的"黑紫色"因为黑色的注入，而具有了黑色邪恶、丑陋、压抑、不洁的负面意味。在菊治的眼里，这块"黑紫色的痣"就是和父亲发生过不道德的关系、咄咄逼人的、总是试图控制自己的生活的近子的代表。

从"紫色"在川端康成小说中的运用情况来看，川端康成对"紫色"是抱有独特的情感的。紫色是一种相对复杂的颜色，它由极暖的红色和极冷的蓝色混合而成，③这种极冷与极暖的融合决定了紫色的复杂性和矛盾性。或许正因为如此，川端康成小说中的"紫色"往往和不同寻常的事情联系在一起。而"紫

---

① 川端康成：《雪国》，叶渭渠、唐月梅译，南海出版公司，2013，第 63 页。
② 川端康成：《雪国》，叶渭渠、唐月梅译，南海出版公司，2013，第 31 页。
③ 张康夫：《色彩文化学》，浙江大学出版社，2017，第 106 页。

色"也因为它的高贵、典雅和悲哀的意象而被试图在作品中彰显"日本式"的优雅和"哀"感的川端康成所偏爱。

第三节 川端康成作品中色彩的审美价值

一、川端康成作品中的个性化色彩审美

（一）川端康成小说中色彩的和谐

1. 色彩搭配的和谐

色彩搭配的和谐主要体现于：在川端康成的作品中，不仅有着整体上的统一色调，还有着局部的色彩差异。《伊豆的舞女》和《雪国》都是在一种"虚无"的氛围中展开情节，《伊豆的舞女》中"我"和舞女恋情的虚无，《雪国》中驹子"徒劳"的虚无，因此，代表着"虚无"的"白色"便成了这两部作品的主色调。但是在具体的情节展开过程中，这两部作品的色彩搭配又各自都有着不同的节奏呈现。在《伊豆的舞女》中，就局部的主要空间环境色彩而言，可以归纳为"白—黑—白—黑—白—黑—白—黑"，一开始笼罩杉林并追赶向"我"的"白花花"的雨，"我"追赶舞女一行人时穿过的"黑魆魆"的隧道，穿过隧道后延伸向舞女一行的白色栏杆以及暴雨为群山染上的"白花花"的颜色，舞女出去演出时"黑魆魆"的天空，第二天小阳春天气呈现的"晶莹剔透"（白），因舞女未赴约"我"一个人去看电影后"黑暗"的街市，舞女手中挥舞的"白色"东西，我在"黑暗"的船舱中流下眼泪。"白色"和"黑色"是明度最高和明度最低的一组对比色，"白"与"黑"交替而反复地出现，形成了一种跌宕起伏的节奏，正应和着"我"在这一过程中心理和情绪上的起伏变化。

在《雪国》中，驹子身上的"红色"可以细化为绯红、通红、涨红、淡红、红潮、红晕、红殷殷等，这些"红色"只是在浓淡程度、面积上有差别，它们之间的对比并不强烈，而是趋向于类似，这种含蓄微妙的色彩变化则在驹子身上产生了一种柔和的节奏。但同时驹子身上也存在着白色与黑色，"白""黑"

作为无彩色没有色相和纯度而只有明度，它们与"红"色之间存在着色相、纯度、明度的差异，使驹子身上的节奏和旋律发生了变奏，使驹子身上同时交织着柔和、强烈两种节奏和旋律，这与驹子身上存在的理想与现实的矛盾感正相符合。《古都》中京都的悠悠绿韵为整个故事奠定了一种平和、宁静、幽雅的主调，但这整体上的"悠悠绿韵"中还包含着局部色彩的变化和流动。春天，在千重子家院子里，新长的青苔的翠绿、枫树嫩芽的微红、紫花地丁的紫色、成群的小蝴蝶的白色。绿色本身是一种比较中和的色彩，而翠绿色在明度上比一般的绿色更高一点，因而显得更加明亮、清新，翠绿色青苔即使大面积分布在枫树干上也不会过于明艳，而白色是明度最高的色，这里则呈点状小面积出现，紫色的明度在有彩色中最低，红色也是一种中间明度的色彩，微红色的明度应高于紫色而和翠绿色不相上下，紫色和微红也都是点状小面积存在的。由此可见，这里的一组色彩存在着明度上的阶梯变化，大面积的中明度的绿色中和了小面积高明度的白色和中低明度的红紫色之间的差异，让这一组色彩呈现一种平和而又不失动感的节奏。从《古都》的整个故事来看，总共经历了春、夏、秋、冬四个季节，春天的主要色彩是绿色、紫色（紫花地丁）和红色（樱花），夏天的主要色彩是火红（晚霞），秋天的主要色彩是白色（胡枝子花）、翠绿（松树），冬天的主要色彩是绿色（杉树上残留的绿叶）、灰色、白色（雪）。这其中的明度变化是和缓的，季节间的色彩变化也是比较和缓的，整体的节奏呈现一种静而缓的特征。从整体上看，《古都》中局部色彩变化的节奏与整体色调旋律基本上比较一致地趋向平缓，不过也有个别的例外，例如，在千重子和苗子相遇这一段出现了两种色彩：白色（千重子脸色的苍白）、黑色（千重子眼前的一片黑暗）。这两种色彩不仅在明度上有着最高和最低的强烈对比，而且黑白本来就是一对对比色，这种高度的对比引起的是一种正伴随着这一段情节和人物心理的剧烈变化的节奏。

2. 色彩与文本内容的和谐

川端康成对色彩的使用除了呈现出色彩组合本身的和谐之外，还达到了色彩与文本主题以及各种造型因素之间的和谐。阅读文本可以发现，川端康成文本中的色彩使用基本上都紧紧贴合文章的主题、整体情感倾向以及人物性格、心理、命运转折和空间环境、情节发展。

《伊豆的舞女》中"白""黑"两色交替而形成的节奏与"我"的心理、情绪变化的应和，《雪国》中"红""白""黑"三种色彩形成的节奏和旋律对驹子性格、命运的明示和暗示，《古都》中色彩伴随季节及场景的变化以及“白”“黑”两色对情节突变和千重子情绪剧烈起伏的映照，“红”“白”两种色彩在《千只鹤》中对女性的柔和、温馨的象征以及“白色”对雪子的圣洁的象征和与“雪子”这个名字的相呼应，等等。除此之外，《伊豆的舞女》的主色调——“白色”也与故事情节的发展有着明显的一致性。故事中，“我”和熏子之间虽然已经萌发了单纯的恋爱，但那恋爱却是朦胧的、不确定的，而且这样的恋爱在还没有开始的情况下双方就已经被迫告别。可以说，“我”和熏子之间的爱情是“虚无的”。就色彩方面而言，“白”色是笼罩着整个故事进程的色彩，从一开始一场雨将丛林笼罩在“白色”之中，而且这茫茫的“白色”还追着“我”而来，到中途在追赶熏子一行人的时候，“我”觉得山路上的“白色”栏杆就像一道“白色”的闪电一样，最后“我”在离去的船上看到的熏子挥舞的“白色”的东西。“白色”在这部作品中呼应着“我”和熏子的“纯真”，也呼应着“我们”之间的爱情的“虚无”。[①] 这个发生在秋天的故事中却并没有秋天丰富的色彩，而是突出了“白色”，这正是色彩的象征意义在产生着作用，“白色”对纯洁和虚无的象征决定着它在整个文本中的重要地位。而在《睡美人》中，或许是为了突出封闭的空间环境，代表自然环境色彩的“青”色几乎没有出现，并且作者通过不断强调“秘密房间”周围的“深红色帷幔”来加强这种封闭感。深红色因它的低明度而容易产生幽暗、深邃、消极的氛围，和“天鹅绒”帷幔的结合容易使人联想到戏剧舞台上的红色幕布，仿佛在这个“深红色”的空间环境中发生的是不同寻常的戏剧般的事情，这正和这篇小说所描述故事的离奇、荒诞相一致。而从整个文本中的色彩变化来看，“红色”随着情节的推进在逐渐往“白色”转变。故事主要分为五个部分，即江口老人在“秘密房间”度过的五个夜晚。第一个夜晚，红色占据着支配地位，主要包括有着温馨红叶的山村风景画、深红色帷幔、少女身上的血色，而白色只出现在江口老人的梦境之中；第二个夜晚，白色在现实中开始显现，表现为少女肌肤的白皙；第三个夜晚，现实中的红色出现的频率明显降低，这一次的少女年纪最小，稚嫩而纯洁（白色），而幻影中出现了金黄色和深紫色；第四个夜晚，白色逐渐增强，表现为空中飘着的白雪、替换掉红叶图的雪景画、少女肌肤的白皙、梦境中越来越多的白蝴蝶；第五个夜晚，唯一出现的黑姑娘突然死掉了，黑色是红色浓郁到极致的状态，黑色的

---

① 黄诗婷：《白色的告别：从色彩学角度分析〈伊豆的舞女〉的悲剧性》，《文教资料》2010年第6期。

消亡，也代表着现实中红色的消逝。最后，剩下的另一个白姑娘躺在床上，也代表着白色最终的胜利，白色从梦境中走向了现实。象征青春、生命的红色在现实中的消亡和象征消亡、虚无的白色从梦境走向现实，这一色彩的流动，与故事中江口老人渴望保持青春却最终无法逃脱衰老的剧情发展相一致，也和文本对生与死的探讨的主题相应和。①《山音》也同样是以一位逐渐走向衰老的男人信吾为主人公，和《睡美人》一样，"红色"在这部作品中也代表着青春和生命的鲜活。信吾在一点点衰老的过程中，时常回想起妻子的姐姐——一个他曾经爱慕过的女性，"姐姐"早年病逝，永远地留在了过去，因此在信吾的记忆里永远保留着青春的模样，对"姐姐"的向往事实上是信吾内心对青春、年轻的留恋。"姐姐"在文本中没有具体形象、没有名字，有的只是抽象性的色彩和象征她的事物，即红叶盆栽、红色元禄袖和服、白色的呵气等，而这其中出现得最频繁并代表"姐姐"的就是"红叶盆栽"了，可见，"红色"是永远青春美貌的"姐姐"的象征。"姐姐"是信吾永远只能在记忆中追思的青春活力的存在，而儿媳妇菊子却是现实中可以接触到的青春活力的存在。信吾常常在菊子身上看到"姐姐"的影子，或许正是因为肌肤洁白、经常红脸、天真烂漫的菊子使"姐姐"所代表的虚幻的青春在现实中得到实现。而无独有偶，出现在菊子身上的色彩中，也是"红色"居多。

此外，在《千只鹤》《山音》《古都》这三部作品中，都有出现有小标题，小标题不仅代表着场景的转换，同时也伴随着色彩的变化。如《千只鹤》就主要由"千只鹤""森林的夕阳""志野彩陶""母亲的口红""双重星"五个部分组成，仿佛是一幕幕的舞台剧，每一幕都有新的场景和剧情，而每一幕的小标题都暗示着这一幕中故事的核心或主调。"千只鹤"中的主角无疑是被菊治称为"千只鹤小姐"的雪子，而这一幕的主色调也是千只鹤的白色；"森林的夕阳"故事核心是菊治和父亲曾经的情人太田夫人发生关系，于是菊治在和太田夫人发生关系后回家路上看到照着森林的夕阳的"红色"与"黑色"便是笼罩着这一部分的主色调，红色和黑色对不洁净、不道德的象征应和了这一部分的情节和人物的心理；"志野彩陶"和"母亲的口红"则是以"白里透着微红"的志野彩陶和母亲留在志野陶茶碗边缘上的"红色"口红印迹为线索展开菊治和文子之间的故事，这一部分的主色调是"白色"和"红色"；而"双重星"中

---

① 张石：《川端康成与东方古典》，上海古籍出版社，2003，第66-67页。

的主色调无疑是白色的，这一部分的故事主要发生在菊治家的院子里，院中的夹竹桃盛开着白花，呈现"一片白"，就在这白色的氛围中，穿着白色衣服的文子出现，菊治也换上了一身白衣，文子在院落中摔碎了留有母亲口红印的茶碗，这一行为仿佛抹去了菊治心中他和太田夫人之间不纯洁、不道德（红）关系的阴影，菊治认为是文子的纯洁拯救了他："此前，菊治每时每刻无不想及文子是太田夫人的女儿，可是现在，他似乎忘却了这一点……他终于从长期以来被罩住的又黑暗又丑恶的帷幕里钻到了幕外来了。"①

综合上述分析可以发现，川端康成的小说作品中的色彩不仅达到了色彩搭配本身的和谐，使文本中的色彩具有了一定的审美价值，而且色彩搭配呈现出来的节奏和旋律也能够和具体情节的节奏和旋律相一致，从而突出作品的节奏感和整体氛围。此外，局部色彩的使用与文本中人物形象、心理变化、情节发展、环境氛围的和谐，能够更加彰显出作品中的女性美、人情美、环境美以及作者对故事情节、布局的细腻把握。

（二）川端康成作品中体现的个人化的色彩风格

川端康成的小说呈现出一种清新、淡雅、质朴但又意蕴悠远的特质，这不仅是他的小说的整体特色，也是他在小说中呈现出来的个人化的色彩风格。很难说，是川端康成对其作品的整体艺术追求决定了其个人色彩风格，还是他独具特色的个人色彩偏好影响了其小说的整体艺术特色。

川端康成小说中的主要色彩是"红""白""青""黑"四种，"紫色"的地位仅次于以上四种色彩，而其他如金色、银色、豆沙色、茶色、褐色等都只是作为点缀在局部偶尔出现。

首先就色彩的构成来说，川端康成小说中的色彩呈现的是一种相对比较简洁的色彩构成，没有过于复杂的色彩涂抹。可以看出川端康成对色彩使用的谨慎，也可以看出川端康成在色彩使用上的精准、明确。在不该出现色彩的地方一定不会添加一些不必要的色彩，在需要色彩加持的地方一定要用最适合的色彩，色彩在文本中成了作家手中用于艺术创造的符号，川端康成对色彩的使用一定是有意识、有组织的，而非盲目的、哗众取宠的。这种色彩构成上的简洁、不繁杂，也造就了川端康成小说色彩淡雅、清新的特质。

---

① 川端康成：《千只鹤》，叶渭渠译，南海出版公司，2013，第119页。

其次，就色彩的感觉来说，川端康成小说中的色彩整体上呈现一种忧郁的感觉。在其小说文本中，冷色调、中低明度、饱和度并不高的色彩居多。就色彩的冷暖性来说，在"四原色"中，除了红色是暖色外，白色、黑色、青色都是冷色，"四原色"之外的紫色则呈中性。就明度来说，白色和黑色处于明度的两端，一个最高、一个最低。在有彩色中，紫色的明度也最低，而除此之外，红色、青色中的大部分以及豆沙色、茶色等色彩的明度都处于中间和偏低的程度上。而从饱和度来说，白色和黑色作为无彩色没有饱和度，而红色、紫色以及青色系中的绿色、蓝色是属于饱和度比较高的色彩，除此之外的灰色、褐色、茶色、豆沙色、小麦色等则因为含有较多的灰色而饱和度相对不高。冷色调的色彩居多容易产生一种寒感，为文本注入一股冷清的氛围；中低明度的色彩居多则会产生一定的忧郁感、恬静感和质朴感。冷清、忧郁、恬静、质朴可以说是川端康成小说色彩整体上的一种特征。

再次，川端康成在其小说中对色彩的运用不趋向于复杂，但是却并不等于不够细腻。川端康成虽不在整体色彩构成上使自己文本中的色彩丰富多样，但却致力于将一种色彩的内在多样性开发得淋漓尽致，正像美术家创作时调色一样，川端康成也常常对一种色彩进行浓淡、深浅以及与其他色彩混合等方面的调配，并将相同或类似的色彩与面积大小、速度、形状等造型因素相结合，因而赋予了色彩一种极为丰富的内涵。这种专注于色彩内部的丰富性以及动态变化的方式，正体现出了川端康成在文学创作中的细腻风格，他不仅实现了色彩的细腻化，也通过细腻的色彩运用达到了造景、写人的细腻化。

总结起来，川端康成的小说中所体现出来的个人化的色彩风格可以概括为简明淡雅、清新质朴、冷清忧郁、恬静自然、细腻丰富。

三、川端康成作品中色彩的日本审美意识

川端康成在其小说作品中所体现出的色彩偏好受到了日本传统审美意识的影响，而川端康成也一直在自己的创作中致力于传承和发扬日本传统文化。就色彩运用方面来说，川端康成小说中的色彩不仅具有自己的个人特色，更蕴含着独具日本民族特色的审美意识。

（一）以"白"为审美理想

审美理想是个人或者集体在长期的审美活动中选择的自己认为最具有审美

价值的对象，并将其作为一种审美追求来对待。从日本民族审美意识的整体性上来说，以"白"为审美理想，既包含了在单纯色彩意义上将白色视为最美的色彩，更强调了"白"在象征意义上与日本人的审美理想的契合，更确切地说，是后者决定了前者。

在日本古典文学《古事纪》《日本书纪》以及一些祝词、宣命（皇帝的诏命）中，常常会有"明心""净心"之类的词出现，用以表达祛除了丑恶、脏污之物的美好心境，这种心境也可以总结为"清明之心"，是古代日本人的理想。为了将这种"清明之心"更加具体地表现出来，日本人便联想到了清澈的水、明亮的日光、月光所呈现的"白"，因此开始使用"白"来象征作为审美理想的"清明之心。"在日本神话中，具备"清明之心"的神出现时，往往会幻化成白色的动物，如白鹿、白猪等；神社才能在地上铺满白砂以及神官才能穿白色的衣服等，正显示出了白色的这种象征性。

将"白"所代表的"清明之心"作为审美理想，符合日本民族把美与善合二为一的观念。在日语中，"美"这个词语中常常不仅包含美的含义，还包含了善、能、好、良等含义，从其所包含的意义可以看出，在日本人的审美意识中，"美"与"善"是一致的。而"清明之心"正代表着一种心灵上的"善"，可以体现出日本民族的审美意识与道德意识的融合。

"白"的审美理想还可以体现在日本审美意识的核心——"雪月花"上，日本人以白色的雪、白色的月、白色的花为美，正是在因为雪、月、花的"白色"中蕴含着"白"的审美理想。在川端康成的小说中，对"胡枝子白花"的描写十分引人注意，不仅是因为它出现的频率较高，更是因为通过文本中人物表达的对胡枝子的"白花"的无限赞美让人印象深刻。

此外，"白"的审美理想在文学中的具体表现则是对"纯真的精神"的向往，具体表现在川端康成的创作中则是对"纯净美人"的塑造。在这里，"白色"的洁白无瑕性和对纯洁的象征意义发挥了不可忽视的作用。这不仅表现为川端康成常常使用白色来表现或象征小说中女性人物的纯洁，也表现为他将白色与红、黑两种色彩组合，通过色彩间的对比协调，凸显出白色所代表的女性的纯洁。正如前文在分析色彩对女性形象的塑造时所说的那样，川端康成笔下的女性人物，往往都有着白皙的皮肤，皮肤的"白色"在这里体现了一种外表的洁净无瑕。而在整体形象上，这些女性所具有的共性之一也是"纯洁"，这里的纯洁不仅是外表的纯洁，更是心灵的纯洁。

《雪国》中驹子身上出现的更多的是红色，白色常常作为艺伎生活的痕迹而出现，但是驹子身上红白黑的色彩组合却恰恰塑造了一个身处泥沼却仍然不放弃艺术追求和对美好生活的追求、内心仍然天真赤诚的少女形象，彰显出了驹子纯洁的灵魂，即"清明之心"，让岛村觉得她连脚趾缝里都是干净的。而在《千只鹤》中，川端康成则直接将"白色的千只鹤"写成雪子的化身，塑造了一位纯洁得像"来自另一个世界"的女性形象。《伊豆的舞女》中舞女洁白的身体仿佛洗涤了"我"的灵魂。其实，不管是驹子、雪子、舞女熏子还是叶子、文子、千重子、苗子等，她们的形象中无一例外地都蕴含有洁净无瑕的特点，甚至在作者对她们外貌上的洁白的描写中也能察觉到作者更加想要塑造的是洁白的拥有"清明之心"的灵魂。川端康成在小说中运用白色塑造纯洁的女性形象的方式不仅是日本民族"白"的审美理想在作家个人审美理想中的显现，更是作家通过个性化的方式对"白"的审美理想的彰显。川端康成曾在多篇文章中赞美过少女或者处女的纯真，认为少女拥有纯真的声音、纯真的形体以及纯真的精神，并认为"纯真的精神"是一直被古往今来的日本文学所赞颂的。"纯真的精神"正是日本审美理想"清明之心"的体现。而川端康成之所以如此重视少女或处女对"纯真的精神"的体现，可能也和他少年时形成的"处女情结"或"千代情结"有关。川端康成少年时曾接连和四位姓千代的少女恋爱，但最终都没有结果。爱情上的失败让他染上了"千代病"，影响到他在日后的创作中对女性的泛爱以及对少女的纯真的崇尚。因此，将象征纯洁无瑕的白色与少女的纯真相结合，可谓是川端康成独具个人特色的展现日本民族"白"的审美理想的方式。

（二）日本审美意识中的感性特征

使古代日本人形成了对从"自然中得到的感知"的极度信任：日本人日常生活中自然环境的变幻无常也影响到了日本人对不确定和变化的崇尚。这些因素决定了日本文化中感性文化的特点，也使日本人的审美意识具备了感性特征。这种感性特征具体表现为偏重感受性、非逻辑性、不确定性等，如桑原武夫认为西洋美学偏重于计量化，而日本美学偏重于非计量化。

这种文化与审美意识的感性特征同样也渗透到了文学作品的创作中。王向远就曾指出日本文学的民族特性之一就是情趣性与感受性的极度发达。^①就川端康成的小说作品来说，我们可以发现，川端康成本人很少在文本中进行抽象的议论，也不善于进行定向、定型、定量等精确性的描写，反而对那些不可确定的感觉因素非常敏感。这或许正是日本人偏重感性的性格特征以及日本文化和审美意识中的感性特征在作家创作过程中的显现，而这也或许正是他选择使用色彩这样一种具有明显感性特征的表现方式的原因。鲁道夫·阿恩海姆在《艺术与视知觉》中曾谈道："在日常生活中，我们经常能够观察到，各种色彩看上去是那样飘忽不定和无法捉摸……"^②具有极度不稳定性的色彩不仅与日本民族审美意识的感性特征相符合，还能够将这种感性特征更加直观和明显地表现出来。

（三）"物哀""幽玄""寂""意气"的文学审美理想

"物哀""幽玄""寂""意气"不仅是日本民族审美意识中的关键性的审美概念，更是日本文学的传统和审美理想。"物哀""幽玄""寂"以及"意气"中都表现出了对情感、感受的强调，特别是"幽玄"，本身就代表的是一种模糊不定的审美趣味。因此，"物哀""幽玄"等文学审美理想和日本民族审美意识中的感性特征一脉相承。在川端康成的小说中，"物哀""幽玄"等文学审美理想也同样与具有感性特征的色彩有着密切的联系。

第一，色彩对"物哀"的彰显。"物哀"是将人的主观感情投射到客观的事物上，将客观之物看成是像人一样拥有心灵、精神、性格、情感的对象，从而具有一定的审美价值。色彩的感性特征和情感内涵使色彩本身就可以成为一种能够体现"物哀"的重要因素。此外，在川端康成的小说中，色彩还常常和具体的物相结合，来共同表现"物哀"的审美理想。例如《古都》中，千重子将对自己身世的哀愁投射到庭院中的两株紫花地丁上，紫色让人联想到悲哀的情感，柔弱的紫花地丁象征身世飘零的千重子与苗子两姐妹，紫花地丁因而能成为引起哀愁情感的物，从而在花与千重子之间产生一种情感上的共鸣。例如《山音》中，信吾看到灰白色的云焰和月亮，觉得无比冰冷，就像"此刻的自己"一样，内心阴郁、失落，生命的火焰在渐渐冷却。

① 王向远：《日本文学民族特性论》，《烟台大学学报（哲学社会科学版）》，2009年第2期。
② 鲁道夫·阿恩海姆：《艺术与视知觉》，四川人民出版社，1998，第499页。

第二，色彩对"幽玄"的彰显。川端康成小说有一个很大的特点就是"不易懂"，"不易懂"从某种程度上来说就是"幽玄"。[①] 而其小说中的色彩则是表现"幽玄"的一个重要因素，特别体现在运用色彩营造的人物之间的关系及情感的模糊性上，这里也涉及色彩的表情性。川端康成在其小说中很少对人物之间的关系进行十分明确的描述，而是常常借助色彩进行情感的流露。《伊豆的舞女》中"我"和舞女之间懵懂的恋情正是通过舞女脸上不时浮现的"红"以及当舞女出去表演时我感到的"黑"这两种色彩表现出来的，黑色表达了"我"心中的不安和担心，即对舞女的牵挂，红色则表达了舞女内心对"我"的恋情。而用红色来表达女性对异性的恋情可谓是贯穿川端康成小说创作的始终的，这样的"红"在驹子、千重子、苗子、雪子、文子等女性身上都常常出现。用色彩来代替明确的表达情感关系的语句，既在一定程度上点明了某种情感及情感关系的存在，同时也给这种情感和情感关系蒙上了一层面纱，造成了人物之间情感关系的不明朗、不确定、时隐时现、不可捉摸。此外，色彩在川端康成小说中用于自然描画时有着十分丰富多变的表现，使环境色彩呈现出纤细微妙、飘忽不定的特征。可以说，色彩因其本身的不确定性和作家的有意识运用，在川端康成的小说中彰显了日本文学"幽玄"的审美理想。

第三，色彩对"寂"的彰显。川端康成小说中的色彩对"寂"的审美理想的彰显主要体现在对"寂色"的使用和对"寂心"的展现上。从整体上看，川端康成小说中的色彩呈现出冷清、忧郁、恬静、质朴等特征，正是因为其色彩使用和搭配上趋向于冷色调、中低明度和低饱和度而造成了这种色彩上的"寂"的感觉。同时，色彩对于展现"寂心"境界也有着重要的作用。《山音》中，信吾在御苑的绿韵中"豁然开朗"，不再执着于自己儿女婚姻的不幸和自己日渐衰老的不安、愁闷，正是绿色中"中和""宁静"的品格和力量，让信吾在那一刻摆脱了现实生活的束缚，甚至仿佛远离了日本，从而获得了一种精神上的自由洒脱。《雪国》的最后部分，岛村在银河的"白色"包裹之中，仿佛从大地漂浮到天空，寓意着岛村最终从与驹子和叶子的情感胶着中脱离，从"雪国"这个相对封闭的世界中脱离。

第四，色彩对"意气"的彰显。"意气"的文学审美理想在川端康成的小

---

① 王向远：《释"幽玄"：对日本古典文艺美学中的一个关键概念的解析》，《复印报刊资料（美学）》2012年第2期。

说中也有重要的体现。川端康成以描写男女之间的恋情为主题的文学创作，常常体现出"意气"的审美和创作传统，而色彩则是表现这种"意气"的审美的一个重要手段。具体而言，川端康成主要是将色彩运用于体现"意气"的前两个内涵上。

首先，体现在"意气"的第一内涵——对异性的"媚态"上。在川端康成的笔下，女性肌肤的洁白、脸上的红晕、头发和眼珠的漆黑都营造出了一种"含蓄的性感张力"和对异性的吸引力。川端康成通过文本中男性的视角反复地描画女性身上的某种色彩和色彩组合，通过色彩来表现一种对异性的身体的审美。其次，在体现"意气"的第二内涵"意气地"——即骨气、傲气、矜持、自重自爱之意时，"红色"可谓是十分重要的一个表现手段。在女性人物的脸上时常泛起的"红"，不仅能刻画出女性人物的"媚态"，同时还体现出了女性内心的娇羞、矜持。例如在《千只鹤》中，在菊治眼中，文子面对自己时脸上浮现的"红色"，时而是文子因为自己母亲与菊治发生过不道德的关系而表现出的羞愧和自尊，时而是文子不经意流露出的对菊治的爱意和作为女性的矜持。文子脸上的"红"代表了文子在面对菊治展现的女性的"媚态"中始终保持着一种洁身自好的自尊自爱，是"媚态"和"意气地"相结合的表现，"只有'意气地'即'傲气'与'媚态'相结合的时候，男女之间、男女的身体与精神之间，才会产生一种审美的张力"①。此外，川端康成小说中灰色、茶褐色特别是青色的丰富运用也符合"意气"的审美理想对色彩的要求，可以说，单就色彩本身而言，川端康成小说中的色彩也彰显出了"意气"的审美传统。

（四）自然审美意识

日本的民族审美意识是在自然意识和色彩意识的基础上形成的，并形成了自身独特的自然审美意识。日本人将自然事物的美视为其他形态的美产生的根源，并认为作为审美对象的自然事物中应包含着能够与人类产生共鸣的情感。由此可以发现，自然审美意识在日本民族的审美意识中有着根本性和基础性的意义，并且也蕴含着鲜明的日本文化中的感性特征。前文所述的季节感、"白"的审美理想以及"物哀""幽玄"等文学审美理想，都和这种自然审美意识一脉相承。

---

① 王向远：《日本身体美学范畴"意气"考论》，《江淮论坛》2013 年第 3 期。

在文学领域，日本作家往往都"以自然为友，以四时为友"①，他们接触自然、理解自然，也从自然中获得灵感。对自然的审美成为日本文学艺术内涵的重要组成部分。日本文学中的自然并非只是客观自然环境的描述，更重要的是用自然来表现人的情感。也就是说，日本文学所展现的自然审美侧重的并非自然的形式美、外表美，而是侧重于和人的情感相通的内在美。在日本人的观念里，人与自然不是二元对立的，而是将人看作自然的一部分，人是融入自然之中的，人的情感也必然地和自然相通。在川端康成的小说中，作为自然因素的一种，色彩在文本中因为其鲜明的情感象征性和表现性而成为日本民族独特的自然审美意识流露的载体。在其小说文本中，自然的风物特别是自然环境中的色彩和文本中的情节流转、人物心理情感变化等都息息相关、相互应和。《古都》是川端康成代表作中展现自然最为出彩的一部作品，其中用于自然的色彩非常之多，并且明显多于用于人物的色彩，而代表自然之色的"青"色在这部作品中的出现频率也远高于其他几部作品。在文本中，用于自然的色彩虽然多于用于人物的色彩，但是很多时候，这些自然风物的色彩往往是在代表着人物以及人物的心境。例如"紫花地丁"对千重子、苗子无根而柔弱的形象的象征，冬天杉树上残留的绿叶像"冬天的绿花"一样，代表平和的绿色在冬天的万籁俱寂中更显得淡雅、恬静，显出一种对孤独、静寂的接受和耐心，也正象征着两姐妹对自己宿命的淡然接受。《山音》中自然的内容也占据着相当大的比重，信吾和菊子以及保子（信吾妻子）、修一（信吾儿子）、房子（信吾女儿）等人的郁闷情绪和不平静的生活正是在自然风物的色彩所构筑的时间和空间结构中一一展开的。

《古都》和《山音》单就文本中主要故事情节来说，都是比较消极、悲观的，但是正是由于自然的内容包裹着故事的情节这种结构，使主线故事中人物的哀愁、郁闷、不平等消极的个人情绪在广阔的自然中得到了疏解。从色彩方面来说，正是由于文本中大量的自然的"绿色"的存在，在文本整体的色彩组合中起到了中和色彩的寒暖度、明暗度的作用，使文本整体的色调趋向平缓，使文本的消极色调得到某种程度的消解，通过色彩也表达出一种个人生命体验融合与自然所代表的更加宏大的生命整体的理念，从而营造出一种"将'个我'融合于远比'个我'宏大的宇宙精神中"的艺术上的无心境界。

---

① 叶渭渠、唐月梅：《物哀与幽玄：日本人的美意识》，广西师范大学出版社，2002，第38页。

　　通过色彩，川端康成不仅展现了自己在文学创作上的艺术追求和审美理想，同时也向世界传达出日本民族的文化特色和审美意识。可以说，色彩不仅成就了川端康成式的不可替代的文学风格，也让世界认识到了不可替代的独特的日本式的美。

第五章　川端康成作品的精神审美

第一节　苦难人生造就的艺术特色

一、缺失中创造出女性之美

川端康成能创造为数众大、家喻户晓的女性形象，不得不归功于他深厚的传统文化基础。从小就性格内向的他，喜欢一个人待在家里，在日本古典文学的世界中徜徉，"打幼年起，我就硬读过一些日本古典文学，尽管只是浏览，但年轻时读过的古典文学还是朦胧地留在我的脑海里。色调虽然淡薄，却也感染了我的心……《古今和歌集》《源氏物语》《枕草子》等大约都是一千年前，《古事记》《万叶集》等大约是一千二百年前的作品了。一千年、一千二百年前不亚于今天，毋宁说拥有比今天更优秀的文学、诗歌和散文。很明显，这对于我们创造和鉴赏今天的文学是很有裨益的，或者将会成一种内蕴的力量。"[1] 诚如他所言，这种阅读力量的积蓄在他的创作中效果显著，他那种略带忧伤的叙述基调、充满象征意味的物象、包含着丰富潜台词的诗一般跳跃的行文风格，都成为川端康成作品中吸引读者之处，而在这些古典文学，尤其是他十分钟爱的《源氏物语》中，对女性之美的抒写比比皆是。所以，陶醉在古典文学中的川端康成，如此偏爱女性形象，跟他的阅读经历密切相关。然而，他与日本传

---

① 万之：《日本文学之美——从川端康成到大江健三郎》，《书屋》，2009 年第 12 期。

统文学的缘分，只能说提升了他的文学修养，打牢了他的文学功底，但并不能作为他选择女性为自己作品主角的本质原因。童年经历给川端康成带来的童年快乐与爱情幸福的缺失，才是令其创作出混同着女性美丽与死亡气息的作品的真正原因。

（一）童年快乐与爱情幸福的缺失

弗洛伊德曾经说过："幸福的人从不幻想，只有感到不满意的人才幻想。未能满足的愿望，是幻想产生的动力。"[①] 从川端康成的作品来看，他算得上是幻想的高手，尤其是在塑造温柔体贴、美丽而又善解人意的女性时。在这样美丽的幻想背后，我们看到的，却是川端康成内心中那冰冷幽暗的童年世界与有着无限遗憾的爱情生活。

1. 童年快乐的缺失

1899 年 6 月 14 日，川端康成这个不足七个月的婴儿诞生了。作为早产儿的他等来的并不是父母的更多关爱与照顾，却是亲人们相继离世的无尽痛苦。从 1901 到 1914 年，在这短短的十四年中，他的父亲、母亲、祖母、姐姐以及祖父一一离他而去，此后，他便在亲戚家中过着寄人篱下的生活。接踵而至的丧亲之痛，在川端康成幼小的心灵上刻下不可磨灭的记忆，他自己也说："这种孤儿的悲哀从我的处女作就开始在我的作品中形成了一股隐蔽的暗流，这让我感到厌恶。"[②]

（1）父母早逝的伤痛。由于父母是在康成两岁与三岁时相继去世的，对于幼年的他来说，对父母的记忆几乎没有。虽然不记得父母的样子，但对这个失去双亲的孩子来说，心灵上的创伤却成为父母留给他的最后的、也是永生难忘的东西。在他的书信体小说《致父母的信》中，处处都透露出川端康成对父母的那种怨恨之情："姐姐比我大五六岁，对你们恐怕会有很多记忆的。再加上她是个女孩子，还是个十岁就死亡的少女。由于这个缘故，姐姐不至于像我这样想——父母早逝倒好，而这样想，确实令人讨厌的。这就是姐姐可怜之处。你们向姐姐道歉的话，我也要让我的妻子代表我去接受你们的歉意。倘使我有孩

---

① 弗洛伊德：《弗洛伊德论创造力与无意识 艺术 文学 恋爱 宗教》，中国展望出版社，1986，第 44 页。

② 川端康成：《川端康成文集：独影自命 创作随笔集》，叶渭渠译，中国社会科学出版社，1996，第 16 页。

子，你们也应该向这些孩子道歉。不仅如此，可以说你们对我接触过的所有的人都多少负有罪责。"①川端康成向逝去的父母提出如此激烈的控诉，那是因为他觉得没有父母的孩子的成长是不健康的，而当他们长大后，便会带着不健康的情绪与性格生活下去，会不自觉地让身边的人也受到伤害。而这些伤害，说到底就是由于父母的早逝造成的，正如他最后说的那样："有这样一句健康的格言：没有父母的孩子也照样能成长。如果把这句格言加以不健康的解释，那么，在孩子来说，没有父母比有父母对他们的成长影响更大。"②可见父母在川端康成成长中的缺席给他带来的伤害有多大。

（2）老少相依的幽闭。自从母亲去世以后，三岁的康成就与祖父母生活在一起，与外界几乎没有来往。这种幽闭的生活方式对他影响极大，甚至到了上学的年龄，他也不愿意去学校。对于这个没有父母疼爱的孩子来说，年迈的祖父母成为他唯一的保护伞，而对于这双老人来说，川端康成也成为川端家唯一传宗接代的血脉，所以对他自然有一种几乎溺爱的感情，"康成已快到小学年龄，自己也不会使用筷子，吃饭时还要祖母像喂小鸡似的哄着劝着一口一口地喂食。"③可惜好景不长，在川端康成七岁时，祖母也撒手人寰，他只得与祖父相依为命。年老体衰、眼瞎耳背的祖父，给川端康成童年带去的，除了唯一的亲人的抚慰，就只剩下日薄西山的悲凉体验了。这种老少相依的孤独在他《十六岁的日记》中成为永久的伤疤，"昨晚我十分困顿，病人（注：即川端康成的爷爷）却莫名其妙地把我唤醒，要这要那，我气得咒骂起来，过后又平心静气地想：他真是个不幸的人，自己不由地悲伤得恸哭起来。"④"今早，我甚至想：一切都撒手不管了。每天上学之前，我总要去问问有什么事情，今天我却一声不响就走出家门了。然而，从学校一回到家里，心头就涌起一股思绪，还是觉得他挺可怜的。"⑤就这样，川端康成总是一方面向往健全家庭的幸福生活而不愿守在家中，另一方面却又怕在自己不在期间祖父突然离世，这种在想逃避却又因此不断自责的矛盾间徘徊，对于一个十几岁的少年来说，每日所受到的良心上的煎熬是常人无法体会的。

① 川端康成、叶渭渠：《致父母的信（小说）》，《外国文学》1984年第4期。
② 川端康成：《川端康成散文选》，百花文艺出版社，1988，第48页。
③ 叶渭渠：《冷艳文士川端康成传》，中国社会科学出版社.1996第4页。
④ 叶渭渠主编.《川端康成文集：伊豆的舞女》，中国社会科学出版社，1996，第10页。
⑤ 叶渭渠主编.《川端康成文集：伊豆的舞女》，中国社会科学出版社，1996，第14页。

2. 爱情幸福的缺失

原本就被不幸的家庭生活折磨得伤痕累累的川端康成，本来希望在未来的爱情中能够找到心灵上的依靠，以弥补自己童年的不幸，然而，生活对他却并不宽容，让他这个美好的愿望也变为了无情的泡影。

川端康成在成年之后，与四名叫千代的女性产生过不同程度的恋情，但最后都无疾而终。他甚至还与第四位"千代"——伊藤初代（初代的地方语音读作千代，所以人们把伊藤初代也称作伊藤千代）订立了婚约，"这件事对于川端这样一位多愁善感的作家，无疑产生过激励的作用，增加了他对生活的希望和信念。"[①] 虽然他的这一决定遭到了亲戚的反对，认为这样的结合不是门当户对的，但此刻的他却表现得十分坚定。正当川端康成想凭着这感情重拾生活信心的时候，却收到了千代寄来的毁婚信。这样的晴天霹雳对一个本就饱受伤害的年轻人来说，无疑是致命的："这份伤痕经过了多少岁月，仍然未能拂除，而且产生了一种胆怯和自卑，再也不敢向女性坦然倾吐自己的爱情，而且自我压抑、窒息和扭曲，变得更加孤僻，更加相信天命了。"[②] 虽然他日后还是走完了一般人都有的成家立室的道路，但那对他来说，仅仅是种形式上的需要而非心灵上的慰藉了，所以他根本就没有把心思花在如何经营自己的家庭生活上，反而让自己的妻子产生了"逐步走向别离的道路"[③] 的想法。

（二）俄狄浦斯情结与女性美的生成

1. 不可避免的俄狄浦斯情结

俄狄浦斯情结是弗洛伊德在《释梦》中论及关于亲人死亡的梦时提出的一个著名概念。其后，他又在《列奥纳多·达·芬奇和他童年时代的一个记忆》等文章中对这一概念进行了反复论述。弗洛伊德认为人类同动物一样，都存在着对性的需要，即都存在着"性本能"，并用"力比多"这一概念来代表这种原始能量。俄狄浦斯情结存在的普遍性，成为对人类幼年心理研究上的重要依据之一。诚如川端康成这样自小就失去了父母的疼爱的人，但人类心灵中与生俱来的这种情结在他心中丝毫未减。他在念中学时，初见低年级的学弟小笠原

---

① 叶渭渠：《冷艳文士川端康成传》，中国社会科学出版社，1996，第58页。
② 叶渭渠：《冷艳文士川端康成传》，中国社会科学出版社，1996，第63页。
③ 叶渭渠主编《川端康成文集：伊豆的舞女》，中国社会科学出版社，1996，第214页。

义人，便不自觉地产生了一种恋慕之情，"尤其是后来他知道小笠原本来体弱多病，受到母亲的抚爱，就马上联系到自己不幸的身世，心里想：世间竟有这样幸福的人吗？恐怕世间不会有第二个这样幸福的人了吧？他觉得小笠原的幸福是因为他有温暖的家庭，有像母亲这样的女性的爱抚，所以他的心，他的举动都带上几分女人气"①。体弱多病时还能受到母亲的爱抚——恐怕这是川端康成多年来一直求而不得的，所以他更加喜欢那个沾染上了母性习气的学弟了。由此可见，即便是在我们看来并不正常的同性之爱中，川端康成内心对温柔母性的眷恋之情也是十分固执的。而且，母亲因为父亲恶疾的传染而早逝这一事实，不仅没令他的俄狄浦斯情结因恋慕对象的消失而消失，反而得到了强化。

2. 强化了的俄狄浦斯情结

川端康成对自己的父母并没有什么记忆，但这不代表他心中对父母没有任何感情，相反，从他的一些作品中，我们能强烈地感受到他那恋母仇父的情绪。但由于川端康成特殊的童年经验，他身上流淌着的俄狄浦斯血液也尤为浓烈。我们在前文已经集中分析他作品中对女性角色的偏爱，而在他众多小说中，除了《名人》是以男性为主角外，男性总是居于一个次要位置。而且在许多小说中，他会很刻意地去表现女性传统的母性柔情一面。凡此种种，我们都可以看到川端康成内心深处对那些具有母性柔情的女性的强烈偏爱。除此以外，我们还找到一个有力的佐证——掌小说《母亲》。

小说写了一位母亲，因为照顾患肺病的丈夫，也不幸染上同样的病，并抛下三岁的孩子匆匆辞世。显而易见，川端康成在小说中，将母亲塑造成一种善良、体贴的美好形象。她不仅不害怕丈夫的病，还悉心照顾，在离世之前，还多番安慰丈夫："我觉得和你结婚很幸福。我从来不曾埋怨过染上疾病的问题。你相信吧。"②并且为了孩子的健康成长也留下了意味深长的一席遗言："对于那孩子，我希望不要让他感到自己结婚不好，咀嚼着痛苦的无谓的悲哀。让他愉快地结婚，这就是我的遗嘱。"③这是一个如此善解人意的伟大母亲，她不仅考虑到丈夫会因传染给自己肺病而自责的痛苦，更想到孩子会害怕因染上与父母同样的病症而得不到应有的幸福。实际上，从这个小说的情节来看，我们完全

① 叶渭渠：《冷艳文士川端康成传》，中国社会科学出版社，1996，第46-47页。
② 叶渭渠主编《川端康成文集：掌小说全集》，中国社会科学出版社，1996，第113页。
③ 同②。

有理由相信，它就是川端康成童年回忆与自我想象的融合，足见他是多么希望没有给他留下任何印象的母亲会像文中那位母亲一样替自己的儿子着想呢，这个"母亲"的形象，可以说就是他理想中母亲的化身。而另一方面，我们却看到他对父亲这个人物着墨不多，甚至只是把他当成了一个病毒传染源。这位父亲认为自己得病也是上一代留下来的，是逃脱不了的，所以他才发出"是相同的命运啊"①这样的慨叹。而这种可怕的命运就像咒骂一样附着在川端康成的心中，成为他一辈子的梦魇。所以，在川端康成的潜意识中，父亲显然应该为他童年的不幸负全部责任。对带有病态体质的父亲的不解与仇视，对因被疾病传染而离世的母亲的理解与爱——正是这样的想法使得本就在他心中生成的俄狄浦斯情结得到了进一步强化，也成为《母亲》这篇掌小说的最好说明。

3. 转移了的俄狄浦斯情结

如果说童年幸福的缺失让川端康成的恋母情结更加强化的话，那么爱情理想的破灭则是将他的这一情结进行转移的关键所在。川端康成因爱情中的种种失意而放弃对幸福生活的追求，但在他的许多作品中，却流露出对女性之美的那种近乎崇敬的心情，在这背后恰恰是对俄狄浦斯情结的转移。

同样是在《母亲》这篇小说中，其实川端康成赋予了小说人物双重身份：一边是对下一代负有责任的父母，一边则是只表示单纯两性关系的夫妻。当我们将这两个人物用夫妻关系来看待时，发现川端康成在创作时，已经将从对父亲的责问、对母亲的眷恋，变成了对自己理想中妻子形象的塑造。因为川端康成一直深信自己有一天会染上父亲那样的不治之症。所以《母亲》中这位温柔娴熟的女性，显然就是他理想妻子的化身："你同我结婚之前，恐怕吃了许多苦头吧。自己得了与双亲同样的病，后来这种病又传染给了妻子，接着又想到出生患病的孩子。不过，这种结婚，我感到幸福，这就行了。"②她不仅不害怕丈夫的肺病，而且还无微不至地照顾着他，即使自己因此染病，也从来没有埋怨过丈夫，甚至还反过来安慰他。对于川端康成这样一个害怕因病而得不到幸福的人来说，有妻如此，夫复何求。

因此，他将自己对理想母亲的眷恋，扩大到了对爱人的选择标准上，甚至还将这种标准在《致父母的信》中坦然地表达了出来："我喜欢这种少女：她同

---

① 叶渭渠主编《川端康成文集：掌小说全集》，中国社会科学出版社，1996，第112页。

② 叶渭渠主编《川端康成文集：掌小说全集》，中国社会科学出版社，1996，第113页。

亲人分离，在不幸的环境中长大，又不愿意承认自己的不幸，并且战胜了这种不幸，走过来了……她性格刚强，不知道害怕。这种少女具有一种危险性，我被它所吸引。让这种少女恢复纯洁的心，自己的心也变得纯洁，这似乎就是我的恋情。"① 写这篇文章的时候，川端康成即将步入三十四岁，所以，对这种理想女性的向往，应该不是年少轻狂时的一时冲动了。如果我们对这段表白进行分析的话，就会发现，川端康成心目中的理想女性，与他自己有着何其相似的命运——同亲人分离的不幸。他这样的安排，一方面反映出他"同是天涯沦落人"的心态——也许在他看来，只有与他有相似背景的女子，才能最好地体会他的心境；另一方面，其实也表明了他内心深处的一种自卑情绪，因为他说过这样一段耐人寻味的话："在和睦的家庭中成长的少女，她那朦朦胧胧的眼泪汪汪的媚态，实在让人魂牵梦萦，可是却引不起我的爱。归根结底，对我来说是个异国人吧。"② 川端康成的童年生活如此不幸，亲人一一离他而去，虽然这种离去并非人为，但对幼小的他来说，不被爱、被抛弃，是不争的事实，所以，在他看来，自己这种人是不配得到在温馨家庭里成长起来的小姐的爱的。但与他同病相怜的女子却不同，不仅有着对不幸命运的共同话题，也因为没有什么幸福的成长背景，所以不会给川端康成造成心理上的压力。另外，川端康成认为自己对这种在不幸家庭中走过来的少女还负有拯救的责任——让这种少女恢复纯洁的心。其实，与其说是他想去拯救少女，莫若说他也希望有这样一位少女来拯救自己。因为有着相似生活经验的他们，心里都存在着不同程度的伤痛，也因此而变得复杂与世故，即他说的"不纯洁"。川端康成希望通过一段"门当户对"的恋情让对方从不幸中解脱出来，重塑对生活的信念，实质上也就是希望能有这样一段爱情让自己从童年的梦魇中苏醒过来。

至此，我们再读《千只鹤》《雪国》的时候，才会真正了解他笔下那些鲜活生命中存在着的令作者难以抗拒的东西。太田遗孀身上那令菊治眷恋着的母性之爱，显然流露出缺失母爱的川端康成内心的一种呼唤；而在不幸环境中长大的驹子，她对爱的执着、对美好生活的向往，无疑是川端康成理想女性形象的再现；当然令他"魂牵梦萦"却永远"引不起"爱的，则是《千只鹤》中的稻村雪子，她就像春空千鹤的幻梦一般。川端康成的俄狄浦斯情结从强化走向转移，不得不说与他的童年经历关系密切。他把这家庭的不幸、自己的孤苦伶仃，都归结到首先患病的父亲身上，转而更加同情与爱怜自己那可怜的母亲；

①　叶渭渠主编《川端康成文集：掌小说全集》，中国社会科学出版社，1996，第215页。
②　叶渭渠主编《川端康成文集：掌小说全集》，中国社会科学出版社，1996，第215页。

同样，他也希望能够有这么一位类似《母亲》中那善解人意的女性，在明知自己可能患病的体质面前，毫不退缩，还要充满爱意地照顾他，《雪国》里的叶子也许就是其中一位。由此，他对母亲的那份眷恋，便转移到了世间所有可爱的女性身上——这些温柔、体贴，最重要的是不会嫌弃如他这般身体羸弱之人的女性，便理所当然地成为他小说中不可撼动的主角。

二、独特的死亡情结

川端康成在散文《临终的眼》里曾说过这样的话："以死来说，看起来不易死亡的人，一旦真的死去，我们就会想到人总是要死的。"[①] 看来，他对死亡这回事是早有心得的，而且从他在许多作品中流露出的死亡气息来看，川端康成对"死亡"是认真思考过的。尤其是在他后期作品《山音》与《睡美人》中，那些在他早年的创作中就嗅得到的墓土气味儿越发浓烈。从尾形信吾和江口老人身上，我们看到了人类不得不面对的终极命运，更看到了人类在这不可逃避的命运面前还企图挣扎的丑陋面目与凄苦心态。

（一）疾病与死亡的内在恐惧

1. 肺病的阴影

由于父母都因染肺病而去世，在那个医学不发达的时代，一旦这种病遗传到了下一代身上，就是难以治愈的，川端康成就是在这种肺病的阴影中生活着，甚至在他的许多作品中也处处透露出对肺病的恐惧：从《雪国》中叶子照顾的那位患痨的行男，到《山音》中因咯血而怀疑自己可能患肺病的信吾。而在《致父母的信》中，这种对疾病的痛恨与对传染者——父母的控诉则更明显。

"我倒不是有意忘却（注：指忘记父母年龄的事），或许是我内心深处的某种恐惧感，不让我去记住它。我自己恐怕也只能活到你们辞世的那个岁数。这种恐惧感，自我少年时代起就渗透了我的心。"[②]"你们的样子，我也记不清了。我手头没有一件可以帮助我回忆你们容貌。假如说你们在我幼小的心灵里深深地印下了什么，那就是对病痛和早死的恐惧。"[③]

正是这种对可能患病的焦虑，让川端康成十分注意自己的身体状况，更在

---

① 叶渭渠主编《川端康成文集：美的存在与发现》，中国社会科学出版社，1996，第80页。

② 叶渭渠主编《川端康成文集：伊豆的舞女》，中国社会科学出版社，1996，第212页。

③ 叶渭渠主编《川端康成文集：伊豆的舞女》，中国社会科学出版社，1996，第246页。

乎别人对自己身体的种种看法。在中学毕业的时候，成绩一般的他突然决定要报考东京帝国大学，原因是"要对蔑视我身体虚弱、智力低能的老师和同学进行报复"[①]；当他与同学一起，去向伊藤初代的父亲求亲的时候，同学隐瞒了他父母患肺病死亡的事实，而说川端康成的父亲在日俄战争中阵亡，虽然同学是在帮他争取对方的好感，但对川端康成来说，这无疑是当面给了他一个难堪："康成听后，倏地涨红了脸，苦笑了笑。他心里嘀咕：我这样弱不禁风，人家会将女儿许配给我吗？"[②]刚毕业的川端康成遇上征兵，为了不向自己瘦弱的身体示弱，在征兵体检之前，"他到伊豆温泉疗养了近一个月，每天吃三个鸡蛋，以加强营养。还特地提前两天直到设置体格检查站的镇子去静养，以恢复路途的疲劳。"[③]尽管他做了这么多功夫，体重仍然不超过四十公斤，军医对他"文学家这种身体，对国家有什么用！"的奚落，大大地伤害了他的自尊。由此可见，肺病的阴影对于川端康成的成长影响之大，这样的情绪对于处于青春年少的川端康成来说，带给他的是从身体的缺陷上发展而来自卑感，甚至令他对自己这副形貌也厌恶起来，"自以为其貌不扬，很讨厌照相，所以并没有单独的个人相片"[④]。肺病成为川端康成一生中的难言之痛，正是如此，他才会在自己的许多作品中不自觉地对这个疾病加以描写。

2. 死亡的威胁

第一，因为父母得病早逝，而自己又因早产如此羸弱，所以川端康成总认为自己并不是一个长寿之人。前文已经提到，他常常怀疑自己活到与父母差不多的岁数就可能离世。而即使年过半百，他仍然对自己那无用的羸弱的身体抱有极大的怀疑："与我年龄相仿或比我年轻的许多优秀作家辞世以后，我就想：看起来我体质最虚弱，我之所以能够继续活下去，莫非是像《千只鹤》和《山音》的那种随便而懒散的发表法，却意外地成了我修身养性之道吗？"[⑤]后来，他又与日薄西山的祖父相依为命，看着祖父的寿命慢慢枯竭下去，对无力拯救而只能眼睁睁看着他离去的川端康成来说，死亡把人世间最无情的东西在他眼前撕扯开来，逼他不得不正视"人终将一死"的悲哀。

---

① 叶渭渠：《冷艳文士川端康成传》，中国社会科学出版社，1996，第 21 页。
② 叶渭渠：《冷艳文士川端康成传》，中国社会科学出版社，1996，第 59 页。
③ 叶渭渠：《冷艳文士川端康成传》，中国社会科学出版社，1996，第 66 页。
④ 叶渭渠：《冷艳文士川端康成传》，中国社会科学出版社，1996，第 66 页。
⑤ 川端康成：《川端康成散文选》，百花文艺出版社，1988，第 122 页。

第二，川端康成不仅饱受着失去双亲、祖父母、姐姐的痛苦，而且自幼就参加了无数的葬礼，成为远近驰名的"参加葬礼的名人"。对于少年的他来说，在这一次次的死别之间，唤起了更多孤苦伶仃的伤痛，也是在这一次次与死亡的零距离接触中，让川端康成对"死亡"这个不可避免的事实更加确定了。他在《参加葬礼的名人》一文中曾写道："越是生前与我关系疏远的故人的葬礼，就越是牵起我这样的心情：带着自己的记忆，奔赴坟场，面对记忆，合十膜拜。少年时代，在见了也不认识的故人的葬礼上，我的表情也能同那种场面相称，而不用装模作样。因为存在我身上的寂寞，得到了表现的机会。"① 故人的葬礼让他一遍遍重复体验着"死亡"的不可抗拒性，而川端康成在这里所指的"寂寞"，一方面指他孤独于人世、寄人篱下的寂寞，另一方面，何尝不是在体会了如此多死别之后，他所感到的人生在世那种孤独前来又将独自离开的寂寞呢？

第三，川端康成虽然一直认为自己体弱多病，会不久于人世，但实际上，他却比他的作家朋友长寿。他于1962—1964年间写的散文《秋风高原》里就提到了在一段时间相继离世的朋友们："在这期间，有好几位挚友去世了。现在自己却还活着，这件事逐渐使自己感到仿佛很奇怪。除了文学家以外，大仓喜七郎、清元荣寿郎氏、田奇勇三氏、小守谷达夫氏等人的死，也使我感到很寂寞……我对立野氏说：真讨厌啊！我听到熟人死讯的瞬间，就会不由得脱口说出'真讨厌啊！'这句话。"② 这句"真讨厌啊！"绝不是他对朋友的不敬，而是他在听到朋友接二连三过世后，想到自己将越发寂寞；另外，其中肯定还不乏对接踵而至的死亡的厌恶情绪——与自己同时代的人——成为死亡的俘虏，体弱多病的川端康成何尝没有感到死神的召唤。

（二）死亡情结如影随形的纠缠

1. 两种对立倾向的斗争

虽然中外许多学者认为川端康成生死观的形成主要得益于他的佛教禅宗思想，他作品中流露出来的对死亡的态度，对生命的虚无感，都成为这一研究领域的主角。当然，从川端康成的各类文章中，我们确实也看出佛学对他的影响

---

① 叶渭渠主编《川端康成文集：伊豆的舞女》，中国社会科学出版社，1996，第48-49页。
② 川端康成：《川端康成散文选》，百花文艺出版社，1988，第86页。

之深。不过，在他的作品中，寸步不离的死神却让我们同样感受到了他心中生存与死亡两种倾向的冲突。

掌小说是川端康成非常推崇的一种创作样式，他也是"从创作掌篇小说开始迈出自己的艺术步伐"①的。而在他的为数众多的掌小说中，对死亡的描写不在少数。在这里，有关于被各种疾病夺去生命的故事，如《母亲》《白花》《红色的丧服》《妹妹的和服》，有对死者、殡仪馆进行直接描写的《遗容事件》《母语的祈祷》《遗容》，也有涉及对死亡自身的神秘气息进行叙述的《灵车》《神骨》《不死》，当然还有其他一些有关死亡的短篇，比如《拾骨》《殉情》《厕中成佛》《显微镜奇谈》等等。对于川端康成这个带着家族病史的阴影又有先天不足以致身体孱弱的焦虑的作家来说，疾病与死亡几乎成为他作品中的一类重要主题。

作品中反映出来的这种生与死的纠缠，实际上也就是川端康成身上那纠缠着的两类本能的最好体现。一方面，从生的本能来看，川端康成是并不厌生的，他自己也曾说过："我讨厌自杀的原因之一，就在于为死而死这点上。"②一个真正厌生的人，是绝不会容许自己在体弱多病的情况下，在非要活到72岁零10个月时，才将自杀付诸实践的。更何况，他这一生活得还相当精彩，为人类文学宝库又添上了一种别样的美。所以，如果仅仅因为他最后以自杀了结自己的生命，就来证明川端康成是厌生的，恐怕是不恰当的。相反，虽然他自己也说"有时也嗅到死亡的气息"③，但在他并不短暂的一生中，一直没有停止过他所热爱的事业——创作。可见，他其实是一个十分热爱生活的人，至少，他很忠于自己的理想。然而，也许还有人会说，川端康成一再表示不想要小孩，这是否能说明他并不是一个真正热衷于生的人？诚然，他有这样的想法，不得不说是因为受到父母疾病的影响——他害怕自己也会染上肺病，如果再有下一代的话，那么那个有着患上肺病的父母的孩子，也许就会跟他自己一样不幸，"因而我害怕自己有孩子。因为我不能容忍把像我这样的孤儿再送到社会上去"④。然而，虽然他没有自己的孩子，但与后来领养的女儿政子也相处得十分融洽："他十分珍视孩子这份纯朴自然的真情，心中暗想：将来我们和孩子之间的关系无论发生什么龃龉，我都必须跳跃

① 叶渭渠：《冷艳文士川端康成传》，中国社会科学出版社，1996，第246页。
② 川端康成：《川端康成散文选》，百花文艺出版社，1988，第6页。
③ 同①。
④ 叶渭渠主编《川端康成文集：伊豆的舞女》，中国社会科学出版社，1996，第212-213页。

过去，而不能忘记感谢她。"可见，对于养女的到来，他并不排斥，而是怀着一种感激之情。所以，川端康成身上仍有着渴望以自己的意志支配整个生命活动的本能。不过，另一方面，想要按照自己设定的方向和方式死去，却成为潜藏在川端康成身上的另一种情愫。这位从小就习惯死别、一直活在肺病阴影之下、浑身上下带着坟墓味道的作家，不可能没有对死亡进行自己的思索。他在凌晨开放的美丽海棠花中，看到了一种"哀伤的美"，他也承认人生于世始终是孤独来去的现实。他曾说过："我觉得人对死比对生要更了解才能活下去。"①所以，虽然他不轻易去死，但是死亡在川端康成的心目中，却远比生对生活的意义更大。而这两种生命中始终存在的本能，就如两股纠缠不清的麻绳，在川端康成心中理不出头绪，也使他无从释怀。所以，在他的作品中，这种纠结的体验也成为人物内心世界无法逃开的矛盾。

2. 生本能与死本能的纠结

生存与死亡的斗争在川端康成身上表现得特别突出，但实际上，这种感觉是为人类所共有的。川端康成在他的《山音》与《睡美人》中，透露出那种从个体生命身上流露出的死亡本能与生本能的剧烈冲突。当然，除了川端康成生活经历对他创作中时时透露出的纠结的生本能与死本能有重大影响之外，他自己还非常注重内心世界的表现。他曾多次提到过克罗齐"艺术即直觉"的理论，川端康成认为创作实在就是要把"人的精神企图从语言的不自由的束缚中解放出来"②，而这样的方法，是要"变成忠实于主观的、变成直观的，同时也变成感觉的"。所以，他才会将自己从生活经历中体会到的那种顽强的生的追求与无时不在的死的召唤，化成作品中特别能凸显人物内心世界的地方——体验的真实，加上高超的表现技巧，所以，这样的作品在阅读之后才会格外震动的心灵，才会为人类这种不得超脱的命运而嘘唏不已。

---

① 叶渭渠：《冷艳文士川端康成传》，中国社会科学出版社，1996，第4页。
② 川端康成：《川端康成散文选》，百花文艺出版社，1988，第72页。

第二节　寻求抑郁世界的精神救赎

一、抑郁的产生——人生苦难的全面爆发

（一）"被爱"与"爱"的能力的丧失

1. 川端康成"被爱"与"爱"的能力的丧失

川端康成的童年不幸、爱情无望以及疾病与死亡在他心头的百转千回，成为他人生苦难大爆发的诸种因素，也是他"被爱"与"爱"的能力丧失、出现抑郁倾向的根本原因。

（1）不"被爱"的川端康成。父母因肺病去世，对于年纪尚小的川端康成来说，这绝对是个致命的打击。尤其是母亲阿玄的离开，对于三岁已经记事的他，那种痛苦更是无法言说的，后来，他把这种痛苦写进了《母亲》这篇掌小说中："也许是《母亲》的开头与结尾带了点伤感的诗的形式，所以也有人喜欢它。可我自己既不喜欢它，也觉得它不太好。不过其中隐含着我父母的死亡。"[①] 川端康成自己并不喜欢这篇小说，其实很重要的原因，就在于这篇小说写出了自己的心声——那种仇恨父亲、爱怜母亲的心声。可以说，父亲的死对川端康成来说，如果有什么实质上的影响的话，那就是带走了母亲，使得原本还能得到母爱的川端康成沦为了命运坎坷的孤儿。所以，他的最早的对象选择原本跟其他小男孩是一样的，都是眷恋着母亲的，而这一爱的物件的失去，令川端康成感到自己的"不被爱"，因此，他身上的俄狄浦斯情结尤为强烈。我们在他少年时期记录的一段恋爱中，找到了有力的证据：川端康成在念茨木中学五年级时，与低年级的学弟小笠原义人发生了爱情，如果我们仔细分析，可以看出这段恋情的背后，其实是川端康成对温暖母爱的强烈爱恋。首先，他觉

---

① 川端康成:《川端康成文集: 独影自命 创作随笔集》,中国社会科学出版社,1996,第200页。

得体弱多病的孩子能有母亲的爱抚，本身就是一种幸福；其次，有着女性气质的小笠原在他眼里俨然成为温柔女性的化身，那种由母亲而来的气质，对川端康成可怜的心起到了救赎作用，让他间接地体验到失去了的纯净母爱。所以，虽然从表面上看，他们之间是爱情，川端康成却始终是以一种正常的取向来对待这份感情的。

如果说母亲的离世是川端康成第一次被所爱对象抛弃的话，那么伊藤初代的毁婚则很可能是川端康成第二次也是最为致命的一次被爱的对象所抛弃。原本希望有一位女子将自己从童年的不幸中拯救出来，然而初代的毁婚令他的自尊心受到极大的伤害，"川端康成经过这几次的失意，心中留下了苦闷、忧郁和哀伤，留下了难以磨灭的伤痕。这份伤痕经过了多少岁月，仍然未能拂除，而且产生了一种胆怯和自卑，再也不敢向女性坦然倾吐自己的爱情，而且自我压抑、窒息和扭曲，变得更加孤僻，更加相信天命了"[①]。在他的《处女作作祟》中，他写了四位同名为"千代"的女性与自己的恋情，凡是与"千代"这个名字相关的人都接二连三地遭遇不幸，而这几段恋情最后也都无疾而终。暂且不论是否真有如此多巧合的事件，但通过这样的方式，作者想要表达的东西已经再清楚不过了：自己是个不可能被爱的人，不幸才是他的终生伴侣，孤独将永远与他同行。所以，他在《临终的眼》里说："我孑然一身，在世上无依无靠，过着寂寥的生活，有时也嗅到死亡的气息。"[②]这篇散文写于1933年，而当时距他与自己的妻子秀子成家的时间才不过六年之久。还未到"七年之痒"的川端康成，却说出这番凄苦的话，似乎让我们更加确信，他结婚时，已彻底明白自己不"被爱"的人生状况了。所以，他紧闭内心，将那些本来应该转移到妻子身上的强大的本能地固结在了自我当中，从"被爱"能力的丧失进而发展到"爱"的能力的丧失。

（2）不会"爱"的川端康成。对于失去"被爱"能力的川端康成而言，这块伤疤是越少碰触就越好，所以，他也不想通过爱别人来拯救自己，因为爱就意味着要付出，而付出却不一定会有相应的回报，当得不到回报时，爱便成为对自尊的一种侮辱与嘲讽。川端康成在《致父母的信》中提到了自己与妻子之间的关系："我经常对妻子说：我不能和对生活无所追求的人共同生活。妻子没有职业，也没有一点学习绘画、音乐之类的兴趣，更不能帮助我工作。连妻子

---

① 川端康成:《川端康成文集:独影自命 创作随笔集》,中国社会科学出版社,1996,第63页。

② 川端康成:《川端康成散文选》,百花文艺出版社,1988,第5页。

要读我所写的东西，我也加以禁止。她不热衷于梳妆打扮，也并不热心操持家务。这么一来，每天生活的希望在哪里？无论什么时刻，只要我吃饭，妻子也想吃；我睡觉，妻子也想睡，就这样家庭虽然没有掀起什么风波，可眼看着妻子越来越失去生活的能力，只能认为我们等待着逐步走向别离的道路……我很了解妻子这种好品质，却口头禅似的说想要同她分手。那是有种种理由的。其一是，她不是我的不幸的人生旋律。十七八岁以后的她绝不是幸福的，而且遭到了痛苦，犹如一夜间头发全变白了似的。……大概只有孩子，才使她对每天的生活充满希望。假使死人也有灵魂，我希望您们不是对我，而是对妻子赔礼道歉。"① 他感到与妻子的生活无望，一方面是因为两人在学识、眼界上确实存在着鸿沟，但另一方面，从小就被离世的父母所抛弃，长大后又被几次恋情所抛弃的川端康成，根本就觉得自己是个不配被爱的人，所以，他才说"十七八岁以后的她绝不是幸福的"，言下之意即与自己这样的人结婚是得不到幸福的。由此可见，他从根本上，就已经觉得自己是个不被爱的人，是个天地间的弃儿，这个不被爱的人怎么还会有能力想要去爱呢？所以，他关起自己心中那扇通往外部世界的窗，躲在那小小的壳里，在"被爱"与"爱"的能力都丧失之后，川端康成成为一位真正的孤儿。这种深深的孤独令他陷入了抑郁之中，在自己那空荡的内心世界里充满着寂寞的回响。

2. 弗洛伊德学说中的"抑郁"

川端康成因在抑郁中无法自赎而失去对"被爱"与"爱"的信任感，但其实抑郁并不是川端康成的专利，而是人类共有的一种心理疾病。弗洛伊德在《悲痛与抑郁》一文中，通过将悲痛与抑郁的表现进行对比，指出了抑郁形成的三个因素："失去对象、矛盾情绪和原始本能倒退回自我。"② 弗洛伊德将人格分为了"自我、本我、超我"三个有着不同职能的部分，它们相互制约，维持着人格的平衡发展。然而，一个人失去了所爱的对象时，这三个部分间的平衡将被打破从而为抑郁的出现提供了条件。当这三个因素都具备时，抑郁就产生了。如果我们用另外一种方式来看待抑郁这个问题，就会发现，实际上，被撤回的本能的固结导致自恋的加剧，而"被爱"与"爱"的能力则几乎完全丧失。这样的人，就好像老是躲在壳里的蜗牛一样，用坚硬的外壳来保护自己，他们

---

① 叶渭渠主编《川端康成文集：伊豆的舞女》，中国社会科学出版社，1996，第213-214页。
② 弗洛依德：《本能的冲动与成功》，华文出版社，2004，第91页。

的信念就是：不接触外部世界，那么就不会再受到同样的伤害。所以，抑郁患者的内心深处是很难向别人敞开大门的，比起喧嚣的人群来说，他们更喜欢安静的环境，喜欢一个人舐舐着自己的寂寞。

如果说川端康成浓重的俄狄浦斯情结令他将对温柔母性的眷恋之情固置在自我中，不得发散的话，那么由于失去这个爱的对象而变得沉默，进而抑郁，就是一种必然。

（二）病态超我对自我的残酷惩罚

由于接二连三地失去爱的对象，川端康成感到自我的不被爱，逐渐地，他也将自己那一再受伤的心封闭了起来，连爱别人的能力也丧失了。而在这一过程中，我们发现川端康成的人格中以父亲为榜样、以母亲为眷恋对象的自居作用发挥着重要的作用，而这样的选择结果，也是导致他在抑郁时所特有的表现。

1. 自居作用

虽然川端康成从小就失去了父母的关爱，但他身上的俄狄浦斯情结却异常强大，其实，这正是他不幸的身世在他内心世界中的最好写照。按常理说，如果他真是对首先患病的父亲有着强烈的恨的话，那么他应该是不会将父亲作为自己的模仿对象的。但是他以自己所恨的父亲为模仿对象，究其原因，只可能是他太爱自己的母亲。我们知道，他母亲是因为要照顾染病的父亲而不幸被传染才离世的，在幼小的川端康成心中，一定觉得母亲是间接被父亲所害死的，而自己得不到应有的母爱，同样是父亲造成的。所以，虽然他不想成为像父亲那样的人，但为了可怜的母亲，他仍然选择了去扮演和模仿父亲的角色。然而，川端康成也曾坦言，他并不想要孩子，因为他不想步父亲的后尘，让自己的孩子成为孤苦伶仃的流浪者。所以，在川端康成身上，那种以父亲自居的成分，已经被不自觉地扩大了，从对自己母亲的怜爱，扩大到了对所有可爱女性的疼爱，所以，我们在他永远以女性为主导的各篇小说中，在他的散文及日常言谈中，才能感受到他对女性抱持着的特别的感情。

在《致父母的信》中，川端康成曾表达过这样的想法：如果一个女人总是跟着自己丈夫的想法与做法而过活，那么她的生活还有什么希望？他对自己的妻子秀子也是这么想的，甚至在写《山音》时，他令信吾对妻子保子也产生了同样的想法。而同样是在《致父母的信》中，当他与妻子谈到关于姐妹的话题时，曾发出这样的感叹："总之，女人的不幸我看不下去啊。"①川端康成从不幸的母亲身上，看到的是女人的不幸：言行起居都要与丈夫的步伐一致，那么对于生死来说，也是免不了要步调一致了，所以母亲一定要在父亲患病后因照顾父亲而死——这是母亲的不幸，更是天下所有女人的不幸。因此，怜惜母亲的川端康成以他并不爱的父亲为模仿对象，产生了所谓的"自居作用"。

自居作用的发生，首先是要与另一个人有情感上的联系，而且是早期就会有的联系，那么对于我们每个人来说，与我们最早发生情感上的联系的，自然是最亲近的双亲；其次，自居作用中十分明确地带有一种模仿性，它企图通过对另一个与自己在情感上有联系的人的模仿（无论是言语的还是行为的），来塑造自己的自我。如此看来，当孩子们有了自己的意识，并开始模仿父母的举动时，他们已经在心中对于模仿的东西有了一个判断。当他们把这个自居作用用于眷恋对象的选择，并在这个过程中确定自己所要扮演的是父亲的角色还是母亲的角色时，弗洛伊德所认为的俄狄浦斯情结就产生了。

川端康成体内的俄狄浦斯情结是异乎强大的，他甚至可以去模仿自己并不爱的父亲，为的就是希望以一个男子汉的身份去照顾像母亲那样不幸的天下所有的女人，去发现她们的真善美。

2. 病态超我对自我的残酷惩罚

选择了给自己带来人生大不幸的父亲为自居对象的川端康成，一方面要在文学中去表现美丽女性的柔情，去救赎那些不幸的女子们；另一方面却还要加紧对徘徊在自己体内的父亲的影子进行残酷的惩罚。

（1）惩罚一：女性美的遥不可及。在川端康成的眼中，几乎没有不美的女性，而女性的美丽又被分为好几种：如太田遗孀那充满母性温暖的美，如驹子那对生活与爱满怀热情的美；如叶子与雪子那样梦幻般不可触摸的美……对于川端康成而言，最美的莫不如像天上银河一样的叶子、像春天天空里飞舞着的白鹤那样的雪子，她们的美是洁净的、不沾染半点尘世俗气的。这些在作品中被虚化了的美，恰恰就是川端康成病态超我对自我残酷的惩罚之一——女性美的遥不可及。

虽然在以父亲为模仿对象的自居作用支配下，川端康成是渴望自己能代替那个因病去世、对妻子与子女没有尽责的父亲来照顾如同母亲那样贤惠却可怜

① 叶渭渠主编《川端康成文集：伊豆的舞女》，中国社会科学出版社，1996，第231页。

的女子的，但多次"不被爱"的打击，令他的自尊大大受挫，而如果对这些痛苦追根究底的话，皆因那个他一直要模仿的对象父亲的缘故。所以，他对体内以父亲自居的那部分进行着残酷的惩罚，用这种方式，川端康成其实就变成了一边是作为儿子的施虐者，一边是作为父亲的受虐者，在这个不让自己得到真爱、不让小说中人物得到真爱的过程中，他满足了自己对自我中那个父亲的影子进行报复的心理。然而，对于川端康成本人来说，他也就等于放弃了获得幸福的机会。所以，就连在日常生活中，我们也可以通过他对女性的一般态度，看到这种残酷的惩罚："从恋爱来说，我觉得至今我还不曾握过女性的手，也许有的女子会说：别撒谎了。但是，我觉得这不单纯是一种比喻的说法，我确实是未曾握过女子的手。人生不正是这样的吗？现实不也正是这样的吗？"①如果川端康成所说非虚，那么在他笔下众多的女性，究竟在他的心中又扮演着什么样的角色呢？在一篇掌小说《脆弱的器皿》中，我们似乎找了想要的答案。他在这篇小说里，引用了《圣经》里的话："待她们（指妻子——引者注）有如较脆弱的器皿。"②他在文中用一个梦对这句话进行了自己的理解——一尊观音身躯突然向他走过来，然后倒在地上摔了。显然，这尊观音在川端康成的心里就是女性的化身，而从这个化身身上，我们能感觉到作者对自己得不到理想爱情的那种自我惩罚的态度：首先，观音虽在佛教中并无性别之分，但川端康成却做了这样的描述："她冷不防地伸出那双修长、丰盈而白皙的垂下的胳膊。"③这明显是一双具有典型美的胳膊；其次，观音也是世人对不可亵渎的一个代名词；再次，这种理想女性的美却又像瓷塑的一样容易被破坏。所以，川端康成在小说的最后说："有一观点是，恋爱本身也意味着毁坏年轻女子。"④因此，我们从这篇小说中可以看到，川端康成笔下的女子都是如观音像那般圣洁却容易被毁坏的，而这样的毁坏往往来自她们与男子的恋爱。唯是这样，川端康成才不愿意这些从母亲身上幻化而来的美丽女子被如父亲那样的自己所毁坏，作者笔下那遥不可及的女性美，其实就是他那不允许像父亲一样的自己获得幸福的自我惩罚的最好印证。

　　（2）惩罚二：病与死的如影随形。川端康成那强化了的俄狄浦斯情结无时

---

① 川端康成：《川端康成散文选》，百花文艺出版社，1988，第45页。
② 叶渭渠主编《川端康成文集：掌小说全集》，中国社会科学出版社，1996，第31页。
③ 叶渭渠主编《川端康成文集：掌小说全集》，中国社会科学出版社，1996，第30页。
④ 叶渭渠主编《川端康成文集：掌小说全集》，中国社会科学出版社，1996，第31页。

无刻不在向他控诉父亲的罪过、母亲的可怜,而在这情结中,选择以自己恨的父亲为自居对象,川端康成也就不自觉地选择了可能会步父亲的后尘:一是染上与父亲同样的病症,一是连累自己的妻子与孩子。所以,作为自觉地对父亲的惩罚,他选择不要亲生骨肉;而作为他并没有意识到的对自我中父亲影子的惩罚,则就是表现在他作品及人生态度中,那种病与死与他如影随形的痛苦。除了在前面的论述中,我们提到的川端康成作品中无法逃避地对疾病与死亡的描写,另外,在他的许多自述中,也一而再再而三地提起疾病与死亡:"一个血统行将消亡——我仿佛是黎明月照的花。所以我不想留下子孙。"①"我们家庭是世家。亲人相继辞世,十五六岁时,只剩下我孤身一人。这样的境遇使少年的我感到懦怯,总预感自己也会早死的。这种境遇也使我感到自己的一家是一盏行将燃尽的灯火。它使我觉得自己是这个终归要死绝的家族的最后一个成员,从而感到寂寞和绝望。现在我已经不去想这种消极的事了。不过,我感到:自己的血统已经老朽萎靡不振了,就是说我是站在一代接一代的文化生活累积起来的顶端,犹如一棵弱树的树梢。"②

姑且不论川端康成是否真如他所说的已经"不去想这种消极的事了",然而,从他为数众多的涉及病与死的作品来看,我们有理由相信,在他的内心深处,是很难摆脱父亲给他所留下的阴影的。也因为这样,他体内那父亲的影子才一直在作祟,坚定不移地执行着对自我的残酷惩罚,让自己在病与死的笼罩之下,达到对父亲实施报复的目的。

这种通过对自我惩罚而达到报复自居作用的对象的行为,也正是弗洛伊德在其论著中提及过的抑郁症症状:"在这些忧郁症病例中最引人注目的特征便是对自我的残酷的自贬,同时伴随着无情的自我批评和痛苦的自我责备。"③对于川端康成而言,他的原始自恋是建立在被父母所抛弃、不被别人爱的极度自卑的基础之上的,所以,他那从强化了的俄狄浦斯情结衍生而来的超我不可避免地夹杂着许多病态的成分,而这样的病态超我对自我的监管就必定是残酷无情的。生活中的川端康成时常失眠,甚至一度靠安眠药来助眠而造成药物中毒;有时候他也要靠一些药物的麻醉作用才能帮助自己完成写作;在与祖父相依为命时形成的长久盯视他人的习惯——这些都表明了这位喜欢观看自己与别人内

---

① 川端康成:《川端康成散文选》,百花文艺出版社,1988,第56页。
② 川端康成:《川端康成散文选》,百花文艺出版社,1988,第38页。
③ 西格蒙德·弗洛伊德:《弗洛伊德后期著作选》,上海译文出版社,2005,第120页。

心世界，却不热衷交流，为睡眠所累、一度靠麻醉剂、时常令自己陷入哀伤的作家已有了抑郁的倾向。然而，最为关键的，还是因为失去爱的对象而逐渐丧失"被爱"与"爱"的川端康成，为了向造成这一切后果的"罪魁祸首"父亲进行惩罚，在自居作用下的他，用不健全的超我来监管自我，尤其是自我中来自父亲的那个影子。当川端康成通过作品或其他言谈对自我进行苛责时，我们就会发现，经历了许多人生苦难的他，是真的忧郁了。

二、抑郁的转移

其实，与川端康成有着类似身世并因此常常陷入抑郁的人何止千万，然而能获得与他同等成就的人却寥若晨星。通过对川端康成将抑郁转移的分析，我们发现了这位世界级文学大师所肩负的人生使命，发现了他为自己赋予的人生价值，而这些，就是成就他一生伟大的动力所在。

（一）苦难升华为美的世界

1. 文艺创造是川端康成对苦难的升华

对于童年不幸、爱情无望的川端康成来说，文学创作显然就成为他对所经历的人生苦难的升华。我们在前面的分析中已经发现，因为不幸的家庭生活而在川端康成心中强化并转移了的俄狄浦斯情结是他作品中表现出美丽却忧伤的特色的原因所在。以父亲为模仿而自居的他，一方面希望为像母亲那样的善良女性创造一个属于她们的美丽世界，所以在他的作品中女性那份"出淤泥而不染"的美总是让广大读者向往；另一方面，正是以父亲自居的他，为了要向自我中父亲的影子施加报复，他在作品中选择了与疾病和死亡为伍，选择了让自我得不到真正的幸福，于是，他的作品总是充满着无法言语的忧伤。虽然川端康成一再强调说："我不喜欢模特儿小说，也不喜欢把自己当作模特儿。况且，我极少原封不动地撰写私生活的事件，因为它无法使我感受到创作的喜悦。"[①]相反，我们却从他的许多作品中发现了他的生活经历，特别是他童年生活的影子，比如《母亲》《致父母的信》《处女作作祟》《向阳》《南方的火》《拾骨》等等。正因为这些事件对幼小的川端康成的心灵造成了很深的伤害，所以，无论如何，他在潜意识中都是摆脱不了这些苦难的。然而，从另一个方面来看，

---

① 川端康成：《川端康成散文选》，百花文艺出版社，1988，第67页。

如果川端康成仅仅抱持着他自己的悲伤不放，那么他是成不了世界级的文学大师的。所以，在最后一个小节里，我们要来看看，将自己的苦难升华了的川端康成，究竟他给了自己及自己的作品一种什么样的定位，才让自己冲破了个人苦难而将作品提升到另一个境界的。

2. 文艺创造是作家的"白昼梦"

按照弗洛伊德的观念，生活得越是不幸的人，就越有可能幻想出美妙的世界——这与我国传统文论中所说的"诗穷而后工"有异曲同工之处；当然，弗洛伊德也承认了一个作家的文学技巧对于创造的重要性，所以，只有如川端康成这样，既具备很高的文学素养，又经历了坎坷生活的作家，才是最有可能创造出优秀作品的，亦即司马迁所谓"圣贤发愤之所为作"吧。

（二）川端康成的人生价值

1. 不自甘沉沦的川端康成

我们从川端康成的身世其实可以感受到他内心深处无法言说的自卑心理。自从父母离世，祖父母也撒手人寰，川端康成不得不过着寄人篱下的生活："我迷恋陀思妥耶夫斯基而不欣赏托尔斯泰。可能是由于我是个孤儿，是个无家可归的孩子，哀伤的、漂泊的思绪缠绵不断。我总是在做梦。无论什么梦都不能使我依恋，一边做梦一边就苏醒，大概是我喜欢穷街陋巷而被人愚弄了吧。"[1]内心极度自卑的他，却不想让别人看到自己的可怜之处，在自卑之下形成的强烈自尊让他不允许自己有失人前，所以，我们就很能理解他的诸种行为了。当为去世的祖父举行吊唁最为繁忙的时候，川端康成却不由地流下鼻血，他认为是这血告诉他："那是由于祖父亡故，我心灵受到创伤……鼻血挫伤了我的锐气。"[2]他的自尊心不允许别人用同情与怜悯的眼光来看待他这个在天地间已无依靠的孩子。正如他所言："幼年时代，我得到周围人的同情。他们强要怜悯我。我心中一半是老实接受他们的好意，一半是产生了抵触情绪。"[3]当他在中学时由于偏爱文科而使成绩一落千丈后，一气之下，他把同班同学的成绩都写在笔记本上，大概是作为一种"耻辱"的记录，以此来激励自己吧。他更在毕业的

---

① 川端康成：《川端康成散文选》，百花文艺出版社，1988，第36页。

② 叶渭渠主编《川端康成文集：伊豆的舞女》，中国社会科学出版社，1996，第52页。

③ 叶渭渠主编《川端康成文集：伊豆的舞女》，中国社会科学出版社，1996，第53页。

时候毅然决定报考东京帝国大学，以他当时的成绩，确实令众人匪夷所思，不过，他却坦言："就是要对蔑视我身体虚弱、智力低能的教师和同学进行报复。"①

确实，对于出生于"村贵族"的川端康成来说，虽然自己是这个终归要死绝的家族的最后一个成员，但毕竟是出身于书香门第，因此即使家境艰难如此，川端康成还是想要让自己这盏家族中最后的灯能发出属于自己的光与热，他的强烈自尊也不允许自己在本就无望的家庭中还自甘堕落。所以，在上小学的时候，因为社会习气还有家庭背景的影响，川端康成喜欢上了作画，并且立志当一名画家。但是，当他升入中学之后，由于某种原因一个同学画画比他好，他就不愿意再画了。而是将自己小时爱看文学作品的习惯保留了下来，为日后的文学创作打下了基础。从他由画家向作家的转变，我们不难看出，这个自尊心极强的孤儿是多么想要通过一展所长来证明自己人生的价值。

2. 人生价值的定位：美世界的发现者

如果说失去"被爱"与"爱"的能力与权利的川端康成，早已明白人生终有限期的悲哀、爱情永无望的痛苦，还有什么值得让他对这个世界有所留恋的话，那就应该是他所说的"美"吧。

他在散文《花未眠》中那一席面对美而阐发的话，相信是许多熟知川端康成的人耳熟能详的："自然的美是无限的。人感受到的美却是有限的。正因为人感受美的能力是有限的，所以说人感受到的美是有限的，自然的美是无限的。至少人的一生中感受到的美是有限的。是很有限的。这是我的实际感受，也是我的感叹。人感受美的能力，既不是与时代同步前进，也不是伴随年龄而增长。凌晨四点的海棠花，应该说也是难能可贵的。如果说，一朵花美，那么我有时就会不由地自语道：要活下去！"②一朵花的美丽就能让他坚定自己生活的信念。川端康成认为，人对美的感知力与年龄、时代都无关，所以，这样的美不是人人都能获得的，最重要的是，人这一生何其短暂，自然的美是我们短短的一生无法穷尽的，所以，这样的美对于每个人来说，都是有限的。面对着这种种无奈，川端康成却选择做一名美世界的发现者，如果不是时时、人人、永远都能感受美的话，那么，尽他此生、尽他所能，去发现尽可能多的美，这应该就是川端康成为自己人生所找到的价值。

① 　叶渭渠：《冷艳文士川端康成传》，中国社会科学出版社，1996，第21页。

② 　叶渭渠主编《川端康成文集：美的存在与发现》，中国社会科学出版社，1996，第152-153页。

从川端康成的《我在美丽的日本》《不灭的美》读到《日本文学之美》《日本美之展现》，细品其中的话语，我们就能发现，这位文学大师可以从一朵小花、一只小狗，甚至一件瓷器、一排洁净的玻璃杯中找到值得人们去品味与感悟的美丽，而他所在的那个山水相连、四时不同景的岛国日本，也成为他去发现美的启迪。在他的许多小说中，我们都能感受得到他笔下四时变化着的美丽，发现女性身上可爱的美：从《千只鹤》里手持绘有千只鹤图案的包袱皮、身穿菖蒲花样和服的雪子小姐，到《古都》里在四季风物中相见而不得相认的千重子苗子两姐妹，从《伊豆的舞女》中那身段似小白杨的熏子，到《雪国》的冰天雪地里有着天籁般嗓音的叶子……在这个风光旖旎的秀丽岛国，川端康成以优美的笔调抒写着四季旋律，发现着女性身上不染纤尘的纯净。

既然成为美世界的发现者是川端康成为自己人生价值所做的定位的话，那么他对于这个唯一能让自己有"活下去"的信念的事业一定是看得相当重的，甚至等同于他的生命。

从他的种种言论中，我们都可以发现，川端康成的确将发现美、写作美作为自己毕生的目标，因为创作意味着他生存的意义所在。他将"美世界的发现"作为自己生命的责任承担了下来，努力在作品中为世人呈现着他的人生价值。

第三节　美的"佛界"与"魔界"

川端康成研究家羽鸟彻哉认为，"川端是一个非常重视人生观、世界观的作家"，"对于我来说，川端康成文学的最大魅力是蕴藏在川端康成文学中的一贯探求人生的意志"[①]。孤儿的生命体验、战争的灾难使川端康成的内心充满了对人生的探求，这使川端拥有了一双凝视虚空世界的"临终的眼"，而这"临终的眼"就是超越生死、透过现象来认识生命真相的开悟之心。在此基础上，川端康成把佛禅的清灵玄虚作为文学的幻境，并以敏感的笔触描绘着美的"佛界"与"魔界"，从而成为日本传统美的继承者。

---

① 叶渭渠：《不灭之美 川端康成研究》，中国文联出版社，1999，第215页。

一、从"佛界"到"魔界"

《抒情歌》中已明显昭示出川端康成试图以体悟"无心"，摆脱现实烦恼的思想倾向。但在这部小说中，女主人公龙枝崇拜神灵，主要是想把自己从对爱的不信任与绝望中解救出来，而这恰好反映了青年川端康成的思想情感。在失恋的悲伤中，他也多从自身的情感出发领悟禅宗的境界，试图以此摆脱千代的背叛所带来的痛苦。

随着岁月的流逝、人世的沧桑，川端康成这种由自身的情感出发体悟到的开悟境界逐渐得到深化，到《雪国》中进一步演化为将"徒劳"的现实升华为"空""无"的自由之境。"凡所有相，皆是虚妄"，令人无法喘息的战争年代使川端康成视现实的一切均为徒劳。这种否定现实的倾向表现在《雪国》中便是描写所发现的美，并进而让人领悟到心的虚空，明了人世的美是一种虚幻的美。因此，小说中岛村与驹子指向现实的爱情以岛村的离去而告终，而圣洁的叶子也在大火中安静地闭上了美丽的眼睛，一切都化为了虚无。

二战后，川端康成接触到一休的真笔书法——"佛界易入，魔界难入"。自此，他对开悟境界的追求进而衍化为对"魔界"的探求。在战后的混乱局势中，川端康成深为这位室町乱世禅僧的放荡不羁所打动：一休既吃鱼又喝酒，还近女色，超越了禅宗的清规戒律，把自己从禁锢中解放出来，以反抗当时的宗教束缚，立志要在那因战乱而崩溃了的世道人心中恢复和确立人的本能和生命的本性。[①]

依照川端康成的说法，艺术家所追求的真善美可理解为"佛界"。没有"魔界"，就没有"佛界"，因此，"魔界"是酒色、放荡堕落的生活，即与真善美相对的假恶丑。"佛界易入，魔界难入"，一个进入"佛界"的人仍是有所畏惧的，他不进则退，进则更险，这仿佛是生死的门槛。只有当他历经了"魔界"，经历过肯定——否定——肯定的过程，其境界方趋完满，因为没有"魔界"就没有"佛界"。这个世界并不只存在着美，也存在着丑。作为艺术家，如果不进入丑之中，就没有完成艺术家的使命，正像佛陀只有灭度无量众生之后方能进入"无余涅槃"一样。作为一名执着于探求生命真相的艺术家，川端康成的命运就是进入"魔界"而后达到"佛界"，进而来解释这充满迷惘和烦恼的世界。

战后，川端康成对"魔界"的探索并非偶然。这一方面源于他对艺术的不

---

① 叶渭渠主编《川端康成文集：美的存在与发现》，中国社会科学出版社，1996，第207页。

懈追求，试图通过探究"魔界"，寻求美的极致。另一方面，这也与战后的时代紧密相关，他渴望通过解除一切"道德的抑制"，使人类恢复到原初，从而找回生命的尊严与自信。在川端康成看来，只有肯定"魔界"，人们才能真正摆脱战争对人性的摧残以及战败的痛苦，进而从"魔界"走向至高的"佛界"，获得再生之路。

二、从"魔界"到"佛界"

川端康成在其战后的多数作品中都有"魔界"的存在。《山音》中，信吾与儿媳菊子的微妙关系及其梦中的性妄想；《湖》中，银平对美女的穷追不舍和他的狂想痴迷；……这都是川端康成文学中对"魔界"的描写。而《千只鹤》与《睡美人》更是他对美的"魔界"的大无畏的渗透，呈现出极大胆的、强烈的官能性。对"魔界"的描写使川端康成文学具有一定的官能性而常被视为颓废的代表，但实质上这是川端把美的"佛界"融入"魔界"之中，试图将美与丑在人性的基础上加以柔和的结果。《千只鹤》《睡美人》等都是他尝试在此岸与彼岸、在"魔"与"佛"之间架设桥梁，以达到"无我""无心"自由之境的灵魂探索之作。

《千只鹤》是最能体现川端康成"魔界"与"佛界"的观念的一部作品，诸多评论家都对其做出了高度的评价。上田真认为："质言之，《千只鹤》用一句话来说，是净化灵魂的物语。也许说成是对灵魂净化的努力的物语会更为正确。"①确如评论家所说，《千只鹤》是一部以菊治为核心的"净化灵魂的物语"。小说中的菊治如同《雪国》中的岛村，处在作品的核心位置。四位性格各异的女性（雪子、太田夫人、文子、近子）则是通过菊治的内心才获得了形象化的生命。从某种意义上说，她们的存在只是为了启迪菊治的灵魂不断得到升华，并使他净化心理过程得以外化。

《千只鹤》的中心舞台是与现实生活有明显区别的茶室。"饮茶就是进行一次无限的精神洗礼，是种仪式。"②道正是通过吃茶这一生活艺术实现心灵的纯化。因此，茶室就成为以修身养性为目的，以"和、静、清、寂"为宗旨的悟道空间，成为人世间的一个小规模的涅槃之地。然而，《千只鹤》中的人物大

---

① 孟庆枢：《〈千只鹤〉的主题与日本传统美》，《外国问题研究》1999 年第 3 期。
② 李御宁：《日本人的缩小意识》，山东人民出版社，2003，第 127 页。

都不是以净心光临茶室，而主要是在这里缅怀与故去的人的情感关系，然后寻求新的情感关系。近子说她是为了菊治的父亲才给菊治介绍对象的；菊治延承父亲的心理，爱上了太田夫人；文子继承了母亲的遗志，又和菊治交往。在强大的性的宿命力量控制下，作品从茶室所代表的"空"流向了人物内心的"色"。因此，川端康成说："我的小说《千只鹤》，如果人们以为是描写日本茶道的'精神'与'形式'的美，那就错了，毋宁说这部作品是对社会低级趣味的茶道发出怀疑和警惕，并予以否定的。"① 正是在茶室中，川端发现了人性中的"魔性"。

与此相对，小说中，不正常的家庭使菊治形成了病态的心理：一方面，他仿效他的母亲，憎恨父亲的情人；另一方面，他又不自觉地仿效他的父亲，无法摆脱被父亲的情人（栗本近子、太田夫人）所束缚的命运。张石先生把菊治这种矛盾的性心理称为"双重仿同"②。在这种"双重仿同"作用下，菊治成为魔性的俘虏。在小说中，川端康成把菊治这种复杂的性心理趋向具象为生存在他周围的四位女性（稻村雪子、栗本近子、太田夫人、文子）。菊治对她们的态度变化也在演绎着他逐渐摆脱现实的烦恼。对菊治来说，要达到"佛界"的大彻大悟，首先要摆脱性的"双重仿同"，获得自由之身。其次，还要肯定"魔界"的纯粹性，即摆脱以现实伦理对性进行评判。只有完成上述两个过程，菊治才能彻底摆脱烦恼，获得精神的自由。

稻村雪子在作品中是一个圣洁、抽象的形象，她不参与其他人之间复杂的关系。此外，她还以其光洁的形象在与其他女性的对比中，调节着菊治的心理。每当陷入背德之爱时，菊治就不禁想起圣洁的雪子，进而深刻地感受到自身的罪恶。因此，雪子在小说中是相对的纯洁的象征，是真善美的象征。

与雪子的光洁形象恰好相反，近子在作品中是一个黑暗、丑恶的形象，胸前长毛的黑痣就是其鲜明的象征。"近子"顾名思义，就是最靠近现实的意思。在小说中，她是个只支配现实时空的人。她的身体已变得"不男不女"，但是"中性"恰是现实原则、道德的特性。因而她具有讨人嫌，却往往能一语中的的、非凡的分辨癖。因此，近子在小说中是"我执"性最强的人，她是实实在在地执着于色界的存在的。"我执"，是佛教用语，是"人我执"的略称，又称

---

① 叶渭渠主编《川端康成文集：美的存在与发现》，中国社会科学出版社，1996，第203页。
② 张石：《川端康成与东方古典》，上海古籍出版社，2003，第211页。

人我见。"即执着于色、受、想、行、识，以五蕴假合之身心为实我。"①也就是把由现实的虚像构筑的虚假的自我作为真正的自我。视"我执"为万恶之本，一切烦恼之根源。高唱"无我"的目的，正是在于对治人们对"我"的执着。《千只鹤》中，正是由于近子的存在，菊治才陷入了龌龊泥坑并深感罪恶，感到自己如同被裹在一层帷幕中。因此，相对于对"无我"的追求来说，执着于现实分辨癖的近子是丑恶的象征。同时，她也是菊治走向"无我"过程中，所要摆脱的道德伦理意识及其性宿命的象征。

菊治无限向往光洁的雪子，但又无力摆脱近子所代表的现实束缚。于是，在雪子与近子之间，出现了太田夫人的中间形象。在菊治的心理中，如果说代表近子的意象是他所厌恶的长毛的黑痣，雪子是不可企及的光，那么太田夫人则是居于其间的水，无形却可以触及。在作品中，水的意象时刻环绕在太田夫人的周围。在菊治与她初次相遇时，她带着"濡湿的眼色"；与她交往时，菊治感到了"女人的波浪"；与她同床共枕后的早晨，是"晨雾润泽着绿树的早晨"，菊治的头脑深处也仿佛给洗涤过一样；太田夫人自杀的那天早晨，天上下着雨，而她的脸上，也是滚滚不断的泪水。太田夫人是菊治死去的父亲的情人，在作品中，她的中间形象进一步表现为其双重性格：一方面，与近子相比，她更接近于"空"，没有现世的时空观念，没有嫉妒。近子一直憎恨太田夫人，因而她对太田夫人的反面评价也许更有说服力："你（文子，太田夫人之女）母亲也是一位文雅人……我觉得她在这文雅人活不长的人世间，就像最后的一朵花，凋谢了。"②"文雅人"的世界是超越现实的世界，因而，从近子的评价中我们也能看到太田夫人"空"的一面。另一方面，她的身心如同菊治一样，也被宿命紧紧束缚，成为"魔性"的俘虏。在心理上，她无法摆脱菊治已死去的父亲的影子。因此她也无法克制对菊治的爱，即使她对此深感罪恶。

与太田夫人的双重性相对应，和太田夫人的关系也使菊治陷入"魔界"之中，并感受着性的双重特质。一方面，菊治感受到了人性的纯粹性。太田夫人的超脱、纯粹使菊治阴暗、恐惧的心理得到了一定的解脱，感受到了人性的纯粹性和超伦理的一面。因而在某种程度上，太田夫人使菊治感受到了"无心"的境界。在太田夫人的怀抱里，菊治觉醒为一个男人，如痴如醉，"在这里没

① 尹立：《精神分析与佛学的比较研究》，巴蜀书社，2003，第112—113页。
② 叶渭渠主编《川端康成文集：千只鹤 睡美人》，中国社会科学出版社，1996，第86页。

有什么道德观念的投影"①。可以说，太田夫人的存在为菊治的最终解脱奠定了基础。另一方面，菊治依然无法摆脱道德伦理的束缚，更无法摆脱性的宿命。当菊治陶醉于太田夫人的温馨中时，近子的"黑痣"就会在他的脑海中闪现。这意味着菊治无法摆脱伦理的束缚，无法摆脱乱伦的罪恶感。在强烈的罪恶感的驱使下，菊治又想起了稻村雪子，然而雪子的纯洁却进一步映现出他的丑恶，这更令他感到自身的"恶浊"。此外，太田夫人毕竟是其父亲的情人，这也就意味着菊治依然没有摆脱"仿同"宿命。即使在太田夫人死后，菊治仍摆脱不掉对太田夫人"浊"的性格的偏向，感到自己仿佛"被一张魔性的网给罩住了"②。这样菊治就陷入既无法抵制人性的纯粹性的吸引，又无法承受"魔性"所带来的罪恶感的怪圈中。在自我挣扎的深渊里，在璀璨的光与荡漾的水、雪子与太田夫人的对比中，菊治又选择了文子。

文子是太田夫人的女儿，她在很早以前就目睹了母亲和菊治父亲的关系。在战争笼罩一切的"无常"岁月里，她深为母亲的悲恋所感动，继而为菊治一家默默地做出了许多贡献。由此可见，文子具有非常纯粹的美的心灵，这也正是文子能够使菊治获得彻底拯救的精神基础。在太田夫人开始和菊治交往时，她也觉得这种关系十分丑恶，极力阻止母亲。但在母亲死后，她似乎承担了母亲的宿命，走进了菊治的生活。在起初的阶段，菊治眼里的文子仿佛是她母亲的再生，小说中多次写到了文子与她母亲的相似之处。在菊治的内心中，文子不仅在相貌上，在情感上也和她母亲极为相像。她也同母亲一样不怎么执着于"色界"，对近子的冷嘲热讽，视而不见，听而不闻。"一向憎恨文子母女的近子，每句话都有意羞辱文子，可是文子也没有表示反感"，这令菊治不禁反思到："也许是她继承了母亲的性格，不为难自己，也不得罪他人，是个不可思议、类似摆脱一切烦恼的纯洁的姑娘？"③在小说中，川端甚至用与描写雪子相似的方法来描写文子，以象征文子的纯洁："雪子点茶，手法纯朴，气质高雅，在嫩叶投影的拉门的映衬下，雪子身穿长袖和服的肩膀和袖兜，甚至连头发，仿佛都熠熠生辉，这种印象还留在菊治的内心底里。"④"文子坐着的身后的窗

---

①　叶渭渠主编《川端康成文集：千只鹤　睡美人》，中国社会科学出版社，1996，第26页。

②　叶渭渠主编《川端康成文集：千只鹤　睡美人》，中国社会科学出版社，1996，第84页。

③　叶渭渠主编《川端康成文集：千只鹤　睡美人》，中国社会科学出版社，1996，第95页。

④　叶渭渠主编《川端康成文集：千只鹤　睡美人》，中国社会科学出版社，1996，第101页。

外，枫叶翠绿。茂密层叠的枫叶的投影，落在文子的头发上。"①如果去掉文中的主语，我们很难分辨哪部分是对的雪子描写，哪部分是对文子的描写。在对雪子和文子的描写中，川端都选择了代表宁寂的"叶影"这一意象。这无疑是在隐喻文子也具有雪子"光"的特性，进而突现文子的处女特质。

这样，文子就以其母亲的化身和纯洁的处女这一双重身份献身于菊治。她不但弥补了菊治肉体与精神上的需求，而且逐渐使他对父母的"双重仿同"的性心理得以消解。在菊治性宿命的消解过程中，文子起到了两方面的作用。一方面，文子使菊治摆脱了和他的父亲同处一个情人的咒符，消除了乱伦的罪恶感。但值得注意的是，文子在菊治心中若一直是其母的化身，那么从根本意义上来说菊治是无从得到解脱的。因为，菊治要消解性的宿命，还必须摆脱太田夫人的影子。在这个过程中，文子又起到了关键性的作用，这也就是文子在使菊治摆脱性宿命的过程中，所起到的第二个作用。为了帮助菊治忘却母亲的形象，文子终于把沾有母亲口红的志野陶茶碗摔碎了。面对破碎的陶片，菊治终于看到了一颗闪闪发亮的大星星。他"已经有好几年没有见过这种黎明的晨星了"②。这黎明的晨星无疑是菊治心灵的曙光，预示着他从性宿命中走出来的希望。此时，文子在菊治的心中终于摆脱了太田夫人的影子，成为独立、纯洁的化身。

文子之于菊治的意义不仅在于使他摆脱了"仿同"的宿命，而且还在于她逐渐消解着菊治从道德伦理角度对人性中"魔性"的否定，弱化着栗本近子在菊治生活中的影响。在文子的母亲死后不久，小说中"魔性"之美的意义开始凸现。悲哀的文子说："家母过世后，从第二天起我逐渐觉得她美了。"③文子反对菊治从现实伦理的角度对她母亲的死亡做出判断，否则菊治认为母亲的死变成阴暗、不纯的了。文子的观念使菊治觉得在脑海里"卸下一层帷幕"。此外，文子还期望菊治把代表她母亲形象的"志野陶"看成是最上乘的东西，因为她认为最高的名品才配得上是她生母的纪念品。以上，无疑是文子对母亲"魔性"之美的肯定与赞美。文子的观念使菊治深受启迪，他终于肯定了"魔性"之美，摆脱了伦理的阴影。在观赏名品的过程中，菊治感受到了太田夫人是女性中最高的"名品"，是没有瑕疵的。此外，菊治还进一步从非道德的角度肯定了父亲与太田夫人的悖伦情感，即肯定了人性中"魔性"的存在。

① 叶渭渠主编《川端康成文集：千只鹤 睡美人》，中国社会科学出版社，1996，第93页。
② 叶渭渠主编《川端康成文集：千只鹤 睡美人》，中国社会科学出版社，1996，第125页。
③ 叶渭渠主编《川端康成文集：千只鹤 睡美人》，中国社会科学出版社，1996，第66页。

　　这样，文子终于使菊治从两个方面获得了最终的解脱：一是摆脱了长期以来形成的性心理的"仿同"宿命；二是摆脱了现实伦理的束缚。因此，文子是拯救菊治的圣灵，而不是憧憬却不能触及的神格化的雪子。菊治自己也认为："假如太田夫人没有文子这个女儿，也许他与夫人的事，会使他锁在更阴暗更扭曲的思维里。"①文子以自己的纯洁作为牺牲，托举着菊治的人格，使他从性的泥沼里挣脱出来，从现实伦理的束缚中解脱出来。正是由于文子的存在，历经"魔界"的菊治才彻底摆脱了近子在他生活中的影响，也就是摆脱了现实道德与性宿命的束缚，终于获得了自由之身。在小说最后，菊治如释重负地说了一句："让栗本一个人活下去……"②，这充分表明了菊治与栗本近子的彻底决裂，并走向"佛界"的光明未来。伴随着菊治"无心"的获得，小说的主题也最终实现了由"魔界"向"佛界"的转化。

　　"没有'魔界'，就没有'佛界'"，不经过"魔界"的挣扎是无法真正进入"无心"的"佛界"的。在《千只鹤》中，川端康成用茶心、禅心的意境作为自己小说的美学和人性追求，充分展现了人物真实的，包括善、恶在内的全部人格形象。这部以菊治为核心的"净化灵魂的物语"，包含了川端康成对人性的执着探求以及他在战后的深沉思索。在战败的环境中，川端康成深切地感受到，只有恢复人的本性，才能恢复人的尊严，才能彻底救治因战争而沦落的灵魂。

　　可以说，《千只鹤》中这种对"魔界"与"佛界"的探求是川端康成战后作品的主旋律，《山音》亦是如此。战后，年逾花甲的老人信吾在黑夜中听到了"山音"，此后他便不断为死的恐惧所困扰，现实中子女家庭的不和睦也使他心力交瘁。于是，信吾渴望通过与儿媳菊子的背德之爱摆脱对死亡的恐惧、忘却年老的悲哀。与《千只鹤》中的菊治所不同的是，信吾把对儿媳的爱深深埋在心底或梦境中。此外，信吾不是依靠他人，而是在自然界的生灵中，逐渐摆脱了"我执"的烦恼，从心理的"魔界"走向了"无心"的"佛界"。"鸟巢"一章中，鸢的自然存在就起到了净化信吾心灵的作用。信吾家房上的鸢在不知不觉间换了代，而鸢并没有换代的自我意识。这种无视生死的存在方式使信吾体悟到了"无心"的极致，并在最后一章"秋鱼"中实现了生的永恒："这就是说香鱼产卵后太疲惫了，容貌也衰颓得不成样子，摇摇摆摆地游到海里去。从

①　叶渭渠主编《川端康成文集：千只鹤　睡美人》，中国社会科学出版社，1996，第67页。
②　叶渭渠主编《川端康成文集：千只鹤　睡美人》，中国社会科学出版社，1996，第128页。

前也有这样的俳句，诸如：尔今委身于海水，啊！秋季的香鱼；或香鱼深知死将至，湍湍急流送入海。这仿佛是我的写照。"①

这样，信吾终于进入了如香鱼或鸢那样的"不知死将近"的"无心"世界。"无心"就是流转，"无心"就是永恒，就是川端康成所说的"万有自在的空"，"无边无涯无尽藏的心灵宇宙"②。总之，在《山音》中，主人公信吾为了摆脱对死亡的恐惧。在历经"魔界"之后，信吾终于在内心摆脱了对个体的性与生的执着，踏进最宽广博大的"佛界"，获得了生命的自由、摆脱了现实的困扰。

三岛由纪夫称川端为"永恒的旅人"，川端康成的一生的确像是来往于现实与梦幻之间的旅人。他以无所畏惧的精神，深究人性的根底，并以诗意的情怀引领人们走向随缘任运、宁静淡远的美好世界。

---

① 叶渭渠主编《川端康成文集：山音湖》，中国社会科学出版社，1996，第 276 页。

② 叶渭渠主编《川端康成文集：川端康成．美的存在与发现》，中国社会科学出版社，1996，第 208 页。

第六章　川端康成作品的影像审美

第一节　图像的光影化与对称构图的镜像化

一、图像的光影化

川端康成小说中的视觉世界是一个有机的整体，其中色彩、光影、镜像等元素不是割裂的，它们完美地融合组成了一幅幅纤细灵美的画面。光影是人的自然感知中最直观、感性的视觉元素之一，光影的运用也已经成为绘画、摄影、影视等视觉艺术中重要的一环，它承载了物象的意义与内涵，渗透了艺术家的情绪表达。而由于光源、受光物的不同，所呈现的画面效果也截然不同，蕴含在光影中的情绪也有迥异的表达。在川端康成文学中，光影同样也是必不可少的元素。川端康成凭借敏感细腻的艺术知觉，捕捉光影的变幻，抓取动态视觉画面的某个瞬间。光影的参与使得其文学的视觉性更富有流动感，作家与人物的情感变化由灵动的画面更细致生动地传递出来。

（一）光：美好事物的赞歌

早在原始时代，人类便开始在照明、狩猎、祭祀等活动中运用光，并在艺术创作活动中把光作为赞誉的对象顶礼膜拜，它寄托着神圣、希望等人们美好的情感与祝愿。几乎所有民族的神话中都有与光相关的传说，日本也不例外。《古事记》中记载，象征着光与神圣的"天照大神"是日本的太阳女神，"她刚刚出世便光彩夺目，熠熠生辉……是万能的统治者，天皇的祖先"①。日本经典物语之一的《竹取物语》就是讲述月宫天女辉夜姬的故事，她降生于一株竹笋中，被竹取翁发现并收养，老者为其取名为"辉夜"，意为暗夜中的光辉。后世的日本人也创作了许多艺术作品赞颂美丽善良的辉夜姬。可以看出无论是哪种神话，光之神都是美好且神圣的，人们看到光就会联想到美好的事物，由衷地表达赞叹、向往、敬仰的情绪。在川端康成小说中也是如此，有人指出："在川端康成文学中，光也是一种艺术手段。"②川端康成用光照亮了美好的场景与美丽的生灵。

光带有梦幻色彩，许多回忆的场景都会采用柔光来营造时光倒流的氛围。《睡美人》中暮年的江口服下安眠药回忆起年少时懵懂纯情的初恋场景："竹叶在晨光的照射下，闪烁着银色的光亮，随风摇曳……只见一道瀑布滔滔地倾泻下来，在日光的照耀下，溅起金光闪闪的水花。"③嫩绿的竹叶反射的光与波光激艳的水面勾画出一幅光影流动、自然清新的画面，在这清新爽朗的画面中年少爱恋的青涩与纯粹更加贴切地表现了出来。与此相应，梦境中愉悦轻快的回忆与年老体衰的现实相比较更强烈地表现出江口对生命的无限眷恋。川端康成善于用光斑去感觉与发现美，他所描绘的美好画面中都有光的身影。在《美的存在与发现》一文中川端康成细致地描绘了他在卡哈拉·希尔顿饭店看到的成排的玻璃杯装饰："成排的玻璃杯摆在那里，恍如一队整装待发的阵列。玻璃杯都是倒扣……杯靠杯地并成一堆结晶体。晨光下耀眼夺目的，不是玻璃杯的整体，而是倒扣着的玻璃杯圆底的边缘……或是朝阳的光投射在杯里的水和冰上，幻化出微妙的十色五光。"④整篇文章花大量的篇幅描写光通过玻璃、冰块、水等折射所产生的微妙变换。晨光照耀下玻璃呈现的光之美让他产生了关于美与文学的联想："这是第一次遇见这种美，我觉得这是过去在任何地方都不曾见过的。像这样的邂逅，难道不正是文学？不正是人生吗？"⑤美丽而奇幻的光刺激他发现存在的美，感觉已经发现的美，创造有所感觉的美，而这灵感正是来源于光与透明结晶体所产生的视觉刺激。这些光线照耀的场景光源都来自正

---

① 刘毅：《高天原浮世绘 日本神话》，辽宁大学出版社，1994，第14页。

② 张石：《川端康成与东方古典》，上海古籍出版社，2003，第68页。

③ 川端康成：《睡美人》，叶渭渠、唐月梅译，北京燕山出版社，2007，第262页。

④ 叶渭渠主编《川端康成文集：美的存在与发现》，中国社会科学出版社，1996，第221~222页。

⑤ 叶渭渠主编《川端康成文集：美的存在与发现》，中国社会科学出版社，1996，第232页。

面，被照亮的物象由于大部分受光会产生一种自体发光的错觉，轮廓线变得模糊柔缓，整个画面都呈现出愉悦轻快的效果。这些被光照亮的画面，因为美好而珍贵，它们被储存在记忆长河的深处闪闪发光。

川端康成的光不仅照耀着美景也照亮了美人，笼罩在少女周围的光晕如同佛像的圣光，能够照亮心灵的阴暗，洗涤内心的污浊，少女在光圈的晕染中呈现出纯净无瑕的空灵之美。《千只鹤》中描写稻村小姐点茶"嫩叶的影子投在小姐身后的糊纸拉门上，使人感到她那艳丽的长袖和服的肩部和袖兜隐约反射出柔光。"[1]点茶的场景如同一幅精致的日式画卷，纸拉门为画稿，门上树影为背景图，视野中的稻村小姐像嵌入进画卷的美人熠熠生辉。茶室的灯光照在小姐的衣物与秀发上，反射出柔和的光亮，菊治感到这位点茶的小姐的纯洁实在很美。稻村小姐身上的光，是柔和的暖光，让人觉得圣洁、温柔。而《雪国》中照耀美人的光，与"雪"的环境相匹配，大多是冷光。"她的眼睛同灯火重叠的那一瞬间，就像在夕阳余晖里飞舞的妖艳而美丽的夜光虫。"[2]岛村印象最深的就是寒夜灯火中叶子的眼睛，如同萤火虫一般美丽、晶莹、脆弱。寒光中的叶子给人梦幻般虚无缥缈的感觉，是不带一丝烟火气的雪夜精灵。与之相对，驹子在逼仄的蚕室谈到自己的坎坷命运时，月光从狭小的窗户照进来"盈盈皓月，深深地射了进来，明亮得连驹子耳朵的凹凸线条都清晰地浮现出来。"[3]月色是冷的，铺席是冷的，在冷色调的空间中，驹子显得异常洁净。冷色调的光使人产生空间被拉大的视觉错觉，与之相应洁净空旷的大空间给人空灵、寂寞、疏离的情感体验。无论是寒夜灯火中的叶子还是月光照耀的驹子都游离于俗世日常之外，被放置在雪国这个广阔寒冷的空间中，通过光影的渲染衬托出她们纤尘不染的空灵之美。

（二）影：负面情绪的宣泄

光与影是连体婴，有光的地方就一定存在阴影。阿恩海姆认为："一切固体都被光和影包裹着，没有一件不透明物不兼备光和影的，没有光和影，任何物质都不能被察觉。"[4]在日本审美文化中阴影也有其独特的地位，谷崎润一郎在

---

① 川端康成：《千只鹤》，叶渭渠译，南海出版公司，2013，第16页。
② 川端康成：《雪国》，叶渭渠、唐月梅译，北京燕山出版社，2001，第30页。
③ 川端康成：《雪国》，叶渭渠、唐月梅译，北京燕山出版社，2001，第79页。
④ 鲁道夫·阿恩海姆：《艺术与视知觉》，四川人民出版社，1998，第32页。

《荫翳礼赞》中提到:"美,不存在于物体之中,而存在于物与物产生的荫翳的波纹和阴暗之中。我们东方人在一些不起眼的地方生产荫翳,就是创造美。"①阴影作为一种审美元素已经融入了日本人的生活,并给他们带来了美的感受。川端康成文学之中也有阴影之美,然而这种荫翳之美在小说中所流露的情绪大多是消沉伤感的。

川端康成在其纪实性小说《名人》中描绘名人的遗容时抹上了大量的阴影。"照片上,正面的脸颊长有两颗大黑痣,它们也投下了阴影。从鬓角到额上暴出的血管投下的阴影,也都拍摄出来了,阴暗的额上也显出了横皱纹。"②川端康成应《东京日日新闻》之邀,花了半年时间跟踪观看了"本因坊秀哉名人围棋引退战"。日本棋界的常胜将军秀哉名人以 65 岁高龄参加告别棋坛的比赛,然而"长胜名人"在一生中最后一次的围棋赛上败北了。照片上的阴影沟壑似乎蕴含着他沮丧无奈的心情与悲壮的棋道精神,阴影成为他传递情感与精神的载体。川端康成写道:"然而照片上名人的感情渗透了我的心,也许是名人的遗容流露出感情了,的确,那副遗容是流露了感情的。"③棋界一代泰斗,在心脏病发作的情况下,凭借着他深厚的棋道修养,完成了逾越肉体极限的最后一战。这种精神的力量让人产生强烈共鸣,整个比赛充满了"长使英雄泪满襟"的悲壮与凄凉。名人脸上暴出的血管的投影,"额上的阴影及横皱纹"给人一种视觉收缩感,仿佛身临其境看到了名人比赛时皱着眉头执棋纵盘。这些阴影的描写能够瞬间将人带入到对局室紧张、沉重、悲哀的气氛中。可以让人感知到名人对弈中焦虑的心情以及赛场厮杀气氛的胶着。《名人》中的阴影刻画细致入微,这些阴影不仅仅是抹在了名人的脸上,更印在了名人的心中。隐秘地刻画出英雄迟暮内心的悲伤、孤独以及不屈反抗后失败的挫折感与无奈的宿命感。

在川端康成的作品中,阴影除了表现男子的寂寞与悲哀,也表现了女子微妙的伤感心理。《雪国》主要是描写岛村与驹子、叶子之间朦胧的情感纠葛,驹子对岛村是抱有浓烈的爱意的,但岛村只将她看作朋友并让她帮忙找艺妓寻欢。因为岛村是一位身与心都遥远的客人,所以驹子的伤心是内敛的,她只能自我消化"徒劳"爱情的失落与伤感。川端康成通过描写阴影来表现驹子这种

---

① 谷崎润一郎:《荫翳礼赞》,上海译文出版社,2010,第 24 页。

② 川端康成:《川端康成精品集》,复旦大学出版社,2008,第 303 页。

③ 川端康成:《川端康成精品集》,复旦大学出版社,2008,第 307 页。

复杂的微妙心理："她的脖颈上映出一抹杉林的淡淡的暗绿。"①驹子低头避开眼神交流和她冷淡的话语，是她的自我保护，是在对岛村单向的爱意付出中维护自我尊严的表现。日光下杉林的树影与白皙的脖颈重叠呈现出隐约的暗绿色，这抹暗绿的影是驹子原始、清新的生命之美的体现，更是她伤感心理的外化。阴影成了她对岛村无法抑制的爱意的隐晦表达，也是她沉浸在爱情幻想的幸福中，感知到现实无果的伤感表现。阴影同时也是驹子寂寞心灵的视觉化折射，"驹子浓密的黑发在阴暗山谷的寂静中，反而显得更加凄怆了"②。这是岛村离开雪国之际，驹子为他送行时的画面。读者视野转向广角镜头，整个画面的底色为白，在白茫茫的雪国之中唯有驹子的黑发和阴暗的山谷是这个雪白世界的阴影。此时的驹子是被遗弃在雪国的人，即使在生活与爱情中奋力燃烧着自己的生命，却仍然是"徒劳的"结果。岛村对驹子的爱是旁观者对美好事物的欣赏与怜惜，类似于舞蹈鉴赏和恋爱憧憬一般，是一种虚构的爱情。热烈的驹子得不到岛村的真切回应，她仍然是滞留在空灵世界的孤独灵魂。但这些细腻纤细的心理萌蘖经过川端康成视觉化的表达，通过雪国风物之美的洗涤，能让人体会到在寂寞的虚空中隐藏着的无韵的、充满欣慰和渴望的生命气息。

（三）光影变换：情感的波动变化

　　光与影在川端康成的文学中分别有它们倾向表现的情感温度，他经常将光影并置，来表现人物的情感变化与波动，或通过景色的光影交错折射动态的人物心理。《伊豆的舞女》中"我"在追赶舞女时就采用了光影并置的手法，"走进黑黢黢的隧道，冰凉的水滴滴答答地落下来。前面是通向南伊豆的出口，露出了小小的亮光"③。隧道是阴暗湿冷的，而隧道外的南伊豆是明亮温暖的小阳春。伊豆的这段旅行对"我"来说，是离开东京的寄居生活，从城市投入自然的一场精神洗礼。隧道内的阴暗湿冷是"我"在东京日常生活中压抑孤独的心理状态的映射，而隧道外与舞女同行的这段旅程使"我"感受到了真挚、清新、纯真的之情，那种朦胧的倾慕如同小阳春和煦的阳光，质朴青涩未被金钱污染的情感温暖了"我"。通过隧道内外的光影变换，表现了主人公从麻木压抑的都市社会到纯净质朴的自然世界的情感变化。这样的情感变化在《雪国》中也

---

① 川端康成：《睡美人》，叶渭渠、唐月梅译，北京燕山出版社，2007，第40页。

② 川端康成：《睡美人》，叶渭渠、唐月梅译，北京燕山出版社，2007，第68页。

③ 叶渭渠主编《川端康成文集：伊豆的舞女》，中国社会科学出版社，1996，第78页。

有类似体现，不同的是在《伊豆的舞女》中是由都市进入自然世界，而《雪国》里是岛村从雪国山村回归城市。"只见冬日下午淡淡的阳光被山底下的黑暗所吞噬，又像那陈旧的火车把明亮的外壳脱落在隧道里，在重重叠叠的山峦之间，向暮色苍茫的峡谷驶去。"①这是岛村与驹子告别后在列车上看到的风景，穿过隧道，由山村回归都市，从幻想之境回归现实世界。列车在纯净空灵的雪国中行驶时，像是包裹了一层明亮的外壳。而驶入隧道后就将那抹虚幻世界的光脱落在了隧道里，冲向了茫茫暮色之中。在岛村眼中，列车就如同自己，在山村沾染上了雪国风物的生命之美而回到都市仍然是灰蒙蒙的旧物。在小说中还通过旁观者岛村的眼看到了许多光影流变的美丽景色，雪国的山川色彩与光影交相辉映，霞光的红与山巅的雪白相得益彰，光影与色彩互相交融呈现出一幅绮丽的动态图画。

《伊豆的舞女》与《雪国》中着墨最多的人物是青年人，因此其中的光影变化多为折射年轻人青涩而又微妙迷离的情感波动。掌小说《蝗虫与金琵琶》中的光和影是放置在孩子身上的。"小女孩把自己的脸贴近昆虫笼子看着，男孩举着自己五色的灯笼烛光闪烁地照着女孩的虫笼。"②女孩的胸前映出绿色的微光，"不二夫"三字清晰可见，男孩的名字叫"不二夫"。男孩的腰部出现红色的光隐约可以读出"喜代子"三字，"喜代子"是女孩的名字。在少男、少女脸上和身上的光影变换反映了各式各样微妙的心理情绪，孩子之间懵懂纯稚的情感，与成人之间的爱情全然不同。无论是喜悦还是讨厌，都是朴拙的、无意识的情感自然流露。孩子们充满童心的情感以及心理的彷徨与光影交相辉映，犹如美丽的琴弦，绷紧后发出音色各异的乐音。而"我"作为第三者窥探着孩子们的情感交流，是从成人世界投放的悲哀的眼，"当你的心里有层荫翳受损伤时，会把真正的铃虫看作蚂蚱"。这层荫翳是成年人在生存与争斗中引起的倦怠与麻木，也是他们对已经消逝的纯真孩童世界的缅怀。

川端康成不仅将光影投射在人物与景色之中，还放置到了局部的肢体上。《一只胳膊》是川端康成掌小说中十分前卫的实验性文学作品，开篇就极具超现实色彩，姑娘将自己的胳膊卸下借给了"我"。年轻姑娘的手臂，是少女肉体的象征。川端康成将圆润光滑的手臂放在光影下细致观察，并通过光影的流变表现少女肌体的美丽，表达蕴含在光影变换中的内在话语。"微妙的亮光与

① 川端康成：《睡美人》，叶渭渠、唐月梅译，北京燕山出版社，2007，第71页。
② 叶渭渠主编《川端康成文集：掌小说全集》，中国社会科学出版社，1996，第40页。

阴影在胳膊白皙而润滑的肌肤上流动的缘故。刚才，我的手指触到姑娘那长指甲阴影下的指尖，姑娘的胳膊突然将胳膊肘弯曲收缩肘，那胳膊上的光闪闪烁烁地流动着，照射了我的眼睛。"①女性的肌体之美与荫翳都被集中于一只手臂上，胳膊成为整个身体凝视的焦点。手臂上晃动着光影的变幻，光照耀在手臂上，呈现出细腻的肌体纹路。光泽细腻的肌肤是女性纯洁的象征，这种纯洁也浸透在血液之中，小说中"我"将自己的手臂与少女的手臂做了交换，但"男人污浊的血"和"清纯女人的血"互相排斥，少女的手臂与"我"的手臂交换处血液是"互不相融与拒绝"的状态。手臂上的影则是某种官能诱惑的荫翳潜藏之处，是人原始欲望的潜在表达。一只胳膊中的光影流变，象征着女性肉体与灵魂的清纯与诱惑，反映着"我"在观赏手臂时微妙的情感波动。

二、对称构图的镜像化

在川端康成文学的三种视觉元素中，色彩与光影是视觉图像中的内容，而镜像既是光影显现的工具之一，也是图像平衡对称的构图模式。现实主义文学批评常常将文学作品比作是镜子来观照现实，但川端康成文学中的镜子不是如托尔斯泰一般忠实地反映一个时代的特征，而是镜像的视觉艺术，是一种私人的视觉感受与创造。川端康成通过镜子观看世界，并制造一个与现实平行的镜像世界。由于私人情感的浸入，镜像中的世界一定程度上是带有主观性和虚幻性的。

镜像化的对称构图在小说中时常可见，川端康成在作品中精心设计镜像元素也许是为了满足自己与读者的心理需要。格式塔心理学家认为："那些在特定条件下视觉刺激物被组织得最好，最规则和具有最大限度的简单明了的格式塔给人的感受是极其愉悦的。"②川端康成在文学中构造一个镜像的对称世界，是为了达到视觉愉悦与抚慰心灵的效果。他在评论东山魁夷时也谈道："东山的对称构图，恐怕就是东山须求灵魂安宁、平衡的一个地方吧。"③可见，文学与绘画艺术相通，从某种程度来说，都是倾向寻求平衡与对称的。

---

① 叶渭渠主编《川端康成文集：伊豆的舞女》，中国社会科学出版社，1996，第406页。

② 鲁道夫·阿恩海姆：《视觉思维 审美直觉心理学》，四川人民出版社，1998，第4页。

③ 叶渭渠主编《川端康成文集：美的存在与发现》，中国社会科学出版社，1996，第284页。

（一）对称的镜像人物

川端康成善于刻画细腻的女性形象，在其小说中时常会出现两个对称的人物，她们貌似分离却又相互统一，是相辅相成的角色。譬如《雪国》中的叶子与驹子，《古都》中的千重子与苗子，《千只鹤》中的太田夫人与近子。她们是川端康成在现实女性中过滤筛取而创造的女性形象，理想化地表现了女性肉体与精神，虚与实，纯净与爱欲的对立与统一。而"镜子"正是川端康成用来表现这些相对形象的工具，川端康成通过大量的镜像元素映照人物，更突出了其文学虚幻朦胧的艺术特质。

《雪国》中最经典的"朝雪之镜"与"夕照之镜"分别映射了驹子与叶子两个人物，这两面镜子贯穿着整个小说，可说是小说精神内层的机关所在。"朝雪之镜"描绘的是岛村在清晨看到雪地中的驹子，而"夕照之镜"则是描绘雾霭中出现在火车玻璃上的叶子。叶子与驹子的镜中影像分别映在了化妆镜与窗玻璃上，二人之间的关系也随着情节的发展逐渐清晰，她们的影像在镜中交错出现，最终重叠在一起。"昨晚岛村望着叶子映在窗玻璃上的脸……想起这些，不禁又浮现出驹子映在镜中的在茫茫白雪衬托下的红红的脸来。"①岛村看到清晨镜中的驹子时，自然地想到了映在窗玻璃上的叶子；而当他看到叶子眼中的灯火时，又忆起了驹子被茫茫白雪衬得绯红的脸颊。叶子与驹子两人交错浮现在岛村的脑海中，虚实相交，如梦似幻。驹子与叶子互相映衬、对比达到微妙的平衡，红与白、热与冷、明与暗、实与虚，这两条脉络贯穿小说整体。这些虚实相对的人物形象，如同镜像翻转，既分离对立又相互统一。驹子是叶子的实体，而叶子是驹子精神幻化出的虚像。实体的驹子陷入现实的泥淖成为一名艺妓，而虚像的叶子纯净无瑕追求着纯粹的美感。因此代表纯粹精神的叶子憎恶被世俗染上污尘的驹子，叶子对岛村说："她真讨厌。"叶子既憎恶现实的驹子又怜惜她被现实的命运所禁锢，因此她又对岛村说："驹姐是个好人，可是顶可怜的，请你好好待她。"这些话其实是驹子借叶子之口的自我解剖。叶子是驹子镜像，她们互为表里，既相互对立，又统一成为一个完整的人。驹子与叶子之间难分难解的矛盾，也正是底层社会女性美好憧憬与残酷现实不可磨合的矛盾。在故事结尾的"雪中火事"中，银河与水雾组成了一面如梦如幻的镜子，"银河突然倾泻下来，喷射在屋顶以外的水柱，摇摇曳曳，变

---

① 川端康成：《雪国》，叶渭渠、唐月梅译，北京燕山出版社，2001，第55页。

成蒙蒙的水雾，也映着银河的亮光"①。驹子的脸仿佛映在了银河上，而叶子也在这场大火的火星与水雾中仰面坠落。"银河之镜"是小说的点睛之处，这场大火与其说是故事情节的高潮，不如说是驹子内心煽起的大火，"徒劳"的命运悲哀让她烧掉了叶子，烧毁了自己的精神追求。

《古都》中的孪生姐妹，千重子和苗子，一个是京都贵小姐，一个是山村孤女。作者在小说中放置了一面镜子，映射出姐妹命运的分离与相交。孪生姐妹中的千重子是被父母舍弃在京都的弃婴，而未被遗弃的苗子也在山村经历了种种坎坷才长大成人。千重子知道了自己身世的秘密后，幸福的生活开始投下了阴影。她心里充满了被人遗弃的悲伤，也挂念着从未谋面的孪生妹妹苗子。因此她看到树干下孤独生长的花就联想到自己与妹妹。"在树干弯曲的下方，有两个小洞，紫花地丁就分别在那儿寄生。""上边和下边的紫花地丁彼此会不会相见，会不会相识呢？"②这两株紫花地丁，可以视作在不同环境下，各自探索着生命的孪生姐妹的象征。如命运的齿轮互相咬合，她们各自孤独地生长又在内里互相联结。人物情感与自然变化相通，千重子与苗子姐妹自幼父母双亡，紫花地丁在树干下寄生也是姐妹二人寄生生活的写照。紫花地丁从春季开花，初夏凋谢，到秋季枯黄也象征着这对姐妹的团聚与别离，她们的人生轨迹逐渐与紫花地丁无声重合。小说结尾时，两姐妹站在穿衣镜前互相观望，合二为一。"'苗子，你过来。'千重子把苗子叫到穿衣镜前，直勾勾地望着镜中两个人的脸。'多像啊！'一股暖流流遍了千重子的全身。她们又左右对调，在看了看，'简直一模一样啊！'"③纤丽的千重子和北山生灵一样正直健康的苗子，一个象征着文明雕琢后的传统美，一个代表着原始活力的自然美，在镜中交相辉映，体现了日本传统美与自然美的完美融合。

《千只鹤》中的栗本与太田夫人同样是两个对称的形象，一个是丑陋卑劣的象征，另一个是母性纯情的代表。栗本如同她身上的黑痣让人联想到邪恶与丑陋一样，菊治厌恶、惧怕她，认为栗本总有着某种不可告人的阴谋。而太田夫人被菊治赞为"女性中的最高名品"，拥有着成熟女性的官能诱惑兼具母性的柔和温暖。但菊治在与太田夫人亲近时，脑海中总会浮现近子身上的黑痣，甚至会"一把拉开她的衣襟"确认太田夫人身上是否有黑痣。栗本和太田夫人

① 川端康成：《雪国》，叶渭渠、唐月梅译，北京燕山出版社，2001，第120页。
② 川端康成：《古都》，叶渭渠、唐月梅译，南海出版公司，2014，第125页。
③ 川端康成：《古都》，叶渭渠、唐月梅译，南海出版公司，2014，第266页。

都是父亲的情人，菊治在与太田夫人相处时爱恋中总会裹挟着罪恶的悖德感，而他怀疑太田夫人也有黑痣其实就是悖德欲望中恶的部分。如果说太田夫人是肉感的实体，那么栗本就是其恶的精神。栗本就像太田夫人的阴影一样相伴相随，一明一暗，一美一丑，既互相对立又在深层融合统一。

（二）对称的镜像世界

与对称的人物相应，她们所处的镜像世界也是相对的。《古都》之镜中的千重子和苗子，一面映出日本都城的内蕴与古意，另一面映出日本山村的纯朴、清新和韧性。叶渭渠指出："考察日本美的相位，首先要考察自然美的相位。没有最初的自然美就没有其后的艺术美、空间美、精神美等的位差。"① 日本民族由于岛国文化的影响对自然有着特殊的情感，他们用敏锐的感觉体悟自然四季风物之美，将自然与人的内在生命联系起来产生情感的共鸣。川端康成文学潜移默化地受到了日本传统自然观的影响，他的许多作品都体现了传统美与自然美的融合统一。传统美与自然美在《古都》中通过双生花之镜反映出来，形成了一个别致、平行对称的镜像世界。

镜像世界的一面是由千重子、紫花地丁、古都等纤丽传统的意象组成的。古树下寄生的紫花地丁不仅是姐妹二人的写照，也是千重子的象征物。娇弱纤丽的花、典雅的千重子、平安神宫、日式庭园、和服街等具有淡雅质朴气质的意象群典型地展现了日式传统之美，禅意与古韵相融的古都就是传统美的镜面折射。另一面是由苗子、北山杉林、山林暴雨等画面组成的。与"紫花地丁"这个意象相似，"北山杉林"也被倾注了人物的情感，是在山林中长大的妹妹苗子的象征。杉林是姐妹俩父亲丧生的地方，但川端康成所描绘的杉林却是郁郁葱葱，宁静美丽的。千重子对杉林没有一丝怨愤，反而带着特殊的情感，她被北山那片亭亭玉立的杉林所吸引，杉林的葱郁景象在她心中挥之不去，如灵魂被牵引着掉进了郁绿的深渊。杉树在她心中是正直阳健的，杉树被赋予了人性之美。与双生花的镜像相对，紫花地丁和北山杉树也是镜像中分别并置的内容，不同环境中的自然风物也成为她们的化身，在镜中呈现出一幅自然画卷与人文画卷的对称平衡之美。

镜子不仅存在于作者有意的设置中，也隐藏在叙述者"我"的眼中。运用

---

① 叶渭渠、康月梅：《物哀与幽玄 日本人的美意识》，广西师范大学出版社，2002，第 26 页。

镜像观察映射的世界，带有明显的主观性。川端康成在《关于新进作家的新倾向》中提到："因为有我天地万物才存在，自我之内有天地万物，以这种心情看待事物，是强调主观的力量，信仰主观的绝对性。"①他在文学创作中非常注重私人感官的表达，尤其注重视觉引起的情绪感知。对于读者来说，"我"的眼睛就是一面镜子，通过眼睛观看到的世界与真实的世界产生了偏差与翻转。

小说《伊豆的舞女》中"我"的视角，观看到的世界是明亮温馨的，而视角转换为行旅艺人时，他们的世界就是在明亮温馨表面下暗涌着的生活的不易与艰辛。《伊豆的舞女》中的世界就像是被镜面隔开形成的上下两个空间，上层是明亮的，下层是阴暗的。小说中"我"的旅行，是中断东京学生生活的非日常，由于旅行是非日常因此"不时回头看看她们，一股旅行的情趣油然而生。"②但另一方面，对于行旅艺人来说，旅行是日常，就是他们的生活本身。"我"感受到旅行中"小阳春"和"南伊豆"流动着晴和温馨的暖意，然而对于行旅之人来说，冬季即将来临，天气已经很冷了。"她们春天出岛，一直在外，天气转冷了，由于没有过冬准备，计划在下田待十天左右，就从伊东温泉返回岛上。"③不仅仅在温度感知上"我"与行旅艺人产生了差别，村民对待游客"我"与行旅艺人的态度也截然不同。对于村民而言，"我"与行旅艺人都是外来客，"我"的身份在他们眼中是学生，是文化人，是贵客，但行旅艺人在村民看来却与乞丐无差。"怠慢了，实在对不起啊！我会好生记住你的模样。下次路过，再谢谢你。下次一定来呀。"④"我"只是留下了一个五角钱的银币，就受到村民如此招待，"我"感受到的是山村人民的质朴与热情，甚至因他们太过热情而受宠若惊。但行旅艺人他们"被邀请吃饭需要带上自己的餐具，他们的行李都是戏装和锅碗瓢勺之类的生活用具"，当被问起住处时村民回答："那种人谁知道会住哪儿呢。"⑤语气十分轻蔑。据《乞丐精神志》记载："这些流浪乞丐中，何者为艺人，何者为乞丐，不少人几乎难以分清。他们的心境既落魄穷愁，又夹杂着自矜自尊，在屈辱和韬晦中进行着吟唱、道白和说讲。"⑥村

①　周阅：《比较文学视野中的中日文学与文化》，复旦大学出版社，2013，第100页。

②　叶渭渠主编《川端康成文集：伊豆的舞女》，中国社会科学出版社，1996，第75页。

③　叶渭渠主编《川端康成文集：伊豆的舞女》，中国社会科学出版社，1996，第79页。

④　叶渭渠主编《川端康成文集：伊豆的舞女》，中国社会科学出版社，1996，第78页。

⑤　叶渭渠主编《川端康成文集：伊豆的舞女》，中国社会科学出版社，1996，第77页。

⑥　叶渭渠：《不灭之美　川端康成研究》，中国文联出版社，1999，第144页。

民眼中，舞女一行人与乞丐没有差别，因此他们对待这种行旅艺人的态度是冷淡而轻蔑的。对于行旅艺人来说，旅行是获得口粮和积攒钱财的途径，停下来就要挨饿，他们是为了抵抗寒冷的冬天规划路线到温暖的大岛；而"我"的旅行是带着旅费的，回东京也只是因为旅费花光了，两者的旅行本质上是迥然不同的。

《伊豆的舞女》这个故事基本上是由"我"单方面观看的一个表面世界，而在"眼睛"这个镜面下的另一个现实世界是隐藏在光明背后的阴影。如上所述，整部小说由上下两层对称支撑，上层由学生、小阳春、旅行、热情的村民、家庭等美好事物构成，是明朗健康的。而下层为流浪人、卑贱者、疾病、冬季、谋生的旅行、穷困潦倒等组成，是严寒残酷的。河竹登夫认为："日本人喜欢旅行，热爱自然的美意所支撑的游乐赞美（从日常生活中转换情绪、净化精神），有可以说是旅行明亮白昼的侧面，也有道路狭窄险恶的黑夜的侧面。"[①] 明亮面与黑暗面互为表里，相互交织，成为日本独特的旅行路途观念。同时，上下两层也不是完全隔绝的，而是一种互相包容而又契合的平衡，这种平衡对称的构图使得川端康成的文学具有工整的美感。

第二节　文学图像的多彩化

可视化描写在川端康成的文学作品中非常明显，川端康成写作的基本秘诀在于为小说设置"观"者与被"观"者。可以说，他总是在小说人物的"观"中呈现人与自然的互动，小说人物所"观"到的人、物或事是他们眼中独一无二的"色"的世界，它们构成了川端康成文学中独特的文学意象。学者夏之放曾言，文学意象作为一种能够真正直观的"象"，相当于我们视觉印象中的"物象"，它既在空间上具有立体性，又在时间上具有线性变化，是一系列出现在"四维时空中的形象"。"观"色就是映现于"观"者眼中的物象，等同于现实生活中映现在我们视觉印象深处的物象。这些"物象"即使以不同的符号形式出现在不同的故事里，也属于同一文学系统，经过川端康成的反复强化，形成

---

① 长谷川泉：《日本文学论著选：川端康成论》，孟庆枢译，时代文艺出版社，1993，第216页。

一种较为稳定的意象。这种意象大致可概括为三种类型，分别是光下影、镜中花和空中虹，它们构成了川端康成文学中多彩的图像世界。

一、光下影：幻影图

在变化的"变"相背后，事物表面的色彩或质地是永恒的；阴影则不同，因为它似乎并不是真实世界的一部分，我们不能触及，更不能对它做出准确描述。有意思的是，在日本的文化传统中，被视为不真实、不可捉摸的影与美画上了等号。"观"者对阴影的深情凝望，与其说是在试图看透阴影背后的哲理，不如说是想要于阴影下追求美的体验。古崎润一郎在《荫翳礼赞》中认为，日本人的祖先不仅对影有着深刻的思索，而且能够从美的视角去理解，"他们在荫翳中发现了美，最后更为了美感，进而利用了荫翳""日本人是多么理解阴影的秘密啊"。① 川端康成将影转化为一种文学意象，让影直接渗透到小说复杂的描绘领域，这一做法既精确地凸显他精到的创作手法，又让作品从细节至整体都透露着一种历历在目、近似于正在亲身经历的审美效果。

在川端康成的文学世界中，影是作为一种自然的视觉意象而被"观"者发现的，相应地，影又作为生命的确认和证据而被"观"者时时注视着。前者是借助于太阳或其他光亮的投射而形成的一种视觉现象，它是有形的、肉眼可见的；后者是因某种亲密或亲近关系而形成的视觉印象，也可以说是一种对于缺席的存在的观念性认知，它是无形的、肉眼看不到的。

首先，影作为一种自然的视觉意象，是"观"者（小说中执行观看行为的人物）异常偏好的观看对象，也是呈现"观"者心理的钥匙。在《彩虹几度》中，主人公水原与往日的相好菊枝走出聚光院寺门时蓦然停住脚步，认真地注视着投射在路面上的松影和竹影。川端康成没有描绘"观"者水原此时的心境，仅仅提示他多年前曾与菊枝走过这条路。也就是说，在水原注视着婆娑、不可捉摸的影子时，那些与眼前人曾经有过的美好岁月渐渐地化为记忆里的幻影，一如地面上投射出来的影子（明明近在眼前，却可望而不可即）。在古希腊柏拉图构想的"洞穴"里，对被束缚了感官世界的囚徒来说，洞穴墙上的影子比身后的世界更真实；历经岁月沧桑的水原和这些囚徒的心境似乎差不多，或许那些成为幻影般的往事比身旁久别重逢、犹如谜一般分不清她是"真心还是习

---

① 谷崎润一郎：《荫翳礼赞》，李尚霖译，九州出版社，2016，第44页。

惯"、活生生的旧情人菊枝更真实、更刻骨铭心。在这里，竹影并不代表某种隐秘的心理（它在"观"者眼中只是路旁竹子的黑色轮廓），而是指涉水原关于过去的某些记忆，进而呈现出水原的某种心理状态——对往昔的怀念。

在《千纸鹤》里，作为自然意象的影子与女性形象在"观"者的"观"中融合；在这个状态下，影子是被"观"的一部分，它时而作为一种衬托，时而作为一种象征，参与到人物形象的塑造过程中。在千花子的茶会上，当主人公菊治的目光落在眼前正在点茶的雪子身上时，他看到树影经过纸格子门照映在雪子的和服上，不由地感慨雪子宛如一朵盛开的花，在树影的映衬下散发着一种柔和的光彩，进而缓和了茶室原本过于亮堂的视线。茶会前，千花子询问菊治是否对与他几乎同时达到茶会的雪子有印象时，菊治回答只记得有位小姐拿着一只绘有"白鹤千只"字样、桃红色的绉绸包。在茶室影影绰绰的柔光中，雪子成了菊治眼中美的焦点。当树影落在雪子身上时，雪子与树影在菊治眼里交融为一个统一的美的整体，生动且丰富。

在《雪国》中，身处杉林的岛村发现在驹子脖颈上映照着一抹杉木投下的树影，转而抬头望向杉树的树梢。岛村看到亭亭的杉树如盖一般，树干异常挺拔，上面暗绿色的叶子将苍穹轻轻地遮蔽，营造出一种深沉而静谧的氛围，而倒插在树干上光秃秃的树枝却像一把锋利的凶器，与恬静的树荫形成鲜明的对比。在这里，人与自然，即驹子和杉树被并置了。宁静葱翠的杉树宛如岛村眼里那个亭亭玉立、俊秀婀娜的驹子，而杉树背后的"凶器"似乎就是驹子心境的外化，因为驹子与岛村尚未形成"亲密"关系，她对岛村所倾注的感情是有所回避的。这样，小说人物的心理状态就十分明晰，不必再赘述了。

影或者说阴影"以它蕴含的丰富的生命信息、宇宙奥秘而自在，并在与人的交感中给予人启示，与人合一。它与人是一对互相渗透、相互参与的共同体"[①]。无论是水原眼中的竹影，还是菊治眼中的树影，抑或是岛村眼中的杉树影，均是"观"者所"观"的自然意象。虽然这一系列的影是平面的、无质地无色泽的，而且它们的外观与形状容易发生变化而极其不稳定，甚至会轻易地融入其所附着的事物中，但"观"者却真真切切地直观到了它们。

其次，在川端康成的作品中，"观"者也在"观"照可以作为生命的确认和证据而出现的影。这一类影是完全无形的，仅仅是一种视觉印象，它们通常出

---

① 张石：《川端康成与东方古典》，上海古籍出版社，2003，第55页。

现在父亲与儿子、母亲与女儿、哥哥与弟弟、姐姐与妹妹这一类关系中。面对或目睹这种关系的"观"者，总会凭借对缺席者的印象于在场者的身上寻找缺席者的存在迹象。当"观"的行为在这些情境中发生时，真正的在场者就有可能沦为别人（缺席者）的替身或替代者。凭借着影子的作用，人物之间往往就达成了一种微妙而复杂的关联，进而在小说中形成连绵不绝的故事。

《彩虹几度》中的百子在恋人启太战亡后，从启太的弟弟夏二身上看到了启太的影子。在百子眼中，夏二的脖颈以及行为举止与启太如出一辙，就连夏二头上的帽子，她一眼就认出那是启太的遗物。当夏二与百子的妹妹麻子并肩而行时，百子甚至在原本与自身并不相像的麻子身上看到了自己，夏二与麻子在百子眼里于某一瞬间变成昔日的启太和百子。小说并没有对夏二的形象进行过单独的描绘或交代，几乎所有关于夏二的信息皆来自百子的眼睛。借由百子的眼睛认识到的夏二，与其说是夏二自身，不如说是启太本人。

在《岁月》中，宗广的弟弟幸二对松子来说，"与其是幸二自身，如不说是宗广本人"[1]。松子与父亲在光悦会上遇到幸二时，发现他是陪同哥哥宗广的妻子卷子来观赏茶会的，于是感到浑身僵硬。松子与宗广曾相互爱恋，宗广最终却听从父命抛弃松子而另娶他人。此次陪同卷子参会的本应该是宗广，但是宗广婚后一病不起，只能由弟弟幸二代替宗广出门。松子只有在面对自己的旧恋人时才会有如此强烈的反应，也就是说，对松子来说，她此时遇到的不是宗广的弟弟幸二，而是宗广本人。

在《古都》中，影笼罩着一对相貌几近的孪生姐妹千重子和苗子。千重子和苗子本是同胞姐妹，却因成长于不同的家庭而获得了迥异的人生与生活。千重子出生后被父母丢弃，一个批发商家庭收养了她，而苗子被留在山里，长大后做着死去父母过去从事的杉林工作。织工秀男一向钟情于千重子，但是由于其出身背景与千重子家庭较为悬殊而自卑。当他遇到与千重子几乎如出一辙的苗子后，便将全部的爱意倾注于苗子身上。在秀男眼里，"千重子和苗子变成了一个人"[2]；抑或正如苗子所言，秀男把自己当作千重子的幻影，才会向她求婚。然而，无论是两人合而为一，还是互为幻影，至少于秀男而言，千重子就是苗子，苗子就是千重子。

因为影的作用，人与人之间形成了饶有趣味的联系，启太、宗广、千重子

---

[1]　川端康成：《川端康成十卷集（第3卷）》，高惠勤译，河北教育出版社，2000，第203页。

[2]　川端康成：《川端康成十卷集（第10卷）》，高惠勤译，河北教育出版社，2000，第120页。

通过百子、松子、秀男的"观"在夏二、幸二、苗子那里复活并重现。这是一种对生命存在的重新确认与证明。具体来说，对于"观"者（百子、松子、秀男）而言，一个不在场的生命在"观"的行为中变为在场，是通过影（在这里，影指的是对过去的人的印象）来完成的。换言之，缺席者借助于影来到了"观"者的生活现场。然而，在"观"与被"观"的关系中，百子、松子、秀男将在场者置换为缺席者的方式并不能完成一个真正的确认和证据过程。因为夏二、幸二、苗子除了具有与启太、宗广、千重子相似的外形及某些特征以外，他们自己所独有的特性也是不可抹灭的。百子、松子、秀男从他们身上看到启太、宗广、千重子的影就视为缺席者本人，这只是百子、松子、秀男内心的某种期望、某种隐秘性或不确定性的投射。这种哥哥（姐姐）和弟弟（妹妹）的面容互换，对于"观"者而言，得到的只不过是"日本式多愁善感的伤感主义'面容'"[1]。

光下影有时仅仅是一个褪去所有色泽的轮廓，附属于人的存在而被看到，进而获得意义；有时它又只是一个幻影（视觉印象中的一种幻觉），仅仅是"一个用于对再现进行永恒挑战的虚幻目标"[2]。然而，即便是无色彩、无质地的轮廓，或是无形的幻觉，川端康成也将它们视为受到"观"照美的一部分。

二、镜中花：幻想图

光下影在人们眼中只是一个黑色的轮廓，或者仅仅是一个幻影。镜中花则不同："如果你愿意拿着一面镜子到处照的话……你就能很快地制作出太阳和天空中的一切，很快地制作出大地和你自己，以及别的动物、用具、植物。"[3]虽然镜像是一种映像而不是真正的实物，但是镜面、水面以及其他表面足够光滑的物体能够将各种各样的事物如实且清晰地映现出来。镜中花既是明晰的，又是有色泽的，而不仅仅是一个黑色轮廓。与光下影相比，镜中花显然更为清晰可辨。

学者范川凤曾将川端康成的文学作品视为一种"镜子里的艺术"。她认为："在他的重要作品中，差不多每一篇都让'镜子'作为情节发展的机关。《雪国》中'暮景之镜'和'朝雪之镜'是整个故事意象的潜流……《千鹤》中作者把志野瓷罐作为镜子，映出太田夫人的面孔和花千子的身影。《花的圆舞曲》

---

① 李御宁：《日本人的缩小意识》，张乃丽译，山东人民出版社，2003，第79页。

② 斯托伊奇塔：《影子简史》，邢丽、傅丽莉、常宁生译，商务印书馆，2013，第207页。

③ 柏拉图：《理想国》，郭斌、张竹明译，商务印书馆，1986，第392页。

中不止一次地出现化妆镜中星枝和玲子的脸……"①范川凤明确地意识到川端康成对镜子的重视，认为他赋予镜子各种各样的形式，让它们出现在不同的情节之中，使之在作品中具有了情节功能。"观"者获得镜像的方式是一致的，即通过镜子或其他表面质地光滑的物体反射而获得。然而，与之相关的内容却是迥异的，于是反反复复出现、内容各异的镜像便在小说中构成了一个意象群。在这种情况下，与其说"观"者关注的是镜子本身，不如说他们所喜好的是镜子里的世界——镜子映现的自己及其他的一切事物。

在川端康成文学中，镜像世界具有两个主要特征：首先，镜像本是一种幻象，可是在川端康成笔下的"观"者眼中，投射在镜面及水面上的"新"世界是现实世界的延伸（而不是再现或复制），甚至比我们所生活的世界更迷人、更真实。②

在《水月》中，卧病在床的丈夫借助镜子的反射观看京子的菜园以及她在菜园中的一举一动，除此之外，病房外的天空、天空中的云、冬天的雪花、近处的树木、远处的山峰、夜晚的月亮、路边的野花，甚至偶尔飞过的鸟儿、走过的路人及嬉戏的孩子等，都曾进入病人的镜子，变成他印象世界的一部分。虽然镜子中的世界与现实中的世界是相反的，有时镜子甚至会欺骗人们的眼睛，但是镜像本身的不可信并未摧毁卧床的病人对它的信赖。相反，镜像打破了病人空间上的束缚，一面小小的镜子让他看到了窗外的世界。这时，镜子不再只是一个用于展示自我形象的工具，而是"观"者眼睛的延伸。这一延伸使得病人重新参与到他所缺席的世界，镜像便组成了病人所见世界中的一部分。而且，通过镜子看到的世界就宛如一个"新"的世界，因为通过它来观看，"观"者发现原本阴沉沉的天空散发出银白色的光辉，树林变得格外苍翠欲滴，就连百合花看起来也显得更加娇艳可爱。

在大多数情况下，学界倾向于将川端康成文学中的镜像视为一个非现实或幻影般的世界。法国哲学家梅洛·庞蒂却说，在视觉的机制中，镜子的映像与镜子所面对的事物本身是凭借同一种机理进入"观"者眼睛的，这使得映像与事物本身极为相似；虽然映像有时候会通过产生"一种无对象的知觉"来欺骗"观"者的双眼，但这一幻化过程并没有减弱我们对世界的感知与把握。③《水

---

① 范川凤：《川端康成的镜子视觉艺术》，《外国文学研究》1994年第1期。
② 梅洛·庞帝：《眼与心：世界的散文》，杨大春译，商务印书馆，2019，第42页。
③ 梅洛·庞帝：《眼与心：世界的散文》，杨大春译，商务印书馆，2019，第46页。

月》中京子的丈夫在镜子里看到一个世界，虽然它只是一个病人借助于镜子把握的世界，但是这也足以让无法再自由活动的病人感到他能够与世界保持着密切的关联，进而重新获得对生活的热情与期待。

如果说京子的丈夫观看镜像是一种重新参与世界的行为，那么在《雪国》里，"观"者（岛村）对镜像的"观"就变成了一种纯粹的鉴赏行为。在小说一开始的"暮雪之镜"中，岛村通过火车的玻璃窗看到正在照顾病人的叶子的镜像与窗外迷人的暮间景色叠合、交融，形成了一幅动态的美丽图景。叶子的身姿映现在一块车窗玻璃的二维平面上，车窗外的事物随着火车向前行驶持续地变换着，投映在车窗上相对静止的叶子就不断地更换背景底色。好像叶子镶嵌在景物内部，而窗外的事物又仿佛嵌入了叶子的镜像，车窗内的叶子与车窗外的事物便在车窗玻璃上互映互摄、互相渗透。目睹这一幕的岛村觉得无法去形容这种美，只能任凭心灵为之震撼、惊叹不已。在"朝雪之镜"中，镜中的驹子与镜中的雪地互相映现：雪花染上了驹子脸颊的绯红，耀眼得像燃烧的火焰；驹子的秀发在雪的映衬下也闪烁着光芒，乌亮乌亮的。质地光亮的镜面犹如一张画纸，将它看到的驹子和雪地收缩在"纸面"上，岛村在注视这一纸面上的像时，仿佛在欣赏一幅奇特而美妙的图画。在这一"画面"上，原本并不关联的驹子和雪花彼此交织，相互渗透着。此时，镜子里的驹子和雪地不再是分离的个体，而是互融的整体，这使得镜子里的一切比它们在镜子外的模样更具活力、更加美丽。岛村观察到这一镜像时，感慨这是"一种说不出的洁净、说不出的美"[1]。

其次，水面也具有与镜面相同的媒介功能，不过，前者形成的倒影是一种特殊的，或者说是变形的镜像。在这一类型的镜像世界里，原本静止的事物会在水的波动下变为动态的形式（这种动态形式是完全区别于车窗画面的移动的），事物融入水面的映像比实物更富有活力以及生命迹象，甚至与"观"者的生命律动重叠起来。这是镜中花的第二个特征。

在《古都》中，千重子与真一在桂离宫观赏樱花时，千重子发现池子的水面上映着松树和樱花的倒影，当池中的鲤鱼跳动而激起阵阵涟漪后，水面上的松树和樱花便自行地摇曳起来。在常规的印象中，风未起，树便不动；反之，当松树和樱花映现于水面后，它们就可以伴随着池水的涟漪而浮动，仿佛是树

---

① 川端康成：《川端康成十卷集（第 1 卷）》，高惠勤译，河北教育出版社，2000，第 120 页。

和花在自为地飘动。这是因为纳入水镜中的松树和樱花成为水的一部分，流动的水面实际上也就是它们自身在运动（而不是借助于外力风的吹动而摆动）。因此，在"观"者千重子看来，松树、樱花以及自己是作为同样的个体而存在于世。此外，某些不可见的现象在水中的镜像世界里也有可能成为可见的了。同样地，在《岁月》中，当百子注视着河边小树在水中的映像时，她惊奇地发现，透过水面去观察树枝上原本难以分清的、错综复杂的脉络，它们竟然变得一目了然。在《水月》中也有类似的情境，京子的丈夫就是通过镜面记住了京子复杂的指纹。在这里，镜面和水面本身变成了一面放大镜，它们扩大了事物微小的细节，使得事物以一个更清晰可见的，也更为有序的形式呈现在人的目光之中。

镜像是一种幻象，因为镜子如同一个具有神奇魔力的工具，能"把事物变成场景，把场景变成事物，把自我变成他人，把他人变成自我"[1]，使"观"者产生混乱，仿佛处于一个魔幻世界之中。川端康成文学作品中的主人公们常常在面对这样奇妙的镜像世界时幻想连篇，甚至感动不已，因为他们在镜像世界里看到了一个新的世界、看到了一种新的事物模样、看到了一种新的生命秩序，并认出其中蕴含着镜外世界所无法直接呈现的形式、状态与美丽，进而收获一种新的世界经验。显然，镜中花不属于"自恋范式"，而应该归于审美范畴。[2]

三、空中虹：幻象图

影虽为幻影，却有可能与实体在轮廓上本同末异；镜像虽为幻象，却仍与镜外的世界相差无几。与之相比，横空的彩虹纵然"虚空有色"，却是色不知所起；即便"虚空有形"，也不知形源于何处。如果说影代表某种不确定性，镜像涉及某种飘忽性，那么虹则指向某种不可触及性。虹在众多的社会集体及个体的经验中也是一个深受关注的现象，它类似于荣格所说的"原始意象"，包括象征希望、对生活的向往以及对生命的期待等众多内涵。在川端康成笔下，虹不仅代表了生活中的某种关切，还代表了一种虚空却有色、虚空却有形的更高的精神存在。

纵观川端康成的文学世界，虹作为一种幻象，主要以三种形式出现：话语叙述（这里的话语叙述不是指文学本身的叙述，而是指作品中人物亲口的讲述）

---

① 梅洛·庞帝：《眼与心：世界的散文》，杨大春译，商务印书馆，2019，第43页。
② 斯托伊奇塔：《影子简史》，邢丽、傅丽莉、常宁生译，商务印书馆，2013，第123页。

中的虹、绘画中的虹，以及天上的虹。话语叙述中的虹需要借助想象之眼才能够联想到虹本身的形式或模样；绘画中的虹虽然能够在画纸上看到，但是那只是一种彩虹之像；天上的虹则是可以通过眼睛便能直接捕捉到的意象。此外，川端康成还借助通感让虹化为缥缈而有声的山音与横跨夜空的银河。虹、山音以及银河为川端康成笔下的"观"者构筑了一个虚妄而纯美的幻象世界。

第一，是天上的虹。这是真真实实横跨在天上的彩虹。在描写这一类彩虹时，川端康成往往会将彩虹的变化与"观"者视线和感受的变化重合，进行情境还原。在《彩虹几度》的《冬日的彩虹》篇中，他是这样呈现的：首先，麻子看到彩虹横跨在湖对面，便沉浸在对彩虹的想象之中，甚至萌生到彩虹升起的地方过一辈子的奇怪念头。随着乌云在天空中的反复聚散，只剩下彩虹的根部呈现在麻子眼前，这时的彩虹看上去显得格外粗壮；因只留下根部，麻子便可借助主观想象赋予它完整的形状，所以在麻子眼里，彩虹是一个无比硕大、呈弓形的弧线，一端在湖的对岸，一端横跨到了山的那边。其次，当火车途经彩虹临近消失的边缘时，麻子发现它又重新明艳起来，仿佛带着巨大的哀愁，呼喊着云朵一起往天空升腾而去，进而彻彻底底地从麻子视野中消失。从出现直至消逝，川端康成对空中虹进行了格外逼真的描绘。不过，他对于天上虹所做出的如临现场的描写，目的并不只是将我们带回观看彩虹的现场，而是想通过如实地展现彩虹变化的过程来传递一种深刻的信息。如同坐在麻子对面抱着婴孩的男子对孩子所说一样：对于幼小的孩子来说，他以后可能会有很多机会坐火车从这里（北海道）经过，但无法确定的是，他能否再次与琵琶湖上的彩虹相遇。在父亲看来，生活充满无常，未来又无法确定，就像无数个今天一定会到来，却不再是此时此刻的"今天"，所以即便孩子尚未有"遥远的时空观念"，也想让他看看一期一遇的彩虹，就更不用说成年人了。

第二，是绘画中的虹。在《彩虹几度》的《彩虹的画》篇中，彩虹是以画的形式出现的，从描写虹的直观画面变成了讲述对虹的欣赏。绘画具有将通常认为是不可见之物以可见之形展示给"观"者的能力，即让不在场化作视觉中的在场，"它让我们毋需有'切肤之感'就可以具有世界大不可测的感觉"①。在《彩虹的画》里，麻子生病住院后央求父亲把家里的彩虹画带往医院，父亲便将麻子母亲生前十分喜爱的一幅《春》带到麻子的病房。在生动优美的画布前，

---

① 梅洛·庞帝：《眼与心：世界的散文》，杨大春译，商务印书馆，2019，第 767 页。

麻子不必置身于彩虹之下，也能感觉到彩虹在为万物复苏的春天祈祷、祝福。在这一情形下，彩虹似乎象征着希望和生气，预兆着麻子的康复。然而，当存放在记忆之箱的画被重新拿出来时，图像背后的故事就会大白于天下，彩虹由此与某些隐秘的东西产生关联。麻子的异母姐姐百子看望麻子时，她谈起当初第一次看到这幅画的经历，强调它是麻子母亲最喜欢的一幅，并就此画回忆起当年只身从姥姥家来到父亲家的情境：百子刚进门就看到了挂在墙上的《春》，在画下面是尚未懂事的麻子正在母亲腿上嬉戏，初来乍到的百子突然意识到"这不是我妈妈"①，这一意识使得因能和父亲一起生活而在百子心里升起的彩虹瞬间消失。在百子看来，父亲、麻子母亲和麻子才是完整的一家人，而自己只不过是突然闯进来的局外人。所以，百子在病房看到这副彩虹图时，觉得是因为父亲想起了麻子母亲，才会将她生前最喜欢的画拿来给住院的麻子。在这里，与其说彩虹是架起人与人之间联系的桥梁，不如说它是横跨在百子与麻子等几人之间不可逾越的鸿沟。

　　第三，是话语叙述中的虹。虽然小说《虹》以"虹"为标题，但是在整个故事中仅有两处关于虹的描述：一处出自银子之口，一处则出自木村之口。银子口中的虹似乎根本不在天上，而在心上，仅是一种心像。所以，她觉得自己不仅随时都能看到彩虹，而且百看不厌。舞女们在谈论木村时提到，木村不想一直演戏，想要进飞行学校学习做飞行员，因为他想在彩虹里飞翔，但是木村却成了一名地铁驾驶员。显然，木村口中的虹没有在天上出现，而存在于他的向往中，它也是一种心像。彩虹是一个观念性的存在，是银子和木村想象中的一个共同体。故事到这里便形成一个微妙的暗示，彩虹或许是横跨在银子与木村之间的那一座看不见的心灵之桥。银子自杀之后，这座心灵之桥的一端失去了支撑点，只能单方面地悬挂在心间，彩虹随后便瞬间崩塌，木村如同一具活着的僵尸一样，目中无神，凭壁而立着，整个故事也随着银子的死去戛然而止。在《虹》中，除了银子和木村以外，没有人真正理解他们，也没有人知道关于彩虹的秘密，更没有人注意到两人之间的深情。银子和木村两人之间的心灵之桥或许只有作为作者的川端康成看到了。他习惯于将人情放置在一切暧昧的人际关系中，如同美国的学者唐纳尔特·金所言："川端的纤细是《源氏物语》的纤细，日本古代诗歌的纤细。他似乎要说明，如果用另一种手段能够充分表

---

①　川端康成：《川端康成十卷集（第4卷）》，高惠勤译，河北教育出版社，2000，第137页。

达女性爱的话，那就没有必要大声宣布'我爱你'。"①这种含蓄地表达爱意的方式正是川端康成文学的动人之处，也是虹在这里的隐秘以及美妙之处。

《雪国》中的"银河"可以视为彩虹的一种变体。当银河在火灾之夜显现的时候，岛村在奔跑的间歇举目看到：光洁的银河不知是从何处升起，繁星、天光、云影在它里面斑驳可见，并且高挂在夜空的银河似乎想要把大地都席卷进去。在这一情境中，银河就是一座彩虹，只不过这是一座出现在夜空里特殊的彩虹，不多久它就哗啦啦地倾泻了下来。银河犹如银子和木村的心灵之桥一样，岛村的去意已决后，驹子一人便无法承载他们的心灵之桥，只能听凭它崩塌，从此两人分居银河两岸，彼此不再有关联。岛村决意要回东京去，但是川端康成并没有花笔墨渲染岛村的想法，相反，他用大量笔墨描写岛村头顶的银河，记录它如何出现、何等美丽以及最后如何崩裂。犹如人们只记得散落的烟花当初绽放时的美一样，银河冲淡了岛村无情地抛弃驹子的意味。

在《山之音》中，虹则是以山音的形式出现的。在小说里，年过六旬的信吾曾两次听到山之声。山之声象征着死亡召唤的声音，它就像从远方传过来的风声，虽然深沉有力，却不能确定声音从何处生成。山音缥缈有声，它本身架空的存在形式使得信吾的家人无法意识到，唯有当事人信吾才能感知到它。山之音一端连接着神秘的起源，一端关联着信吾老去的必然，导致了渐渐年老的信吾对死亡的担忧与恐惧。很明显，山之音沟通了"我"（信吾）与一个神秘存在之间的关联，这一存在经由"我"的直觉与想象而变得可识、可见、可感。

在川端康成的作品中，彩虹以不同的形式出现：它时而在天上，时而在嘴上，时而在画上，时而又在心上；它时而会化为一座心桥，时而会变成一条银河，时而又会变身为一缕山音。话语叙述中的虹、绘画中的虹以及天上的虹并不总是通过眼睛就可以把握，它们有时需要借助人物心灵的想象或联想才能"观"及。显然，川端康成笔下的彩虹除了包含着丰富的象征意蕴以外，它们往往还指向一种深刻的哲理。只不过，这一哲思不等同于玄妙的道或深奥的悟，它只是"观"者与更高存在之间的一种精神关联，是超越一切浮世的表象，"不随现象界生灭的某种永存的精神实在"②。

---

① 进藤纯孝：《端康成》，何乃英译，中央编译出版社，1998，第416页。
② 周国平：《各自的朝圣路》，湖南人民出版社，2010，第12页。

第三节　叙述视点的多维度

拼接的视点、连续的视点、缩扩的视点构成了川端康成作品的多维度叙述视点。其中，瞬间的"观"对应着点，流动的"观"相当于线，空间的"观"等同于面。在川端康成文学中，"正是使由点出发的、放射状的空间相互交织，才构筑了一个从局部、细微之处看整体，又从整体观照局部、细节的斑斓世界"。①

一、瞬间的"观"：拼接的视点

川端康成曾在随笔中这样描述瞬间的"观"："在偶尔抬眼、旁视的瞬间，总瞥见人影晃动。跟随人影转动，亦有无缘的惶恐。此非幻听而是幻视。就连空中云、沟壑石、格窗纸、玉兰花、汗巾、花瓶甚至马匹，都会在转眼之间变成人面或身影。"②

瞬间的"观"既包含对事物进行一瞬间的观看，又表明一种并不十分稳定，甚至模糊的感知或意识。依照这一思路，空中的云、沟壑里的石子、格窗上的纸、渗汗的擦巾、装饰的花瓶，甚至盛开的玉兰花与具有生命的马匹，在"观"者眼中变成了一个"人面或身影"，是因为"观"者对它们只进行了瞬间的注视而产生一种"幻视"，进而从对象身上捕捉到的是一种不稳定、模糊的感知，即一个幻化的构形。出现在一瞬之间的视觉印象，是"观"者意识中若隐若现的东西；这种视觉体验并不移入"观"者的感情，而是嵌入他们的感觉。由此可见，它们是"幻视"的产物，类似于一种幻觉、幻想。从文学表现来看，这就相当于"观"的一种陌生化，即将常规感知到的现实世界陌生化，从而打破忠实呈现或如实描述的模仿规则。瞬间的"观"围绕被"观"对象来回徘徊、循环往复，进而在断断续续的瞬间中凸显对象可见的一面；同时，瞬间的"观"幻化了现实，在呈现"观"的时候就会失实对象的某些特质。川端康成这样做

---

① 黑川雅之：《日本的八个审美意》，王超鹰、张迎星译，中信出版社，2018，第10页。
② 川端康成：《川端康成十卷集（第10）卷》，高惠勤译，河北教育出版社，2000，第8页。

的目的是通过纯粹地展示某种可见性的本质，然后将整体形象上升到一种美的高度。这反映了他的文学理念，即一个作家最首要的工作便是将其想要去描写、去表现的对象在脑中构成一种心像，"进而化作活生生的感觉与直观拥抱、共舞的世界"①。

简言之，在川端康成的文学世界中，瞬间是相对于更长时间来说短暂的"现在"；瞬间的"观"则意味着"观"者的眼睛在对象上仅仅做了片刻的停留，这是一种时间之外的静止。在《伊豆的舞女》中，单纯天真的舞女就是在"我"瞬间的注视之中一点一点地展现出来的，以至于如果我们想要把握舞女的整体面貌，就不得不将这一个个的瞬间拼接起来："舞女大约十七岁的模样，梳着我全然不知的奇异古式发型。"②"我忽地看到一个一丝不挂的女人，从昏暗的浴室犄角跳了出来……她就是那舞女……她那手脚发育得有如小梧桐般。"③"胭脂渗在嘴唇和眼角，这情趣盎然的睡态撩动了我的心弦。她睡眼惺忪。"④"一双闪着晶莹美丽光芒的眼睛……双眼皮的褶皱有说不出的俊逸清秀，笑起来仿佛花儿舒展一般。"⑤"昨夜的妆还没有卸，更加使我感伤不已。眼角的胭脂衬着一脸的愠色，增添了幼稚的矜持。"⑥与传统的人物描写不同，小说并没有从一开始便交代小舞女的形象，相反，舞女形象几乎全都是由"我"在一个又一个瞬间之中看到的印象组合而成。从"我"追寻舞女一伙的行迹至山顶茶馆时看到舞女的古式发型和"我"与荣吉在旅馆浴室洗澡时看到舞女"小梧桐般"的身姿，到"我"无意来到舞女一伙的住处时看到舞女的睡姿和"我"在给舞女读书时看到舞女美丽的眼睛，再到"我"与舞女在码头分别时看到舞女幼稚而矜持的脸，这些分布于小说各个场景之中的瞬间印象共同拼凑出舞女的少女情姿。或许正是对舞女反反复复的短暂性注视，使她始终处于在场状态；即便她不在"我"的"观"之范围内，"我"仍可以通过舞女和与她密切关联的鼓声进行转换，进而表现出那种视觉效果中缺席的在场。在小说中，这两个场景舞女没有正面出现：第一次是在抵达汤野的第一个夜晚，"我"在旅馆的住处听到远处

① 川端康成：《川端康成十卷集（第10卷）》，高惠勤译，河北教育出版社，2000，第336页。
② 川端康成：《川端康成十卷集（第9卷）》，高惠勤译，河北教育出版社，2000，第68页。
③ 川端康成：《川端康成十卷集（第9卷）》，高惠勤译，河北教育出版社，2000，第75页。
④ 川端康成：《川端康成十卷集（第9卷）》，高惠勤译，河北教育出版社，2000，第77页。
⑤ 川端康成：《川端康成十卷集（第9卷）》，高惠勤译，河北教育出版社，2000，第80页。
⑥ 川端康成：《川端康成十卷集（第9卷）》，高惠勤译，河北教育出版社，2000，第88页。

传来轻轻的鼓声时，便在刹那间从窗子探身出去，如同白天凝望舞女的身影一样屏息聆听，注视着鼓声传来的方向，而鼓声表示舞女正在宴席上表演；第二次，"我"独自从影院回来后在旅馆凭窗眺望幽暗的街巷，突然之间好像听到了轻柔的鼓声从那遥远的街巷传来。这一刻仍旧只有鼓声暗示了舞女的存在，因为街巷有鼓声传来，它表明舞女就在街巷里的某一处。这里揭示了小说暗藏的一种观点：舞女身上纯粹的美才能表现于真实的"观"中，即从舞女确确实实的在场中表现出来，而她作为"江湖艺人"，即俗世的一面却是无法展示、无法赤裸裸地置于目光之下的，但它与舞女的形象也是不可分割的，于是借助于变形的"观"——听来揭示。

　　日本学者进藤纯孝说过，对于川端康成来说，无论是在现实生活方面，还是在文学创作方面，他都无法遵循那些"俗化"的规则，而是始终倾向于，并且一直都在坚持着"纯化"的道路。[①] 小舞女正是在"我"多次瞬间的"观"中被驱除了俗世的气息，一步一步地实现美的"纯化"：她是一个纯洁、美丽的少女。

　　川端康成的其他作品中也采用了这一手法。例如，在《雪国》中，岛村初见驹子时只关注了她身着的和服，下摆没有拖地，单衣也收拾得整整齐齐；在接下来的交谈中，岛村偶然发现驹子低垂的双目和浓黑的眉毛显得格外妩媚；在之后的相处中，岛村注意到驹子的坐姿十分柔媚，眼神总是若有所思；在杉树荫下的时候，岛村则看到驹子挺直的鼻子、纤巧的双唇、白里透红的皮肤……对于驹子美的一面，我们需要借助于全文去把握、去组合。其中，驹子作为风尘女子的一面，作者也在一定程度上将它置换了，他甚至不曾讲述驹子在宴会上的任何细节，而只是提到宴会通常很晚才结束，或者驹子偶尔会醉醺醺地出现在岛村房间。同样地，在《生为女人》中，市子在车站旅馆见到阿荣时，我们借市子的眼睛得知阿荣涂了淡妆、发型很随便；在餐桌上，佐山的一瞥中看见了阿荣散发着女性魅力的鼻子和嘴唇；然后又回到市子那里，洗完头的阿荣，头发闪闪发光……川端笔下的女性被塑造得很美，并且几乎只刻画她们美的那一面。但是，她们的美往往是借助旁观者的眼睛才呈现出来，这些旁观者的观感又总是散落在小说的各个情境之中，等待着读者去发现。

　　这一创作自觉在川端康成的掌中小说中也随处可见。川端是一个非常推崇

---

① 进藤纯孝：《川端康成》，何乃英译，中央编译出版社，1998，第 330 页。

掌中小说的作家，创作了大量非常精巧而极富深意的小小说。一篇小故事讲述的通常是一个非常短暂的经历：一次所见、一次所闻、一次所思……这种类似于碎片化的写作包含一个短小的观点、一次微妙的感受，或一种转瞬即逝的体验。掌中小说所描述的是瞬间的意义，侧重在短暂的"现在"讲述生命经验，类似于生活片段的一幅幅写生图。倘若将它们一一排列组合，就有可能拼凑出他所理解、所设想的生命之美的图景。川端康成这样做的目的，或许出于他始终坚持的一个信条，即美就存在于抬眼旁视的一刹那间。瞬间的"观"意味着美就显现于此时此地，而在一瞬间中显现于世的美，也是绝对不会轻易地被毁灭的。所以，川端康成将它们精心地分解在各个片段、各个小故事中，让读者耐心地捡拾、体味。

总的来说，川端康成描写的人物形象或其他事物如同被打乱的拼图，唯有把每一小块都找出来，才有可能拼接出各个人物、各种描写的全貌。也就是说，构成叙述对象的人和事件被分解成若干个特别的部分，它们中的每一部分是在一个特殊的视点（有时是同一个，有时是多个）中得到的。整体的形态在多个"画面"的组合中浮现出来，这就像在一句话里，意义在词语组合之间呈现。不难设想这样一个情形：不同的片段存在于作品之中，形成了复杂的个体结构，但是因它们一起加入了特定的文学关系之中，所以始终存在于一个统一的叙述系统之中。在这样的情形下，阅读行为类似于一场拼图游戏，需要读者对文本细节进行拼凑组合。相应地，这样的小说文本也不失人物、世界和美的复杂性。

二、流动的"观"：连续的视点

各个瞬间的不断呈现揭示了"观"的另一个维度，即"观"的流动性。在《神津牧场纪行》里，川端康成记录了一次登山过程中的流动的"观"："近处有八风山、日暮山；再往北，则可望见浅间的喷烟、轻井泽高原的一望（无际）和别墅的赤瓦。右边，说是从东北至东南，有碓冰、赤城、妙义、秦名；再远则是轶父连峰和筑波，还能看到利根川白色的光带。转向南边，有荒船山耸立三百尺的岩壁；右侧乃延绵八岳，源自佐久平，续于蓼科。西南方向可以遥望阿尔卑斯山。"[①]近处、往北、东北、东南、南边、西南、左侧、右侧……这些方向词表明"观"由某一点出发，将各个方位持续地串联了起来。需要注意的

---

① 川端康成：《川端康成十卷集（第 10 卷）》，高惠勤译，河北教育出版社，2000，第 95 页。

是，它既不重叠，又不是简单的来回反顾。可以发现，流动的"观"所强调的并不是断断续续的瞬间之串联，而是一种不间断的推移。这表明连续的画面创造出的是一个"新"的现实，而不是所有构成元素的简单叠加。它也不是模仿客观的运动，而应该是突出视角的滑移，即呈现从一个人物到另一个人物、从一个事物到一个事物的转移，或者从一个人物向事物移动的过程，它与小说的叙事动力有关。

从小说的叙述层面来讲，这种流动的"观"类似于乌斯宾斯基所说的"连续的观察"。在乌斯宾斯基看来，小说叙述者的视点总是持续变换的，即由一个人物流向另一个人物，或者由一个细节流向另一个细节，这类似于电影叙述中持续运动着的摄影镜头完成对某个场景不间歇地拍摄；读者要想精确地把握一个总体画面，必须将一个一个的独立描写串联为线，或剪辑成面。[①] 这一视点的意义在于，它既赋予小说描写流畅性，又使小说的叙述速度与故事时间能够在故事情节的展开中保持一致。

《古都》就是根据人物持续观赏自然景象的行迹绘制京都一隅的美丽图景：春天，千重子与真一游览神苑的樱花；夏天，千重子与真矿子观览北山的杉树；秋天，千重子一家观看青莲院的樟树；冬天，千重子与苗子遇见阵雨中的雪花。春、夏、秋、冬是《古都》在四季中的推移，樱花、杉木、樟树、雪花的更替在人物目光中得到持续展示，它们构成了《古都》的大时间。换言之，《古都》是由这一系列流动的"观"呈现出来的。在大时间之下，人物各自的小时间也在不停地流逝，并对各类事物进行着细致、连续地观看。例如，小说《春之花》篇中，千重子时时观看着院子里的紫花地丁与基督像灯笼："千重子的目光从树上的紫花地丁向下移，看着基督像……想起圣母玛利亚。于是，千重子从基督像灯笼抬起眼睛，又望着紫花地丁——蓦地，她想起养在旧丹波瓷壶里的金钟儿来。"[②] 千重子的目光从一物转移到另一物，在移动中构成"观"的流动，既体现了"观"的推移，又暗示这一方向是可逆的。从紫花地丁到基督像，千重子的目光停驻于基督像时想起与基督像相关的圣母玛利亚；从基督像到紫花地丁，千重子的目光留驻于紫花地丁时想到自己养在壶里的金钟儿。这种情形还表明，流动的"观"犹如受到"前摄影响"一样，"观"结束时目光停留的物体会影响"观"者的思绪，进而将观看的链条延长。譬如，从基督

---

① 　乌斯宾斯基：《结构诗学》，彭甄译，中国青年出版社，2004，第58页。

② 　川端康成：《川端康成十卷集（第10卷）》，高惠勤译，河北教育出版社，2000，第5页。

像延展到圣母玛利亚、从紫花地丁延伸到壶里的金钟儿。这一延伸赋予流动的"观"以更多的复杂内涵。在《和服街》篇中，循着千重子一家人流动的"观"，我们甚至能够清晰地勾画植物园及其周边的概貌：千重子一家三人进入植物园门口后，映入眼帘的是被郁金香环绕的水池；在池子左边的圆顶温室观赏片刻后，他们走向池子右侧长满樟树的林荫道，在路的尽头发现左侧是吵闹的儿童游乐场；之后，他们选择右侧走到位于低洼地被树木环绕的郁金香花圃，沿着石阶从郁金香花圃上来时惊讶于右边的牡丹园与芍药园，同时发现园子正面正对着比睿山和东山；最后顺着樟树荫道走出园子，他们看到右侧长满松树的河堤，发现河流的上游是北山，河对岸则是散步场所，其上一点是公路，再远处与西山毗邻的爱宕山也隐约可见。一个地点接着一个地点、一个事物伴随着一个事物，观看是无缝衔接的，小说的讲述是无比流畅、有序的。"观"作为一个中心事件，形成一个巨大的引力场，对各个局部的细节进行调和，然后连接成一个独特、有完整格局的世界，植物园以及它周围的一切就这样活灵活现地在字里行间树立起来。

在《彩虹几度》的《生命之桥》篇中，我们跟着麻子和夏二逐一观看石子铺成的小路、爬满苔藓的踏脚石、顶着小花的苔藓、能摆放六双鞋的六石板、黄红色的墙壁、凤尾蕉、水池、瀑布、刚长出嫩叶的枫树、弓着腰在拔草的老妇……我们还与麻子和夏二一样被浮在苔藓上的小小的花瓣吸引着、感动着，同他们一起发现河水尽头的瀑布，继而聆听着、感叹着……所有的这些场景皆可以用来解释川端康成围绕一个议题——"观"所进行的持续不断的诉说。在这里，"观"者的空间移动十分明显，他们走遍整个桂离宫，观察与感受着这里的每一个地方。"观"者的双眼仿佛一台摄影机的镜头，连续录下并展示了桂离宫的内部面貌。在《伊豆舞女》中，"我"以一个旅者的身份游历伊豆，一路上的经历构成了一幅伊豆的写生画。《岁月》里的松子与父亲则带着我们置身于光悦会的现场，感受茶道的精神：简素的茶室、沸腾着水的水罐、飘香的茶盅、洗茶倒茶时的举手投足……被持续地被展露出来。川端康成笔下的人物，几乎每个人都曾"摇响了银铃去流浪"，在连续地观察自己熟悉的土地中感受自然、感知生命。

川端康成对这些情境的描写并不缺少个性。小说的视点借助于"观"者的眼睛，始终由一个地点过渡到一个地点、由一个景物过渡到另一个景物、由一个事物过渡到另一个事物，或者在地点、景物以及事物三者之间相互转换，而由地点到地点、由景物到景物、由事物到事物等方式的过渡本身又总是在与"观"者有过直接接触的情境下实现的。这表明在他的作品中，一段内容、一个章节，甚至一部小说往往就是被"观"对象与"观"的主体之间的互动与交融。这样，它们就创造出了时间与空间的错乱效应，"我们仿佛被置于该行动的内部，成为相对于它的共时性的见证人"①，或者化身为"观"者的同谋，与他们一起沉浸在眼前的世界之中。

这是一种连续的视点，在这样的情形下，叙述者的位置存在于"连续的观察"中，进行着如此迅速的变换，以至于能够在不断变化的时间中展示最多的空间。川端康成这样做的目的似乎在于思索这样的问题：难道万物万象仅仅是自然的装饰？难道眼睛仅仅是凝视自然的工具，我们仅仅是面对自然的变迁更迭却表现得异常漠然的旁观者？细腻而认真地诉说着的各种物象只是对日本传统文化在物质方面的系列展示，是对作为地理层面的故乡的京都的亲切描述，在这背后包孕的是对心灵的故乡的追寻。在永恒追寻的道路上，一个人即便是"生于斯，长于斯"，也还是一个旅行者，在时间的洪流中凝望着物是人非，甚至人非物非，进而在无常的世界里顿悟生活的本义，找到心灵的归属。

在这个意义上，川端康成笔下的人物对自然所进行的流动的"观"，是作家为自然写下的一首首巡礼赞歌。一般的小说主要关注的是人物说了什么或者做了什么，而川端康成文学强调的是他们看到了什么，以及如何看的。这些人物往往言语不多，作者也没有花费太多笔墨去塑造这些形象，读者只能从这些人物对自然持续不断地"观"中去推测他们的情绪或感受，只能从这些流动的"观"中去把握其间蕴含的深刻思想，只能深入"观"者流动的视野中去品味美的意蕴。

三、空间的"观"：缩扩的视点

目光的戛然而止及目光的持续位移往往表明，"观"正在向纵向上延伸。不过，在川端康成的许多小说中，视觉有时或被逐渐地收缩，有时或被逐渐地扩大，它暗示着"观"在横向中的展开。这种倾向与其说是有意而为之，不如说是自发的。川端康成曾在一篇平常的日记，表现出了他对于这一观照方式的感知。这篇"南伊豆之行"的日记是这样描写的："出隧洞南口，眼界豁然开阔。俯瞰曲折蜿蜒的盘山公路，如沙盘模型般一览无余。极目远眺，山巅起伏

---

① 乌斯宾斯基：《结构诗学》，彭甄译，中国青年出版社，2004，第 71 页。

的轮廓线，被南国明朗的天空映衬得格外分明⋯⋯一座座崇山峻岭被甩到了车后，大海的天空越来越近。"① 有着这样的观察习惯，川端康成文学中的"观"出现空间上的变化便不足为奇了。川端康成文学创作中的自然背景大多数位于室外，这些背景为他展示自己独特的空间感受提供了许多契机，如他多次描写出入隧洞、极目远视，或"观"由远及近的情景。出隧洞、放眼远视呈现的是放射的视野，长空一色，天、地、人瞬间融合为一体；入隧洞与由远及近的"观"则相反，"观"者的视野会逐渐收缩归于一线，甚至只剩下一点。许许多多的单个段落通过这一空间上的"观"而构成一种特殊的视觉体验，以此激发读者丰富的联想或想象。

在《伊豆舞女》中，"我"在天城山顶的隧道口摆脱了从茶馆跟随而来的喋喋不休的老婆婆，得以正常的速度去追赶舞女一行人："我走进黝暗的隧道，冰凉的水珠滴滴答答流了下来。通往伊豆的隘口，前方是那样的窄小，却很明亮。"② 踏进隧道，身后的一切仿佛突然收拢起来，由隧道口紧紧地吸纳至洞内，化为对面洞口射入的一丝亮光。这一缕微弱的、穿透隧洞黑暗的光亮强化了"我"此刻的感觉：一切都还来得及，舞女一行人就在光亮射入的那一方。想到这一点，"我"原本慌乱、焦急的情绪好像突然平静下来。在这里，字面上产生的效果也可以是隐喻的。这一丝亮光不仅起到安抚"我"情绪的作用，还表明是舞女一行人使得"我"情绪上有些慌乱。

在《雪国》中，岛村的经历与此类似。与驹子第二次告别之后，岛村坐上了返回东京的火车："火车从北面爬上县境上的群山，穿进长长的隧道时，冬天午后惨淡的阳光，仿佛被吸入黑暗的地底。"③"午后惨淡的阳光"如同岛村与驹子之间徒劳的关系，在火车开动之时落入了看不到的黑洞里。尽管驹子对岛村一往情深、真心实意，但是在岛村踏上回东京的列车之后，驹子的情深义重就被抛至悲哀的过去或无望的未来，仅仅化为一阵回响或一缕乡愁旅思，慢慢被时间冲淡，甚至消失在时间的流逝中。显然，这种入隧洞效果——视野逐渐收缩的"观"可以引人陷入沉思或产生联想，而川端康成在这里几乎是调动出这种视觉效果便收笔了，没有继续往下说出"观"者的某种状态及某些思绪，从而给予这些情境开放、深刻、象征性的寓意。

---

① 川端康成：《川端康成十卷集（第10卷）》，高惠勤译，河北教育出版社，2000，第21页。
② 川端康成：《川端康成十卷集（第9卷）》，高惠勤译，河北教育出版社，2000，第70页。
③ 川端康成：《川端康成十卷集（第1卷）》，高惠勤译，河北教育出版社，2000，第93-94页。

"观"者的视觉在入隧洞时被逐渐收缩，是一个由明到暗的过程，这一过程容易将"观"者引至一个暧昧性的、隐秘性的状态。"观"者的视野在出隧道时通常会逐渐扩大，是一个由暗到明的过程，可以将"观"者导向另一种情境："穿过县境上长长的隧道，便是雪国。夜空下，大地赫然一片莹白。"① "走出隧道，山坡路旁一侧竖立着白栅栏，山道有如闪电般逶迤而下。在这有如模型般的眺望中，影影绰绰可以看到山麓那方艺人们的身影。"②

前一段描写的是往雪国方向的火车穿出隧道，它侧重于表现空间的"观"在形成中带来的视觉效果。在隧道内，车窗外一片漆黑；在隧道外，车窗外则一片光亮。在火车急速跨越黑暗与光亮之间的边界时，形成了强烈的视觉冲击。"赫然"正强调了视野快速交替且开阔起来时产生的影响力，它带给人的感觉既是急速的，又是短暂的。后一段描写的是人走出隧道时的情形：隧道是一个近似封闭的空间，视野被局限在洞墙之间；走出隧道，这种局限便被打破。人走出隧道的速度比火车穿过隧道要慢，因而缺少前一段中那种画面迅速交替所带来的强烈视差，取而代之的是一种渐变的视觉过程：山坡路、白栅栏、山道、山道上的行人，它们给人一种观望"沙盘模型般"缓慢却循序渐进的感觉。这种"观"实际上与流动的"观"相类似，只不过流动的"观"着重的是一种平行感，空间的"观"产生的则是一种递进感。

在建筑领域内，日本的房屋构造强调房子内外形成放射状或收缩式的视野，即房屋位置、空间设计（如屏风、庭院的设置）让置于屋内的"观"者在观看外部世界时，视野能够从室内逐渐延伸到室外，反之，视野则由室外向室内收缩状的深入。卧室的榻榻米——室内的客厅——室外的走廊——走廊下的庭院——庭院外远处的大自然，这类似于一个从有限到无限的过程，川端康成文学中扩张的"观"与此相似。如同日本房屋的视野，如果沿着"观"的扩大这一条轴线继续前进，空间的无限性便不断地强化，"观"便有可能突破时空的三维局限，进入时空之外的相对领域，"观"者的意识也能够得到最大程度的扩张。在这一过程中，"观"者还感受到一种高远感。依照相反的方式来看，庭院外远处的大自然——自然往内的庭院——庭院边上的走廊——走廊内的客厅——客厅往内的卧室，这相当于一个从无限到有限的过程，川端康成文学中收缩的"观"与此类似，犹如走进日本式的房屋。倘若顺着"观"的收缩这一

① 川端康成：《川端康成十卷集（第10卷）》，高慧勤译，河北教育出版社，2000，第47页。
② 川端康成：《川端康成十卷集（第9卷）》，高慧勤译，河北教育出版社，2000，第70页。

条线不断地深入，空间的隐秘性便持续增强，"观"者的意识由此向内不断地伸张，同时"观"者感受到一种深远感。

乌斯宾斯基认为，在必须对某一场面或某一对象进行描写时，连续观察就不再是适宜的选择，因为视点的运动性在这些情境中并不重要，此时，把握观看对象的整体面貌才是最关键的。因而，一个可以覆盖整个事物的视点才是必需的，这就要求视点能够承载相当辽阔的视野。① 可以发现，空间的"观"的特点在于具有异常宽阔的视野范围。乌斯宾斯基指出，这一视点通常运用于某一辽阔场面的描写，如在描写有大量人物出场的某一个场面时，对整个场面的总体印象是首要的。② 也就是说，总体的、综合的描写被优先给出；然后，描写的视点回归到更细致的、更集中的视觉位置；反之，描写则是由有限的视觉范围扩张到广阔的视野中。在具体的描写中，这两种可能可简称为一种缩扩的视点。

只不过，川端康成在运用类似于这样的视点进行描写时，并不关注场面本身的性质，或刻意突出它的总体印象，而是在强调"观"者与被"观"对象之间生成的一种特殊感觉。我们可以借助一个例子来进一步理解："不知何故，只觉得那些杉树梢头正向自己扑来，气势咄咄逼人。"③ 这样的"观"需要开阔的空间条件。更有意思的是，被"观"的对象被拟人化，变成一个具有生命的存在形式。在"观"者的目光与被"观"者接触时，它们同样在观看着"观"者。如此，一种的交流在对视中成为可能。在对视中，"观"者对事物的体验被放大，进而导致了情感的变化。读者在阅读这样的描写时，瞳孔的内侧也就有可能会栩栩如生地映现着出现在"观"者眼里的画面。

---

① 乌斯宾斯基：《结构诗学》，彭甄译，中国青年出版社，2004，第 61 页。
② 乌斯宾斯基：《结构诗学》，彭甄译，中国青年出版社，2004，第 61 页。
③ 川端康成：《川端康成十卷集 第 9 卷》，高惠勤译，河北教育出版社，2000，第 6 页。

第七章　川端康成作品审美突破与创新

第一节　川端康成作品的独特审美情趣内蕴

一、川端康成的美学观念

川端康成的作品充满了日本式的古典韵味，即使在创作中吸收了西方表现派与达达主义的意象表达方式，仍旧以突出承载意象的日本元素为重点，使之成为表现日本古典美学的创新形式。川端康成对"美"的执着与追求，促使他一方面向内深入探寻自身对美的感悟及本民族对美的认知，另方面，借助新形式、新技巧、新观念，向外寻求对美的新表现。发现美、描述美、感觉美、创造美，成为川端康成坚定不移的信念，贯穿了他创作的始终。

1968年1月，在诺贝尔文学奖的颁奖典礼上，川端康成作了名为《我在美丽的日本》的著名演讲："春花秋月杜鹃夏，冬雪皑皑寒意加"①。川端康成选择道元禅师的和歌《本来面目》作为演讲的开篇，不能不说是其深思熟虑的结果。这首和歌将春、夏、秋、冬的景致排列在一起，讴歌了四季的美，将这种美称为"本来面目"又更具一层深意。"美，一旦在这个世界上表现出来，就不会泯灭。"②这可以说是川端康成对"美"的存在所具有的强大信念。在川端康成

---

① 叶渭渠主编《川端康成文集：美的存在与发现》，中国社会科学出版社，1996，第200页。
② 叶渭渠主编《川端康成文集：美的存在与发现》，中国社会科学出版社，1996，第216页。

看来，美是一种先验的存在，人只能通过不断提升自己的审美感觉，才能感知到它。正如罗丹所说："生活中从不缺少美，而是缺少发现美的眼睛。"

自少年时代开始，川端康成就以他脆弱的神经保持着对"美"的极度敏感。川端康成自述："这不过是一座低矮的小山，在我们村子东头。东面有大片田地，视野开阔。我在儿童时代为什么要只身一人一而再再而三地跑到荒凉的山上看日出、观景色呢？蹲在小松树下，观察其叶、干颜色逐渐明亮起来的情景，至今仍然留在我的脑海里。"①独自一人用瞪大的双眼对周围的事物进行细致入微的观察，是川端康成与生俱来的本领，也是自幼在孤独的成长环境里培养起来的特殊习惯。川端康成是只怀了七个月便出生的早产儿。在从婴儿长成少年的十几年里，父母、姐姐、祖父母相继去世，他频繁参加家人的葬礼。在川端康成的少年时光里，和他做伴儿的只有双目失明的祖父。与双目失明的老人生活在一起的川端康成，一方面在祖辈的溺爱中形成了娇生惯养、恣意妄为的性格；另一方面则深深地体会到了源于生命本身的孤独寂寥之感。他在《致父母的信》中写道："只要长时间盯着祖父的脸，我这个少年便会被一种难以名状的寂寞思绪所感染。我目不转睛地盯视别人脸的习惯，或许是因与盲人单独生活多年养成的吧。"②不能享受儿童应有欢乐的川端康成，整日与行将就木的盲人祖父生活在一起，心里必定会感到无限的阴郁与孤独，想从这种末世般的生活里逃离出去，却总是被它紧紧抓住，从而在幼小的心灵里生出了一种深深的孤儿情绪，"这种孤儿的悲哀从我的处女作就开始在我的作品中形成了一股隐蔽的暗流，这让我感到厌恶。"③尽管川端康成厌恶自己作品中透露出的孤儿情绪，但是孤儿式的漂泊感和对故乡的追求与眷恋的浓浓乡愁，也正是川端康成作品的独特魅力所在。

同时，正是川端康成自幼形成的孤儿情绪和浓浓乡愁，才使得他产生了对日本传统美的赞赏和领悟。

首先，幼年时特殊生活环境造成的孤独感，从客观上和主观上都使得他形成了一种"自我封闭"。这种"自我封闭"拉开了他与他人的距离，使得他可以站在旁观的立场上观察他人、观察世界。长时间离群索居的川端康成与他人相处时，经常产生"离开一步"的现象。

---

① 进藤纯孝：《川端康成》，中央编译出版社，1998，第37页。
② 进藤纯孝：《川端康成》，中央编译出版社，1998，第36页。
③ 叶渭渠主编《川端康成文集：独影自命 创作随笔集》，中国社会科学出版社，1996，第16页。

"离开一步"这种习惯，被川端康成从生活中带到了作品里，《雪国》中的主人公岛村正是以旁观者的视角和心情看着驹子，同时又与驹子的生活保持着"离开一步"的距离。而且"离开一步"的距离也使人更加深刻地体会到岛村心中的那种漂泊感。怀揣漂泊感的岛村，三次来到雪国，也正是被浓浓的乡愁所驱使。

不过，同川端康成与人群保持着"离开一步"的态度相比，他对自然的观察就来得舒适又惬意多了。可以说，川端康成对美的体验直接来源于对自然的观察和体悟，所以日后他接触到日本传统美学时，才能毫无障碍地体会和接受。川端康成在《故园》中回忆道："从舅父家搬到中学宿舍时，觉得玻璃窗很新鲜，几乎每天晚上都要把卧具挪到窗前欣赏月亮移动，被误认为受到欺负而一人独寝，室长因此曾经遭到舍监的警告。"[①]

另外，在《无意中想起的》里也有这样的描述："我也曾只身一人到河边去午睡。水流没膝，躺在砂上，裸体而眠。船夫误以为是溺水而死者，把船划了过来。我听到船夫喊声醒来，望见天空与芦苇之间连续不断的帆群美极了。"[②]可见，少年时便"整夜欣赏月亮移动"，又觉得"天空与芦苇之间连续不断的帆群美极了"的川端康成，即使在成名后，仍醉心于日本式的美，便是自然而然的事情了。从另一角度说，从少年时便对自然美景产生强烈兴趣，与其身世背景有很大关系。缺少陪伴，所以对身边景物产生了观察的兴趣；无法通过语言进行交流，所以才要不断探索与心灵的对话："对于既不能用手摸，也不能用脚踏的东西，川端便用心灵跟它交往，跟它谈话。想去接近的兴致被打断，他便学会了跟远处的东西进行远距离谈话的方法。"[③]可见对自然细致入微的文字描写，也算是以另一种方式完成了他与自然进行心灵对话的愿望了。

其次，不能排遣的孤儿情绪和浓浓乡愁，使川端康成不断寻找对于故乡的归属感。川端康成在晚年，尤其是在他获得诺贝尔奖之后，写了很多关于"日本的美"的文章。如《我在美丽的日本》（1968年1月诺贝尔奖授奖演说）、《不灭的美》（1969年4月写于檀香山）、《美的存在与发现》（1969年5月1日、16日在夏威夷的公开演讲）、《日本文学之美》（1969年9月）、《日本美之展观》（1969年执笔）等。在这些文章里，川端康成系统讲述了他心中的日本和

---

① 进藤纯孝：《川端康成》，中央编译出版社，1998，第4页。
② 进藤纯孝：《川端康成》，中央编译出版社，1998，第23页。
③ 进藤纯孝：《川端康成》，中央编译出版社，1998，第39页。

日本的美，此时的川端康成固然是站在世界的舞台上，担负着向世界（尤其是西方世界）介绍日本美的重任，可谁又能保证，在川端康成背靠日本面对世界的时候，他的内心没有一点点感触和波动呢？就像他的作品在融合了西方的表现派及达达主义的新颖的表现方式之后，却仍要从日本传统文学中吸取营养和力量一样，面对世界文坛这样的高度时，他回望过去，才发现日本就是他的故乡，传统日本的美就是他的心灵归属。

朱光潜说，美既不是主观的，也不是客观的，而是主观与客观的统一。川端康成则"感受到美的存在与发现的幸福"①。正如川端康成在谈到日本传统文学中最重要的"风雅"概念时的阐述："风雅，就是发现存在的美，感受已经发现的美，创造有所感受的美。"②其中便反映了川端康成所关注的美的全部范畴。

二、引起广泛共鸣的"卑贱之美"

川端康成偏爱在作品中塑造命运悲惨的女性形象，这一方面固然是因为川端康成对女性的情感有着天然的敏感和极大的兴趣，另一方面也是因为在川端康成看来，从柔弱女性身上更容易展现出日本的美。

与从古希腊戏剧中沿袭下来的，通过描写英雄人物的悲剧命运来使人产生巨大震撼的西方文学传统不同，川端康成更喜欢描写底层人物的命运，体会底层女性细腻情感中表现出的淡淡哀愁背后蕴藏的对虚无的命运的悲叹和无常的感伤。而这正与日本传统文学一脉相承。《林金花的忧郁》发表在《文艺春秋》的创刊号上，川端康成在里面写道："有些女人具有更加可怜、更加卑微的劣根性，似乎写写她所具有的劣根性和由于境遇所带来的情绪更有意思。"③似乎在创作初期，川端康成已经将目光投向具有"卑微"特征的女性。这一时期，川端康成第一次离开乡下，来到东京，最初落脚的地方是堪称"东京心脏"和"人间市场"的浅草，此地景状是这样的："浅草乃是万众的浅草。在浅草，一切的一切都展现着它原始的状态。人类的各种欲望赤裸地跳着舞。所有的阶级和人种，混合在一起成为一股巨大的潮流。从早到晚，它无边无际地、深不见底地涌流着。浅草推着民众一步一步前进。大众的浅草是熔化一切事物的旧形

---

① 叶渭渠主编《川端康成文集：美的存在与发现》，中国社会科学出版社，1996，第250页。

② 叶渭渠主编《川端康成文集：美的存在与发现》，中国社会科学出版社，1996，第239页。

③ 叶渭渠主编《川端康成文集：掌小说全集》，中国社会科学出版社，1996，第6页。

态，并使之成为一种新形态的大熔炉。"①在浅草，川端康成被大城市的喧闹和混杂的气息所吸引，这里聚集了很多痛苦谋生的外乡人，川端康成将创作的目光投向他们，写出了《招魂节一景》《林金花的忧郁》《南方的火》等作品，而在这里川端康成也遇到了一位爱恋的女子，并达成第一次婚约，这不能不说是川端康成对"卑微"女性感兴趣的一个明证。而且川端康成自己也在《文学自传》里说道："觉得浅草比银座，贫民窟比住宅区，香烟女工下班比女子学校放学时，对我更有抒情味。我被卑贱的美所吸引……"②

可见，不管是在《伊豆的舞女》中结伴旅行的巡回艺人舞女也好，《南方的火》中东京小咖啡馆的女招待员三千子也好，《招魂节一景》中马戏团的姑娘阿光也好，《林金花的忧郁》中的少女林金花也好，川端康成都被其"卑贱的美"所吸引。

需要说明的是，这里所谓的"卑贱的美"绝非贬义，只是对来自底层女性的一种身份说明。这些女性往往出身卑微，在时代背景下，描写卑微女性的故事，更能引起人们的同情。而卑微女性身上表现出来的美，就像开在废墟上的花朵，更显出一种令人叹息的美感。另外，"卑贱的美"也暗示了一种悲剧性。伴随着"卑贱的美"产生的命运，也必然带有悲剧性，这一点在川端康成的作品中体现得十分明显。以《雪国》中的女主角驹子为例，驹子是一个出身卑微的艺妓，她一方面想摆脱这种屈辱的命运，一方面却又不得不通过卖艺赚钱来为行男治病。跟岛村相识之后，她以全部热情投入到欢乐的恋爱之中，可是在内心空虚的岛村看来，驹子这种无意义的行动更显出其徒劳地与命运抗争的悲惨。作品中写道："倾心于岛村的驹子，似乎在根性上也有某种内心的凉爽。因此，在驹子身上迸发出的奔放的热情，使岛村觉得格外可怜。"③像驹子这样的女性总是挣扎在底层生活中，纵使有要改变自身命运的想法，也难以实现，而在旁人看来，就连想改变自身命运的努力也是徒劳的，带有悲剧性的美。川端康成作品中通过对底层女性"卑贱的美"的描写，透露的淡淡的哀伤，成为其直接传承日本传统文学的特色所在。

值得注意的是，川端康成的作品译进中国之后，中国作家对其笔下的"卑贱的美"产生了深深的共鸣。在川端康成文学的影响下，许多中国作家都将审

---

① 叶渭渠主编《川端康成文集：日兮月兮 浅草红团》，中国社会科学出版社，1996，第213页。
② 进藤纯孝：《川端康成》中央编译出版社，1998，第111页。
③ 川端康成：《雪国 古都 千只鹤》，译林出版社，1996，第89页。

美对象放在了具有"卑贱的美"特征的小人物身上。这一方面说明，川端康成作为著名作家，其作品具有普遍的审美意义，给中国作家提供了文学养分。另一方面也说明，中国作家对"卑贱的美"的认同感，为"卑贱的美"的持续发酵提供了土壤。

中国作家对"卑贱的美"深有感触，这来源于中国知识分子骨子里同情底层劳动者的传统。现代中国饱受战乱之苦，劳动人民生活在水深火热之中，中国人民对社会的黑暗有亲身体会。面对这沉重的现实，中国现当代许多知名作家都通过自己的作品表达了对底层人民悲苦命运的关注。如老舍的《月牙儿》就是以清新自然的笔触，描写了一个命运悲惨的女子被男人欺骗，生活无以为继，只能和母亲一样走上娼妓之路的故事，其中月容的遭遇与《雪国》中驹子的悲剧命运同样令人唏嘘悲叹。

对现实社会的虚伪与罪恶有着深入洞察的中国作家，自然会对"卑贱的美"具有特殊的敏感度。川端康成的作品虽然没有直接控诉社会的黑暗，可是在中国作家看来，那些卑微女子的命运之所以那么悲惨，无一不是被社会蹂躏的结果。这样具有"卑贱的美"的底层人物，在中国作家看来具有更丰满的血肉，就像生活在自己身边的人一样。这些人物的喜怒哀乐更贴近普通百姓的生活与情感，更接地气。能在一个日本作家的笔下看到如此贴近自身生活的人物形象，对于中国作家来说，无疑是一种独特的体验。

三、具有异域风情的"和风之美"

川端康成获得诺贝尔文学奖，是因为他"明显地受到欧洲近代现实主义的影响"却仍"忠实地立足于日本的古典文学，维护并继承了纯粹的日本传统的文学模式。"可见，川端康成文学中体现出的日本传统文学之美，已经在世界范围内得到了广泛认同。

日本传统文学之美在川端康成作品中有全方位的体现。首先在于对"愍物宗情"（即物哀）的情绪描写。铃木修次教授在分析"愍物宗情"时认为，"愍物宗情"是一个没有限制的宽泛的词，其为自然、人、人造物均可。凝视一个对象而产生的悲欢，皆为"愍物宗情"，这里蕴含着日本人的文学精神。① 对

---

① 铃木修次：《中国文学与日本文学》，海峡文艺出版社，1989，第58-59页。

于这种"凝视对象而产生的悲欢"，川端康成拿捏得很准，完全掌握了"愍物宗情"的精髓。

从《古都》和《千只鹤》的描写中，可以体会出川端康成文学中浓郁的"愍物宗情"意味，"在树干弯曲的下方，有两个小洞，紫花地丁就分别在那儿寄生，并且每到春天就开花。打千重子懂事的时候起，那树上就有两株紫花地丁了。上边那株和下边这株相距约莫一尺。妙龄的千重子不免想道：'上边和下边的紫花地丁彼此会不会相见，会不会相识呢？'"①"洁白和浅红的花色，与志野陶上的釉彩浑然一体，恍如一片朦胧的云雾。他脑海里浮现出文子独自在家里哭倒的身影。"②

其次，日本传统文学之美中的"风雅"与"幽玄"在川端康成作品中亦体现得极为明显。"日本人提到'风雅'首先要想到'典雅'和'消遣'，其次要想到追求游离于人生的美的世界的心情。"③对于"风雅"这个概念，叶渭渠这样理解："这里所谓的风雅不是指一般风流文雅之意，而是指日本人美的意识中对自然所感受到的美、对风物所怀抱的情。"④在川端康成的作品中，"风雅"也似乎染上了川端康成特有的混杂着孤独与感伤的情绪，变成为其服务的对象。"发现花未眠，我大吃一惊。有葫芦花和夜来香，也有牵牛花和合欢花，这些花差不多都是昼夜绽放的。花在夜间是不眠的。这是众所周知的事。可我仿佛才明白过来。凌晨四点凝视海棠花，更觉得它美极了。它盛放，含有一种哀伤的美。"⑤凌晨醒来的川端康成以充满哀伤的心情欣赏夜晚不眠的海棠花的美，不得不说是将日本式的"风雅"发挥到了极致。

"幽玄"是日本传统文学之美中的另一个重要概念，在日本人的审美观念里，暧昧模糊、朦朦胧胧才是美。"幽玄就是对变化的世界中永恒事物的瞥视，就是对实在秘密的洞察。"⑥日本棋院五楼的特别对局室被称为"幽玄之屋"，其中所挂的写有"深奥幽玄"的卷轴便是出自川端康成的手笔。可见对于"幽玄"，川端康成似乎有其独到的理解。"幽玄"本就是与佛教相关的词汇，川端

① 川端康成：《雪国 古都 千只鹤》，译林出版社，1996，第105页。
② 川端康成：《雪国 古都 千只鹤》，译林出版社，1996，第311页。
③ 铃木修次：《中国文学与日本文学》，海峡文艺出版社，1989，第15页。
④ 叶渭渠：《日本文化史》，广西师范大学出版社，2003，第120页。
⑤ 叶渭渠主编《美的存在与发现》，中国社会科学出版社，1996，第152页。
⑥ 铃木大拙：《禅与日本文化》，生活·读书·新知三联书店，1989，第149页。

康成几篇代表作品中意义不明又意味深远的结尾，充分体现了这种含蓄暧昧的"幽玄"深奥之感，例如，有如下描写："驹子发出疯狂的叫喊，岛村企图靠近她，不料被一群汉子连推带搡地撞到一边去。这些汉子是想从驹子手里接过叶子抱走。待岛村站稳了脚跟，抬头望去，银河好像哗啦一声，向他的心坎上倾泻了下来。"[①]"千重子抓住红格子门，目送苗子远去。苗子始终没有回头。在千重子的前发上飘落了少许细雪，很快就消融了。整个市街也还在沉睡着。"[②]

最后，川端康成作品中的"无常"观也直接承袭于日本传统文学。日本传统文学中的"无常"观是与佛教中的无常观紧密相连的。川端康成作品中的"无常"观，就体现在对虚无和徒劳的阐释上。《雪国》中驹子的抗争显出一种徒劳的美。《古都》中千重子与苗子这对孪生姐妹的命运，似乎也任由命运之手无情地拨弄。所有追求在川端康成眼中都有一种徒劳的伤感，川端康成自己是否也在相随一生的孤儿的命运中，体验着一种虚无和徒劳呢？对于"无常"观，川端康成深有体会。从亲人相继离世的孤独中，他体会到了生命的无常，从对美的无限追求与感悟中，他体会到虚无的悲伤。落花流水、冬雪夏雨，无不体现着他在感悟无常的背后透出的那份悲凉。

这些体现在川端康成文学中的日本传统文学之美的元素，在中国作家眼里具有特殊的异域风情，代表了"和风之美"。正如铃木修次教授所说，寻找"风雅""幽玄"和"象征美"，这是日本艺术的一般倾向。

四、东西方交汇的"新感觉之美"

在日本文坛，川端康成成为新感觉派的旗手，是从《文艺时代》创刊时开始的。"《文艺时代》的创刊号由川端、片冈负责。据片冈说'但我常偷懒，由川端君一个人去奋斗'。"[③]可见，《文艺时代》俨然成为川端康成宣扬新感觉派文学的领地了。新感觉派初登场时带着一股革新日本文坛的气势。在《文艺时代》的创刊辞里川端康成写道："我们的任务必须是革新文坛上的文艺，并更进一步从根本上革新人生中的文艺或艺术意识……"[④]这些话透出了青年川端康成的昂扬斗志。

---

① 川端康成：《雪国 古都 千只鹤》，译林出版社，1996，第102页。
② 川端康成：《雪国 古都 千只鹤》，译林出版社，1996，第253页。
③ 进藤纯孝：《川端康成》，中央编译出版社，1998，第124页。
④ 进藤纯孝：《川端康成》，中央编译出版社，1998，第124-125页。

《文艺时代》期间，川端康成发表了《脆弱的器皿》《走向火海》《锯与分娩》《蝗虫与金琵琶》《手表》《戒指》《结发》《金丝雀》《港口》《相片》《白花》《仇敌》《月》《万岁》《谢谢》《偷茱萸菜的人》等作品，后都收入掌小说全集里。可以说川端康成通过这些短篇小说，磨炼了创作技艺，娴熟了创作手法，确立了他新感觉派的创作风格。

作为新感觉派旗手的川端康成，其创作风格受到西方现代主义思潮的影响，他的作品正是将外来的西方文艺融入了日本传统文学的大家庭，创造了独特的审美风格。千叶龟雄这样描述新感觉派："这是站在特殊视野的绝顶，从其视野中透视、展望，具体而形象地表现隐秘的整个人生……同时通过简朴的暗示和象征，仿佛从小小的洞穴来窥视内部人生全面的存在和意义。"[1] 川端康成的作品正是从西方拿来了"暗示和象征"的新表现手法，自细微之处入手，通过日本传统文学中特有的纤细韵味来"窥视内部人生全面的存在和意义"。

《脆弱的器皿》描写了一段关于瓷观音像倒下的梦，梦中的"她"蹲在地上收拾洒落一地的碎片。从这充满了暗示和象征的情景中，作者联想到"年轻女子的确容易毁坏。有一种观点是，恋爱本身也意味着毁坏年轻女子。"[2] 以收拾破碎瓷片的女子来象征恋爱中情感脆弱的女性，一边受着身体碎裂的伤，一边还要自己收拾起残片，其中传递出无限的伤感情绪。

川端康成对日本传统文学的继承和发展，很受中国作家关注，这种成功对中国作家也具有极其现实的借鉴意义。作为同样在近代受到西方影响而开始现代化进程的东方国家，中国和日本存在许多相同之处。日本自明治维新之后开始大开国门，全盘接受西方文明，日本文坛上的私小说，自然主义、白桦派、新感觉派，无产阶级文学等，皆受到了西方文艺思潮的影响，川端康成在接受西方现代主义思潮的洗礼之后，却没有唯西方文化马首是瞻，而是以取其精华、去其糟粕的精神，将西方现代主义的要素植入了日本文化之中，两者互融，诞生了新感觉派，并且使西方文明也对其作品产生了审美认同，从而将日本文学、日本文化带出国门，推向世界，完成一次卓越的东方美学展示，这不能不说是一种空前的成功。

---

① 贺昌盛：《从"新感觉"到心理分析——重审"新感觉派"的都市性爱叙事》，《文学评论》2006年第5期。

② 叶渭渠主编《川端康成文集：掌小说全集》，中国社会科学出版社，1996，第31页。

第二节　川端康成作品对传统美的开拓

　　川端康成文学深深地扎根于日本的传统之中，但川端康成又是一战后遍布全世界的现代派艺术潮流中的弄潮儿。因此，长谷川泉认为，"对川端康成这样一个作家，如果不接触和尊重日本的文化传统，或无视和否定西方现代主义的影响，就无法谈论川端康成文学。"[①]

　　在东西方文化的对比中，川端充分认识到：一方面，要借鉴外来的文学艺术，来充实和丰富传统。另一方面，借鉴外来的文学艺术，也绝不能脱离民族的文化传统。因此，西方现代派文学的因子在经过短暂、激烈的异体对抗之后，很快就以温和的方式溶入了川端康成文学的血液之中，实现了"内化"。新感觉派落潮后，川端逐步将新感觉派的主观感受从浅层的感觉范畴推进到情感范畴，并使之与日本传统的自然美、人情美相结合。此外，他也没有单纯模仿西方意识流，而是结合自身的禀赋，使意识流小说的心理时空观及其对无意识的挖掘，与他那传统的"空""无"思想及其对"魔界"的探索进行了完美的融合。因此，从整体来看，川端康成在新感觉派及新心理主义时期的探索，不仅没有冲淡传统美在其文学中的主体地位，反而使传统美焕发出新的光彩。同时，也正是这种探索才使川端康成文学既富有现代性、世界性，又不失本民族的传统文化之精髓。

一、新感觉派运动中的探索

　　日本新感觉派运动是一战后在西方现代文艺思潮的影响下，兴起的一场文艺革新运动。此时，川端康成刚刚大学毕业，内心充满了对文学的探索热情。在当时独特、复杂的历史条件下，他与横光利一等文学青年于 1924 年 7 月创办了《文艺时代》，发起了新感觉派运动。在这场运动中，川端发表了一系列

---

① 　长谷川泉：《长谷川泉日本文学论著选 川端康成论》，时代文艺出版社，1993。

理论文章，并成为该运动的旗手。新感觉派时期的探索尽管有些偏激，但它不仅大大拓展了川端康成文学的艺术空间，还使川端初步探寻到了东西方相结合的文学创作道路，为日本传统文学之美增添了新的生命和活力。

（一）《文艺时代》的创刊

新感觉派诞生于大正末、昭和初的大混乱时期。在第一次世界大战中，作为战胜国，日本借此获得了短暂的"繁荣"。但在战后席卷整个资本主义世界的通货膨胀中，日本也不可避免地卷入其中，工人失业、农民破产，物价暴涨，整个社会生活陷于困境。1918 年 7 月底，富山县渔村爆发了"夺粮事件"，伴随社会动乱而来的是毁灭性的自然灾害。1923 年 9 月 1 日的关东大地震，将日本的政治、文化中心——东京夷为一片废墟。重要的文学杂志《悍马》《白桦》《解放》《戏剧与评论》《诗与音乐》等，也都不得不相继停刊。

社会的动荡使人们陷入混乱、迷惘的生活，而地震的灾难又进一步加深了人们内心的不安。一方面，地震的灾难使万象世界瞬间土崩瓦解，这必然导致了人们对客观世界和主观信仰的怀疑和否定，以及对社会、历史、人生的反思和彻悟。另一方面，随着震后经济的恢复、重建工作的开始，一张张新的城市蓝图清晰地出现在人们的眼前。日本以此为契机加速了欧美化的发展步伐，西方工业社会的享乐风潮也在这种背景下席卷了日本列岛。这不仅改变了日本的物质生活，也无情地摧毁了日本传统的价值观念。因此，在天灾人祸面前，许多日本人，尤其是知识分子，对自己在社会中的存在深感不安，并产生了消极和绝望的情绪。此种情形恰如横光利一所言："当下生活在东京的人们的精神状态，就跟猫眼似的年年起着变化……这一来，似乎不安就该是理当然存在的，于是不安之精神就像雨后春笋般生长起来。"[1]

天灾人祸给人们的内心带来了极大的恐慌与不安，并引起了知识分子，尤其是作家们的关注。以新的书写形式描写人们内心的彷徨与绝望已成为一种必然要求，这进一步导致了作家们对旧有文学的怀疑和否定。20 世纪初形成的自然主义文学一直占据日本文坛的主流，不是"私小说"就不属于纯文学，这种文学观念根深蒂固。其间虽然出现过"白桦派""新思潮派"文学，但仍未能改变整个日本文坛沉寂、停滞的状态。在这种情况下，许多新进的作家尝试着

---

[1]　横光利一：《感想与风景》，广西师范大学出版社，2005，第23-24 页。

探索一条新的文学创作道路。他们力图放弃自然主义纯客观地描写物质世界的传统，主张文学创作视点的"内转"，以期获得精神上的"充实"。横光利一认为，日本人即便心理各不相同，面部神经也会采取统一表情，仅凭外部描写是无法把人的心理状况传达给读者的。因此，他激烈地指出："所谓小说家，必须总是注视着人类无意识和意识底流的人，如果做不到这一点，那么就算他是个作家，也将毫无作为，他仅仅是在写着而已。"① 由此可见，社会的动荡、地震的灾难从内在层面上促进了新感觉派文学运动的兴起。

在新感觉派运动的浪潮中，性情淡泊的川端成为该运动的旗手。乍看这似乎令人感到吃惊，但若稍加分析，便会得知这又是必然的。其一，从川端康成的个性、气质来说，内向的性格使他形成了轻现实、重心理的创作风格，"与事件本身相比，我更注重心理感受。"② 川端的这种创作倾向与现代主义文学的核心主张——创作视点"内转"是一致的。其二，孤儿的遭遇使川端形成了对自然主义文学，特别是"私小说"创作模式的天然反叛。大正时期的私小说是以生活在家族中的"自我"为创作核心的，而孤儿的命运使川端很早就脱离了家族。于是"私小说"所过分关注的"自我"自然不适合川端。因此，中村光夫说："'我'的崩溃和与其相关的新感觉的炼金术对川端来说是自然的、天生的，没有必要接受什么城市的刺激。"③ 其三，从川端康成当时所处的生活氛围来说，他也具有接触西方现代主义文学的条件。在大正十二年一月一日的日记中，川端记下了这样一件事情："去喜八的住处，谈表现派、达达派"，同时"和喜八的聊天，让我想到新的表现方式和新精神的创造。应该有一个转变去开拓新的境界。"④ 北村喜八是川端的好友，对西方现代主义颇为关心，他还曾为《中央美术》二月号写过达达主义的介绍文章。另外还有一个人对川端康成新感觉派意识的觉醒产生了重要影响，他就是川端一高时代的低年级同学村山知义。村山是构成派的旗手，在《文艺时代》创刊后负责设计装帧并撰稿。此外，在《现在的艺术与未来的艺术》中，村山知义还介绍了毕加索等人的现代派艺术，并批判了未来派及表现派的局限性。

---

① 横光利一：《感想与风景》，广西师范大学出版社，2005，第70页。

② 叶渭渠主编《川端康成文集：独影自命 创作随笔集》，中国社会科学出版社，1996，第263页。

③ 叶渭渠、千叶宣一、唐纳德·金主编《不灭之美 川端康成研究》，中国文联出版社，1999，第156页。

④ 叶渭渠主编《川端康成文集：独影自命 创作随笔集》，中国社会科学出版社，1996，第74页。

在内外条件都具备了的情况下，新感觉派的诞生已成为指日可待之事。1924年7月，菅忠雄、今东光、石滨金作三人发起创办一份新的杂志的号召，立即得到川端康成、横光利一、片冈铁兵的积极响应。同年10月，川端康成与中河与一等十四人，继无产阶级文学家创办《文艺战线》一刊之后，宣布新刊物《文艺时代》的诞生。刊物的名称是由川端康成起的，发刊词也是出自他的手笔。之后，在1924年11月号的《世纪》杂志上，文艺评论家千叶鬼雄发表了题为《新感觉派的诞生》的文章。在文章中，千叶指出该刊青年作家的创作倾向是重视技巧和感觉，因此，他们的出现意味着"新感觉派"的诞生。《文艺时代》的同人便由此获得了"新感觉派"的称号。不过川端康成对这个称谓有他自己的看法：一方面，他在1925年1月的《文坛的文学论》中指出，"把片冈铁兵等作家作品中的共同特点概括为'新感觉'，这体现着敏锐机智的见解，但'新感觉派'这个名称不是光荣的称号。我为各位作家朋友着想，并不乐意接受这个名称……没有体现本质性的东西，含带着往往误以为必是短命的某种倾向的文艺的味道。"① 另一方面，川端又保持既不断然拒绝，也不随声附和的态度，而是巧妙地把"新感觉"一词加以解释，使之具有确切的、符合实际的内涵，从而为我所用。这就是说，川端康成既要把自己以及同人的创作从暧昧的、狭窄的所谓"新感觉派"的框架中解放出来，又要利用这个称号牢牢地把握住新感觉派文学运动的方向，以在风云变幻的文坛上站住脚跟，川端的这种态度初步显示了他作为理论家的聪明和才智。

（二）新感觉派的理论家

进藤纯孝认为，新感觉派时期的川端康成"与其说是作家，不如说是批评家。"② 作为"新感觉派的双璧"，如果说横光利一是用作品宣誓了他的存在，那么川端康成则是用理论奠定了他在这场运动中的地位。新感觉派曾被人批评为没有理论的文学运动，在某种意义上，这种观点是有一定道理的。作为新感觉派的主要阵地，《文艺时代》的确没有提出明确的理论。但是新感觉派成员也曾力图阐述自己的文学理论，建立自己的体系。当时发表的重要文章有横光利一的《感觉活动》（后改名为《新感觉论》），以及片冈铁兵的《告年轻读者》《新感觉派的主张》等。其中川端康成的《新进作家的新倾向解说》《新感觉

① 叶渭渠主编《川端康成文集：美的存在与发现》，中国社会科学出版社，1996，第119页。
② 叶渭渠主编《独影自命 创作随笔集》，中国社会科学出版社，1996，第168页。

之辩》以及《文坛的文学论》等文章最为突出。概括起来，川端康成的新感觉派理论主要有以下两方面的内容：

1.反对既有文坛，倡导新文艺

《文艺时代》同人这批年轻作家结合在一起的首要动机就是不安于现有秩序和旧文化，希望以一种新的文艺冲破旧的束缚，打破文坛令人窒息的停滞状态。因此，在《文艺时代》创办前后，川端康成和横光利一发表了一系列反对自然主义文学的文章和作品。在文章中，他们提出了自己的创作主张：反对只追求外在的真实，反对使用呆板的文体和烦琐的语言；倡导感性直观地把握事物的表象，并且要使用新奇的文体，以寻求新的感觉和新的现实。在《期待明天的文艺》中，川端说，"未来的文坛，不仅要求每个作家面目一新，也要求我们的艺术意识焕然一新"，并且由于自己"多少弄清楚了目标与既有文坛向来的目标不同"，因而"对既有文坛的关心也逐渐淡漠了"。[①]其实，早在新感觉派诞生之前，川端康成就以批评家和理论家的身份登上文坛，并开始为新文艺的到来而摇旗呐喊了。1922年1月，川端应《时事新报》之邀为该报撰写《创作月评》，从此开始了他长达二十年之久的理论批评活动。同时这也是川端主张改革旧文坛、呼唤新文艺的开端。这一年，川端发表的重要文章有《本月的创作界》《论现代作家的文章》等。在《论现代作家的文章》的结尾，川端发出了呼吁："我对向来的文字表现的精神和方法，都非常不满……我认为应该有一次机会通过文字的自我怀疑，乃至自我否定的炼狱，来找出新的表现。这并不是鲁莽地一出口就狂言或豪语。我对今天的新进诸家没有志气而感到悲哀。我想对诸位说的是，新精神需要新的表现，新的内容需要新的文章。"[②]1923年，川端康成在文学理论与批评方面表现出更加活跃的姿态，发表了《新春创作评》《三月文坛创作评》《七月的小说》《最近的批评与创作》《余烬文艺的作品》《新文章论》《遗产与魔鬼》等多篇理论文章。在这些文章中，川端强调了其改革旧文坛、创造新文艺的主张。例如，在《余烬文艺的作品》中，川端指出："地震前的文艺已达到了一个烂熟的顶峰……即使没有地震，也应该有新的文艺取而代之了……我们不能梦想有了这次地震，文艺立刻就更新了，只是说，地震的确是既成文艺的终点。地震前派和地震后派这种说法也许会具有活

---

① 进藤纯孝：《川端康成》，中央编译出版社，1998，第312页。
② 叶渭渠主编《川端康成谈创作》，生活·读书·新知三联书店，1988，第15页。

生生的意义。我们想以此为契机更加大胆地直言不讳，向既成文艺提出我们的不满，提倡以具体的形式要求新文艺的诞生。"①在《新文章论》中，川端也表露了同样的态度："今日的创作界必须转向新的方向。我力求对新进作家比对既有文坛的作家更感兴趣。"②在《遗产与魔鬼》中，川端的言辞更为激烈："新一代作家不是戴着老花眼镜看月亮的消极性视力者，必须是望远镜的发明家。望远镜发明家看见月亮时的惊喜就具有招致魔鬼的巨大力量。这魔鬼可以促进艺术创造作用"，新一代作家的作品必须是年轻姑娘的舞蹈。作为衡量文艺新鲜性的尺度，川端康成的这种看法似乎终身未变。或许正是他"不满足于继承文艺世界的遗产"，拥有"赤手空拳在荒野上彷徨开拓的进取锐气"，才使他的作品独树一帜，并充满生机。

　　1924 年 10 月，川端康成以更加丰富的评论迎来了《文艺时代》的创刊。一至九月份，他连续不断地发表了十余篇文章，如《新文坛的收获》《冒险的未来》等。十月份，在《文艺时代》创刊号上发表的《创刊词——新生活与新文艺》中，川端集中、鲜明地表达了其革新文艺的决心。《文艺时代》的名字是由川端命名的，对此，他做了这样的解释："确定《文艺时代》这个名称既是偶然的，又不完全偶然。从'宗教时代'走向'文艺时代'这句话，朝夕萦绕在我的脑海里。旧时宗教在人生和民众中所占据的位置，在未来的新时代将由文艺所取代……然而，只有我们才能创作新的文艺，同时创造新的人生。"关于《文艺时代》诞生的目的，川端认为"是新作家对老作家的挑战，可以说它是一场破坏既有文坛的运动"。针对这一目的，川端还进一步对新作家提出了要求："新文艺的创造即新生活的创造，新生活的创造即新文艺的创造；若不是这样的话，那么每一项工作对我们来说将近乎无意义。""我们的责任是：必须从根本上更新文坛上的文艺，进而更新人生的文艺或艺术观念"。最后，川端表达了自己的希望和信心："本杂志就是载着我们奔向明日之彼岸的挪亚方舟上的一根船桨。""何为新生活？何为新文艺？从现在开始我们将做出回答。"③通过上述评论活动可以察知，在当时的新感觉派成员中，川端康成显得最具激情，也最充满朝气与活力。

　　总之，在《文艺时代》创刊前后的几年中，川端康成以理论家和批评家的

---

① 进藤纯孝：《川端康成》，中央编译出版社，1998，第 41 页。

② 叶渭渠主编《川端康成谈创作》，生活·读书·新知三联书店，1988，第 22 页。

③ 进藤纯孝：《川端康成》，中央编译出版社，1998，第 58 页。

文笔刺激了旧文坛，促进了新文学的诞生。他因充满朝气和锐气的文章，颇引人注目，甚至被人嘲笑为"破坏现有文坛的勇士"。

2. 阐述新感觉派的创作方法和理论依据

1925年1月，川端康成发表了《新进作家的新倾向解说》一文，副标题是"新感觉艺术表现的理论根据"。在一定程度上，这篇具有启蒙性、支柱性的论文规定了新感觉派作家的创作方法和运动方向。文章就有关表现主义的认识论、达达主义的思想表达方法等问题展开了详细的论述，并把这两者作为新感觉派的理论依据。该文依然贯彻了川端康成有关新感觉派理论文章的核心精神——"反对既有文坛，倡导新文艺"，除此之外还有两个主要论点，即倡导"新的感觉"和"新的表现"。因为，在川端看来，"没有新的表现就没有新的文艺，没有新的表现就没有新的内容，而没有新的感觉则没有新的表现。"[1]

文学史家吉田精一认为："这（新感觉派）是在思想上没有建设性，而只是在形式和手法上企图打破旧习惯的破坏性运动。"[2]新感觉派诞生伊始，因其被斥为"技巧派"，也在文坛上展开了围绕"内容与形式"问题的激烈论争。但是"艺术上最重要的首先是形式，其次是感想，再次是思想。"[3]从本质意义上来说，形式不等于技巧，它高于技巧。因此，新感觉派的骁将川端康成和横光利一等新进作家要求打破旧的文体形式、采用"新的表现"的主张，并不单是文学形式本身的改变，更为重要的是整体文学观念的转变。因此，正是由于新感觉派，日本文学才第一次获得了与世界文学同步的机会，初步实现了文学由传统向现代的转变。可以说，这也正是新感觉派出现在日本文学史上的价值和意义。

（三）新感觉派的影响

新感觉派在1925—1926年达到巅峰，其后便告分化。《文艺时代》也在"同人不写了、泄了气"的状况下，只好于1927年5月停刊。但是川端康成并没有因运动的结束而彻底放弃新感觉派。甚至可以说，在川端康成文学中，新感觉派并非仅在此段时期内的孤立、偶然的存在，而是以此为据点向前不断延伸、向后不断发展，从整体上对川端康成文学产生了重要影响。《十六岁的日

---

① 高惠勤主编《川端康成作品精粹》，河北教育出版社，1993，第482页。
② 吉田精一：《现代日本文学史》，上海人民出版社，1976，第127页。
③ 叶渭渠、唐月梅：《日本现代文学思潮史》，中国华侨出版社，1991，第166页。

记》和《招魂节一景》就是创作于新感觉派诞生之前，但与其精髓相通的作品。发表于 1921 年的《招魂节一景》，其表达方式则更接近于新感觉派的艺术特色。首先，小说的时间在过去与现在之间自由地跳跃，打破了传统创作的时空秩序。其次，在人头攒动的氛围里，小说对眼前的景象的描写逐渐变为快节奏的、色彩纷呈的感觉丰富的诸多立体画面。

因此，这篇小说已初步展现出《浅草红团》之"万花筒"式的叙事方式。《文艺时代》停刊之后，川端康成开始探索将新感觉派的艺术手法与日本的传统之美相结合的创作道路，"那种新鲜锐利的前卫性，逐渐变质，逐渐柔和下来，形成滋润着浓重的日本式的抒情的东西。"①总之，新感觉派不仅逐步使川端康成文学所体现的传统之美得到了深化，还直接促进了川端康成对新心理主义文学的进一步探索。

川端康成在《番外波动调》中说，新感觉派"虽然，少女时代穿洋装，成人后仍否还穿洋装，那将是今后的问题"。②后来，川端以自身的努力，对此做出了明确的否定回答。在新感觉派运动退潮后，川端就开始探索如何将新感觉派的主观感受从浅层的感觉范畴推进到情感范畴，并使之与日本传统文学的一大特色——"内向性"相契合。正是在传统与现代相结合的基点上，川端迎来了其巅峰之作《雪国》的问世。长谷川泉对川端的这一探索做出了中肯的评价："艺术的近代派的中坚是新感觉派。即使在新感觉派衰落之后，只有川端康成一直到晚年仍使它栩栩如生，对其本质给予了最鲜活的生命力，使之巧妙地延续下来的。"③

《雪国》动笔于 1937 年，定稿于 1947 年，这部十年心血的结晶充分体现了川端康成文学的艺术精髓。无可否认，《雪国》展现了日本民族传统的自然美和精神美，在前几章中，对此已从多角度做过论述，在此不再赘述。但对传统的继承与展现只是《雪国》艺术特色的一个层面。与此同时，川端康成还将现代主义手法，如新感觉派融入其中，从而赋予传统之美以新的色彩。比如，小说对严寒的雪景的描写会使人感到"整个冰封雪冻的地壳深处响起冰裂声"；对深夜的天空的描绘会使人感到星星"以虚幻的速度慢慢坠落下来"；对边境上茫茫夜色中的群山的描绘则会使人感到那压下来的重重叠叠的黑影，"沉重地垂在星

---

①　长谷川泉：《长谷川泉日本文学论著选　川端康成论》，时代文艺出版社，1993，第 90 页。

②　进藤纯孝：《川端康成》，中央编译出版社，1998，第 42 页。

③　长谷川泉：《长谷川泉日本文学论著选　川端康成论》，时代文艺出版社，1993，第 441 页。

空的边际"。① 在这里有音响的感觉，有冷暖的感觉，有明暗的感觉，有重量的感觉。因此，张德林先生说："写感觉写得如此出色，我还没有看到第二个作家能够超过他。"② 更为可贵的是，川端康成在写人、写景、写事时，都采用内视角的叙述方式。可以说，《雪国》整部小说都是从岛村的具体感觉和情绪出发，因而使自然美、人情美与感觉美融为一体，达到了传统与现代水乳交融的艺术效果，给人以美的享受。在小说的结尾部分，川端康成对岛村视野中的银河的描写就典型地具有这种自然美、人情美与感觉美相融合的艺术特色。

《雪国》是川端康成长期探索的结晶，在传统与现代相结合的基点上，他终于寻求到了自身独特的文学创作之路。可以说，在此后的创作生涯中，川端康成基本上延续了《雪国》的创作路线。即使在战后集中展现传统美的作品中，川端康成也没有忘却使"新的感觉"在传统的氛围中发出耀眼的光辉。例如，在《千只鹤》中，菊治感到雪子的手"恍若朵朵绽开的红花"③。这种新奇的感觉充分突现了菊治视野中的雪子的纯洁；《一只胳膊》中，川端又用"整个春季都隐藏不露的润泽，夏季凋零前的蓓蕾的光泽"④来表现姑娘洁白的胳膊所给予男主人公的心理感觉，并以此彰显女性的纯洁。因此，在一定程度上，新感觉派的探索不仅大大拓展了川端康成文学的艺术空间，还使其所展现的传统之美得到了深化，给它增添了新的生命和活力。

另外，新感觉派还直接促进了川端康成对新心理主义文学的进一步探索。川端曾说过："在艺术手法上，新感觉派与以后出现的现代主义、新心理主义都有所关联。"⑤ 在最具新感觉派风格的《浅草红团》中，川端康成对目不暇接、色彩斑斓的浅草风物进行描写时，不是按照一定的秩序对其进行一个详细的解说，而是在即物的连接和罗列中给以准确的传达。

二、传统与意识流的交融

意识流小说是在第一次世界大战前夕，由法国作家普鲁斯特、英国作家伍

---

① 叶渭渠主编《川端康成文集：雪国 古都》，中国社会科学出版社，1996，第31页。
② 张德林：《现代小说美学》，湖南文艺出版社，1987，第118页。
③ 叶渭渠主编《川端康成文集：千只鹤·睡美人》，中国社会科学出版社，1996，第17页。
④ 川端康成：《伊豆的舞女》，中国社会科学出版社，1996，第396页。
⑤ 叶渭渠主编《川端康成文集：独影自命 创作随笔集》，中国社会科学出版社，1996，第187页。

尔芙和爱尔兰作家乔伊斯不约而同创作的一种新的文学形式。这种文学观念在20世纪20年代末影响着日本，被称为新心理主义文学。1931年，土户久夫发表《新心理主义构成》一文，首次采用新心理主义的名称。1932年3月，伊藤整发表《新心理主义文学》一文，并于同年4月出版同名评论集，使新心理主义的名称得到推广。在创作实践上，横光利一于1930年发表了《机械》一文，之后，川端康成发表了《针、玻璃和雾》和《水晶幻想》两篇典型的意识流小说模仿之作，其中《水晶幻想》较为引人注目。1933年，新心理主义小说退潮之后，这种小说创作理念并没有就此在川端康成文学中消失，相反它以温和的方式融汇在了其传统精神之中。可以说，意识流小说的心理时空观及其对无意识的挖掘，与川端的"空""无"思想及其对"魔界"的探索达到了完美的融合。因此，意识流小说不仅大大拓展了川端康成文学的创作空间，还加深了川端对人情、人性的分析，进而使传统之美得到了新的发展。

（一）意识流小说的内涵

"意识流"最初是一个心理学术语。1918年，当"意识流"这个术语被引入文学评论之后，评论界对此众说纷纭，因而也就很难对其下一个确切的定义。美国著名文学理论家汉弗莱在《现代小说中的意识流》一书中指出："让我们把意识比作大海中的冰山——是整座冰山而不是仅仅露出海面的相对来讲比较小的一部分。按照这个比喻，海平面以下的庞大部分才是意识流小说的主旨所在。""从这样一种意识概念出发，我们可以给意识流小说下这样的定义：意识流小说是侧重探索意识的未形成语言层次的一类小说，其目的是揭示人物的精神存在。"①汉弗莱的定义表明，意识流小说重在表现不能以理性语言明晰表达的意识层次。从意识流小说的历史实践看，乔伊斯、伍尔夫、福克纳等意识流小说家，也的确都对人的潜意识和无意识表现出了更大的兴趣，并对此做了深入的探讨。

在一定程度上，意识流小说对人的前意识与无意识的深入挖掘是受到了心理学，特别是弗洛伊德精神分析学说的影响，而弗氏的学说也因此成为意识流小说的心理学基础。弗洛伊德将人的整个精神领域比作一块巨大的浮冰。露出水面的那部分是我们感觉得到的、并能主宰我们行为的意识；沿着水面漂浮晃

---

① 　罗伯特·汉弗莱：《现代小说中的意识流》，湖南人民出版社，1987，第5页。

动的那部分是此起彼伏、时隐时现的前意识；而位于水下看不见的一大块浮冰则是不自觉的、不受我们控制的广阔的无意识。此外，弗洛伊德的关于梦的学说对意识流小说也产生了重要影响。在弗洛伊德看来，人的无意识冲动是真正的致梦因素，梦是人的无意识的反映。因为人在夜间的心理活动与现实生活脱节，从而有可能倒退到原始的机制中去。弗洛伊德还认为，做梦者平时的心理往往需要以幻觉和梦境的形式得到体现，其欲望也由此得到满足。因此，梦幻中的意象不但使人的精神世界图像化和戏剧化，而且具有深刻的象征意义。毋庸置疑，在探索人的意识和无意识的过程中，意识流作家从弗洛伊德有关梦的学说中得到了深刻的启示。

另外，意识流小说还受到了当时形形色色的非理性生命哲学的影响。其中，柏格森的直觉主义，特别是他的心理时间学说，对意识流小说的产生起到了直接催化的作用。柏格森认为，由过去、现在和将来一条直线表示的钟表时间是一种刻板、机械和人为的时间观念，只有心理时间才是真实和自然的。在他看来，真正的时间应该是意识与心理过程上的时间。柏格森曾对心理时间作出这样的解释："如果我们将绵延视作融为一体的许多时刻，就像被线穿在一起似的，那么，不管这个被选定的绵延有多短，那些时刻的数量是无限的……"① 柏格森对绵延的解释体现了一种全新的时间观念，他认为时间并不是许多单独、孤立的分秒单位的机械组合，而是一种立体的、多层次的，并与意识融为一体的"具体过程"。尽管柏格森的心理时间学说具有明显的唯心主义色彩，但它为意识流小说家在作品的时间安排与结构布局上的大胆革新提供了一条新的思路。

（二）转向新心理主义

对于川端康成来说，从 20 世纪 20 年代初期倡导新感觉派运动到 20 世纪 20 年代末 30 年代初声援新心理主义乃是一个重要的变化。川端的创作之所以在短时期内发生如此明显的转变，除了在上一节中分析到的新感觉派与新心理主义的相通之处外，主要还有以下两方面的原因：

首先，从客观方面来说，川端康成无疑受到了当时文坛的影响。其一，1927 年《文艺时代》停刊后，川端于 1929 年 4 月参加了《近代生活》杂志，同年 10 月又参加了《文学》杂志，这些活动都对他的创作道路产生了直接影

---

① 柳鸣九：《意识流》，中国社会科学出版社，1989，第 378 页。

响。《近代生活》大力吸收西方现代主义文学，后来成为新兴艺术派的机关刊物。《文学》的性质与《近代生活》相近，从创刊号起就连载意识流小说代表作品，如法国普鲁斯特的《追忆似水年华》以及法国象征主义诗人兰波的长诗《地狱一季》等，充分显示了其崇尚西方现代主义文学的倾向。其二，1929年3月，伊藤整等人还创办了同人杂志《文艺评论》，该刊以发表新心理主义的小说和评论为核心，其中《感情细胞的断面》还受到了川端康成的推崇。其三，在1931至1934年间，伊藤整等人还共同翻译出版了意识流小说的代表之作——乔伊斯的《尤利西斯》。这些翻译介绍工作给当时那些不断探索新方法的作家，以产生强烈的刺激和巨大的影响，川端康成也不例外。他"把乔伊斯等人的原著买来，同原文对照着读，有些地方也像是模仿"①。

其次，从主观方面来说，川端康成的诗人禀赋也为其借鉴、吸收意识流奠定了基础。孤儿的遭遇不仅使川端走上了文学创作之路，并且还赋予了他诗人的才情。叶舒宪先生在《文学与治疗》一书中认为，文学具有治愈精神疾患的重要作用。法国的罗兰·巴特也认为，写作是一种语言活动的乌托邦，它"表现出一种新亚当世界的完美"②，而作家可以借助这种美好的想象摆脱现实的痛苦。精神的自我救赎是川端康成终生致力于文学的根本驱动力，因而文学的这种精神治疗作用在他的身上可以得到充分的体现。在祖父二人孤单的生活中，川端康成很早就投入到文学的世界中，并致力于文学的创作。后来在大学毕业时，藤村佐教授看到川端康成的经济状况异常困窘，出于好意给他找了一份教师的工作。然而，川端康成并没有接受藤村佐教授的好意，而是依然坚持自己的文学理想。因为他深刻地感受到，自己那孤独、脆弱、敏感的心灵已使他根本无法和文学分开。只有在文学的幻想世界中，他才能寄托美丽的憧憬，才能忘却现实的痛苦和悲哀，文学已成为他的生命。因此，评论家中村光夫说："川端康成文学是将康成自己从少年时期所陷入的不幸当中解救出来，并使其重新掌握作为人的自觉与自豪的手段和过程。"③孤儿的遭遇使川端康成走上了文学之路，反过来，这种源于心灵拯救的创作动因又使其文学富有浓郁的诗情。因为"诗是人在精神上独处时感情的自白。它是一些象征符号，最逼真地表现诗

---

① 叶渭渠主编《川端康成谈创作》，生活·读书·新知三联书店，1988，第130页。
② 罗兰·巴特：《罗兰·巴特随笔选》，百花文艺出版社，1995，第47-48页。
③ 进藤纯孝：《川端康成》，中央编译出版社，1998，第215页。

人心理的确切感情形态的符号"①，只有诗才能充分抒发川端那复杂、纤细的内心感受。因此，川端康成文学也就必然具有了重感受而不重情节、重情感而不重逻辑的诗性本质。

从川端康成的创作实践中，我们也可以感受到他那浓郁的诗情。1916 年 3 月，作为中学生的川端最早发表了他的作品。它们是陆续发表在《京阪新闻》上的《给 H 中尉》的书信体随笔和《薄雪之夜》《紫色茶碗》《夜来香开放之夜》《致少女》等四五首短歌。之后，川端康成以掌小说正式登上文坛，掌小说集《感情装饰》就是他发表的第一部小说集。如果说和歌、俳句是日本人完成的最短的诗的形式，那么掌小说就是他们所完成的最短的小说形式，两者一脉相承，都是敏锐、纤细的感觉瞬间绽放出的绚丽的火花。川端康成共创作了 128 篇掌小说，长谷川泉说"整个文章都像散文诗一样"②。后来，不用说那诸多优美的散文、随笔，就是在中篇、长篇小说中，川端康成也一直没有丢弃他那浓郁的诗情。因为他在创作这些作品时并不是一开始就带着长篇小说的构想来写作的，而是由类似短篇的各部分组合起来，以连歌一样以续写的形式发展至长篇的形态。因此，我们很难在川端康成的作品中看到一以贯之的故事情节，整部作品多是以包蕴着人物复杂、微妙心理的诗意氛围融合在一起，且语言含蓄而凝练。川端的代表作《雪国》就有这样的特点。这部小说的重心并不在于故事情节的描述，而是在于以暗示、象征等手段含蓄地传达人物内心的情感，充分展现岛村的徒劳心境以及驹子、叶子的美丽与悲哀，小说因而具有浓郁的诗意氛围。此外，小说中人物之间的对话也简约而丰厚，只有细细体味才能深谙其中三昧，如下面这段对话就是如此：

"不行，不行呀！你不是说只交个朋友吗？"

这句话她不知道重复了多少遍。

……

"我没有什么可惋惜的。决没有什么可惋惜的啊。不过，我不是那种女人，不是那种女人啊！你自己不是说过一定不能持久吗？"

她醉得几乎麻木不仁了。

"不能怪我不好呀。是你不好嘛。你输了。是你懦弱，不是我。"

……

---

① 约翰·斯图亚特·穆勒、易稼祥：《谈诗和诗的种类》，《文学研究参考》1987 年第 1 期。
② 长谷川泉：《长谷川泉日本文学论著选 川端康成论》，时代文艺出版社，1993，第 505 页。

"你在笑呐。在笑我是不是？"

"我没笑啊。"

"在偷笑我吧。现在就是不笑，以后也一定会笑的。"①

这是驹子第一次在岛村的房间里过夜。两人之间的这段对话简约、平素，甚至有些零乱，但川端却充分运用对话之间的空白和张力，恰当地暗示出驹子当时复杂、矛盾的悲哀心理。驹子既想留下来委身于岛村，又担心岛村会因此把她视为轻浮的女子；她既想把自己全部的感情托付于岛村，又担心作为艺妓的自己与岛村之间的恋情不可把握。在《雪国》或是其他的小说中，类似这样含蓄、内敛的对话随处可见。因此，中村光夫说："川端在写小说的时候，他的腹稿在本质上是诗意，不是散文。""川端恐怕是相信小说也可以表达自己的诗情的时代的最后一个人了。"②唐纳德·金也认为，川端的作品在结构上不够严谨，不过"及至读完全篇后，却往往得出与诗风相近的印象"。③

川端康成这种重感受而不重逻辑、重心理而不重情节、重抒情而不重叙述的诗性风格，为他借鉴和吸收意识流小说的创作观念奠定了基础。纵观英美意识流小说的发展，两位意识流大师乔伊斯、伍尔芙在创作初期都曾涉足诗坛，并且在诗歌创作方面有很高的造诣。早在1907年，乔伊斯便出版了他的诗集《室内乐》；伍尔芙早年对英国古典诗歌和莎士比亚的诗剧颇有研究。她在写意识流小说之前曾发表过不少风格典雅、文笔优美的散文诗。他们凭借自己丰富的创作经验，将诗歌的表现手法巧妙地运用于意识流小说之中。可以说，在他们的作品中，内心独白与感官印象等意识流技巧之所以能取得如此强烈的艺术效果，其重要原因之一便是依赖了诗的力量。他们小说中的一段段生动的内心独白就像一首首自由无韵的诗，不但其内容包蕴了诗的意蕴，而且其艺术形式与效果也均与诗歌相仿。川端康成的实验小说《水晶幻想》中的内心独白亦有这样的特色："结婚旅行。婚礼——华烛之夜。婚曲——洞房之诗。婚床——新枕。结婚飞行——求婚飞翔。仙女羽衣——天使的纯洁……"④显然，川端康成采

---

① 叶渭渠主编《川端康成文集：雪国 古都》，中国社会科学出版社，1996，第26页。

② 叶渭渠、千叶宣一、唐纳德·金主编《不灭之美 川端康成研究》，中国文联出版社，1999，第157页。

③ 叶渭渠、千叶宣一、唐纳德·金主编《不灭之美 川端康成研究》，中国文联出版社，1999，第71页。

④ 川端康成：《再婚的女人》，漓江出版社，1998，第105页。

用了诗歌语言的节奏和美丽的幻想象来渲染夫人的意识活动，这使夫人的内心独白不但富于诗意，而且具有诗的品质。其实，意识流小说与诗歌的联系非但不令人感到意外，而且完全符合文学创作的发展规律。因此，意识流小说研究家梅·弗里德曼说："随着意识流的出现，诗与小说结合起来了。"①通常，诗歌包含着诗人真实的情感和丰富的想象力，并以精练、含蓄的语言来概括地表达诗人最深刻的内心感受。与此同时，内心独白的主要新奇之处就在于，它企图依照意识形成的顺序来记录人物思想意识的实际变化和内心的幻想。因此，意识流小说中的内心独白看上去往往更接近于诗，而不是散文。川端康成或许正是在意识流小说中，寻求到了与自身的诗性禀赋相契合的存在，所以才走进了意识流文学、创作意识流文学，并且进一步有选择地将其溶化在自身的血液之中。

（三）《针、玻璃和雾》与《水晶幻想》的突破

川端康成创作的《针、玻璃和雾》（1930 年 11 月）与《水晶幻想》（1931 年 1 月）是两篇公认的模仿意识流小说的试验之作。它们分别发表于《尤利西斯》出版的两个月和四个月后，明显受到了意识流小说，特别是乔伊斯的影响。两篇作品都未写完，作为实验之作也缺乏一定的分量，但是川端在创作手法和题材上的大胆创新却令人耳目一新。

1. 内心独白这一典型的意识流手法的运用

在小说中，人物的内心活动用括号加以表示，并在作品中占相当大的分量。内心独白与传统的心理描写有很大的区别。通过比较下面这两段心理描写，我们可以清晰地看到川端康成在创作手法上的大胆创新，及其对自身的大胆突破：

不到一小时的工夫，传来了巡回演出艺人整装出发的声响。我再也坐不住了。不过，只是内心纷乱如麻，却没有勇气站起来。我心想：虽说她们长期旅行走惯了路，但毕竟还是女人，就是让她们先走一二公里，我跑步也能赶上。我身在炉旁，心却是焦灼万分。尽管如此，她们不在身旁，我反而获得解放，开始胡思乱想。老太太把她们送走后，我问她："今天晚上那些艺人住在什么地方呢？"②

---

① 梅·弗里德曼：《意识流，文学手法研究》，华东师范大学出版社，1992，第 14 页。
② 川端康成：《伊豆的舞女》，中国社会科学出版社，1996，第 77 页。

女人，女人，天香百合的香味，妈妈的乳房，乳色的海，在玻璃上滚动着的水银珠。女人是恶魔，那张照片上的女人的美丽的肌肤，父亲的风度。作为女人是幸福的。与丈夫的结婚仪式。在弟弟身旁站着的新娘子。那张照片上的女人就是自己。暴风雪，雪天乡间的夜景。父亲攥住3岁的自己的两条腿，往积满雪的院子里让自己撒尿。雾中海上的船。同弟弟去旅行吧！孩子假若还活着，儿科医院的诊室，房间里光亮的器具和明亮的玻璃。从窗户流进来的雾。①

第一段是川端康成的早期作品《伊豆的舞女》中的一段心理描写，第二段是意识流试验之作《针、玻璃和雾》中的一段内心独白。这两段描写都展现了主人公复杂、微妙的心理变化，但风格却截然不同。

首先，上述两段的区别在于人物意识的流动性。在第一段中，川端康成对主人公"我"的思维流作了精心的编排和整理，使其按照一定的秩序和步骤进行流动。这是一种顺流，一种单向、直线而又清晰的思想流。而在第二段中，女主人公朝子的意识流交错重叠、杂乱无章，其中有明流、暗流，也有倒流。因此，在这段意识流中，各种印象、感觉和回忆融为一体，犹如小河，奔腾不息。

其次，上述两段的区别在于人物思维的逻辑性。在第一段中，小说主人公"我"的心理活动充分体现了它的条理性与规律性。"我"的思路在一个特定的时间和明确的空间内进展自如、井然有序；各种思绪、浮想和疑虑之间的关系密切，构成一幅完整、和谐而又合乎逻辑和理性的心理画面。然而，在第二段中，朝子的意识却离奇复杂、跳跃频繁。其中不仅有琐碎的意识片断，还有朦胧的感觉和飘忽的印象，甚至还有在时空错乱情况下产生的混乱意识。若不加仔细分析，读者似乎很难从中找到一条完整与合理的思路。

最后，上述两段的区别还在于行文风格的规范性。虽然上述两段均出自川端的手笔，也都是对人物的心理的描写，但在句子构造和行文风格上却显示出迥然不同的艺术特征。第一段采用的是典型的传统小说语言，句子完整、语法规范、语义清晰，而且句子衔尾相随、丝丝入扣。这种语言具有准确、洗练和鲜明的特点，将主人公追赶舞女时的微妙心理生动、有序地展示在读者面前。而在第二段中，川端采用了他首次尝试的意识流语体，来描述女主人公朝子在"雾"的掩饰下朦胧模糊的意识。因此，这段描写行文随意，句子不完整，显

---

① 川端康成：《再婚的女人》，漓江出版社，1998，第99页。

得有些凌乱不堪。但是这种语体形象地表现了人物原始的混沌意识，甚至包括那些已经不属于意识范畴而接近生理本能的无意识反应。

在《水晶幻想》中，像《针、玻璃和雾》中那样的内心独白更是不胜枚举，并且川端还常常将人物瞬间的意识活动表现为大容量的块状结构。比如，在小说中，丈夫在夫人谈论完有关生孩子的问题后离开了房间，夫人独自一人对着三面镜展开了纷繁复杂的幻想，夫人的这段内心独白就有大容量的块状特点。通览全篇可以发现，只这一段内心独白就占去了小说近七分之一的内容。

2. 意识流小说创作观念的内化

受弗洛伊德精神分析学的影响，他以受压抑的"两性"作为小说的主要内容，而这正是经典意识流小说所钟爱的题材。

在《针、玻璃和雾》中，女主人公朝子在给丈夫整理衣柜时发现了年轻女子的照片，此后便心生嫉妒，并逐渐精神错乱。但这只是朝子精神错乱的一个导火索，真正导致朝子精神紊乱的是弗洛伊德所提出的"恋父情结"。小说中多次提到了朝子对父亲的怀念和爱慕。从小朝子就喜欢父亲而不喜欢母亲，为了掩饰对父亲的爱，朝子曾故意责怪自己喜欢的父亲拥抱母亲。在父亲去世后，朝子把对父亲的恋情转移到很像父亲的弟弟身上，并把弟弟留在自己的家中。她害怕弟弟会看上别的女人，同别的女人结婚。但是在现实生活中，朝子的这种感情是不能说出口的，它是背伦的。因而，它就像"针和玻璃"一样，时时刻刻刺痛着朝子的内心。在朦胧之"雾"的笼罩、保护下，意识模糊的朝子终于向弟弟道出了内心的情感。这种本能爱欲与现实伦理的冲突，最终使朝子丧失了"自我"调节和保护能力，并进而陷入精神分裂中。

在新心理主义时期，川端康成主要创作了《针、玻璃和雾》《水晶幻想》这两篇典型的意识流小说。此后，他便没有再创作这种极端化的意识流作品。但是川端并没有完全放弃这种创作手法，而是有选择地将意识流小说的创作观念融入自己的创作之中，使其实现了"内化"。

（四）意识流的"内化"

在新心理主义退潮后，川端康成又开始否定西方文学，而倾倒于日本的传统主义。在《抒情歌》《慰灵歌》《致父母的信》等作品中，川端的这种倾向达到了高潮。但从创作实践上来看，川端康成对传统的认同并不意味着他对西方现代主义的完全否定和抛弃。就意识流小说而言，他不再拘泥于这种典型的意识流技法，而是将其与自身的灵性和悟性以及佛教禅宗的人生观相结合。可以说，意识流小说的创作观念从时间安排和心理分析两方面，都大大拓展了川端康成文学的艺术空间，并使日本传统文学得到了新的发展。

首先，在作品的时间安排上，意识流小说大大拓展了川端康成的创作观念，并使传统与现代实现了完美的结合。川端康成文学的时间特色是以现在为中心，在过去、未来之间自由驰骋，因而现实往往不知何时被一些回想的时间所拉回。正是在这种往复、错落的时间中，作品的情节踯躅前行。因此，长谷川泉认为"对于川端康成文学中的时间的分析，是打开通向川端康成文学大门的钥匙"①。《抒情歌》《慰灵歌》以及《致父母的信》等，都是川端康成在认定传统之后创作的、极端倾倒民族传统文化的作品。特别是《抒情歌》，充分体现了川端"轮回转生"的世界观。但就是在这类极端化地表现传统精神的作品中，我们依然能从中体会到意识流小说的心理时间观。《抒情歌》并不以现实的物理时间为基准，而是生者龙枝与她死去的恋人跨越生死的界限侃侃而谈。因而小说的时间在过去、现在与未来之间自由地往复运动。《抒情歌》所体现的这种心理时空观无疑是受到了意识流小说的影响，但是我们却看不出任何斧凿之痕。因此，在《抒情歌》中，传统的"轮回转生"观与意识流小说的"心理时空"观达到了完美的结合。

在《禽兽》中，这种将意识流小说的心理时空观与传统精神相结合的创作手法得到了更为鲜明的体现。唐纳德·金先生认为，在这部小说中，"倘若说川端学习了什么，那也是 1933 年的现代主义作家当然期待着的'意识流'，只是川端并没有拘泥于这种手法"②。这篇小说共十七个段落，以回忆的手法描写了一位中年男子"他"与动物为伴的奇特生活，其间穿插了"他"与情人千花子的交往片断。整篇小说的情节都是依靠主人公的各种联想连接起来。通览全篇，小说的时间结构有两层：一是现实时间，即主人公去看千花子的舞蹈的路上经过的时间。二是心理时间，即主人公的联想向过去延伸的回想时间，而这个过去的回想时间又分为两部分：一是主人公过去沉迷于玩养鸟兽的生活。二是与千花子的生活记忆。小说的现在时间在缓慢前行的同时，过去的时间也随

① 长谷川泉：《长谷川泉日本文学论著选 川端康成论》，时代文艺出版社，1993，第 141 页。
② 叶渭渠、千叶宣一、唐纳德·金主编《不灭之美 川端康成研究》，中国文联出版社，1999，第 49 页。

着联想的飞跃平行往返运动。此外，小说还以现在时空的断层表现了主人公对曾经妖艳的肉体之美和纯粹的艺术之美的最后憧憬。

《禽兽》以"白日梦"而始，又以"白日梦"而终，这无疑暗示了其小说时间与日常生活时间的不同。要探究该小说的特殊时空，我们必须注意其开头的"出租车"。"出租车"是作者特意设定的过去时空的象征，通过分析我们可以清晰地看出这一寓意。在小说中写到了这样一个细节，主人公问他身边的女佣现在几点了，出租车司机替女佣作了回答，并强调车内表的时间"约莫慢六七分钟"。主人公"他"自己故意不看表，实际上意味着"他"主动脱离了自身所处的日常时间，也就是小说的现在时间，而开始跻身于"出租车"内的另外一个时空。而车内的表"约莫慢六七分钟"，则意味着车内的时间并非车外"初夏傍晚"的现在时间，而是车外的时间的过去。因此，代表过去时间的"出租车"挤进处在现在时空中的出殡队伍中，这意味着现在向前发展的时间包容着过去时间的运动。随后，"出租车"开始加速，超过了送殡的行列[①]，这意味着从这时起小说的时间发生了重要变化，过去的时间超过了平行向前发展的现在时间。从小说的时间结构来看，也正是从这一刻起，现在的时间开始停滞，只有过去的时间在向前发展。只要"出租车"没有回到出殡队伍中，那么它无论驶向任何地方，都只能是过去时空隧道中的一点。小说的结尾又提到"白日梦"，这似乎预示着小说的时间即将重新回到现实时空中去，然而小说戛然而止。于是，小说的时间就停留在回想的时空中，并没有重回现在。这也就是说，小说是在现在时空停止的状态下结束的。这种结尾似乎意味着小说没有写完，川端康成也曾在《文学自传》中说《禽兽》是未完成的作品。但是如果我们从小说的内在寓意出发对其进行剖析，则会发现这是最好的结尾，甚至是川端有意为之，而不是未完。

小说的主人公"他"人到中年却仍旧独身。"他"认为与其和人接触，不如和动物在一起更为理想，因为在动物身上可以发现一种自然、野性的纯粹之美。"他"的情人千花子也曾是具有纯粹美感的女性。约莫十年前，"他"曾打算和千花子双双殉情。面对死亡，千花子"茫然地任人摆布""只见她天真地合上眼睛，微伸脖颈，然后双手合十。这种虚无的价值，闪电般地打动了他。"[②]千花子的"茫然"正是"虚无"美的极致。因此，千花子是纯粹的"肉

---

① 川端康成：《伊豆的舞女》，中国社会科学出版社，1996，第188页。
② 川端康成：《伊豆的舞女》，中国社会科学出版社，1996，第209页。

体之美"的象征，也是"他"所追求的虚无美的象征。但是禽兽的世界又并非一个温情脉脉的世界，那些禽兽爱护者拼命追逐良种，为此而虐待动物，使之符合人的要求。千花子也如同禽兽一样，根本无法超越现实生活的羁绊。虽然她的人生不得不按照他人的需要去发展，但她自己也想结婚生子，希望过普通女人的生活。这些无疑都在扼杀着千花子的艺术生命。因此，当她的行动中一旦体现出自我的意志时，她身上的野性光芒便骤然熄灭了，她的舞蹈魅力和美感也随之消失殆尽。最终，"残存的野性力量，已经成为一种庸俗的媚态。舞蹈的基础形式，连同她的肉体美，都荡然无存了。"①千花子丧失了纯粹，因而丧失了美，而美的消逝则暗示着千花子肉体生命的死亡。小说结尾处，"他"在后台偷看化妆师为千花子化妆的场景，具有深刻的寓意。过去千花子的虚无神态曾经打动过"他"，而此时正在化妆的她却已变为一个没有生命的玩偶，这种变化清晰地意味着千花子生命的消亡。我们甚至可以大胆地推断，在现在时空中正在前行的出殡队伍也许就是千花子的葬礼，而"他"正是在出席千花子葬礼时，乘上了回想时空的"出租车"。因此，小说没有从回到现实时空就落下帷幕，造成现在时空的断裂，这实际上是对千花子之死的故意隐没。同时，这也体现了"他"对千花子所曾代表的纯粹之美、"虚无"之美所保留的最后的憧憬。这样，在《禽兽》中，川端从意识流小说学到的心理时空观与东方的"虚无"精神就完美地融为一体，因而成为"川端康成经过盲目追求意识流失败之后，在借鉴意识流手法和继承传统手法结合上所做的一次成功的尝试"②。而《禽兽》的"成功尝试"无疑为川端康成文学开辟了新的艺术天地。

在《禽兽》之后，川端康成的创作日趋成熟，而在小说的时空秩序上，"回忆"始终占据了重要位置，《雪国》《千只鹤》如此，《山音》《湖》《睡美人》更是如此。川端康成之所以如此钟爱"回忆"这种意识流小说的时间构成方式，无疑是因为他在这种超时空的创作中，寻求到了与自身禀赋相契合的东西。这种契合即为"回忆"的救赎功能与川端自我救赎的创作动因的契合。作为一种诗学，"回忆"中包含着两个"我"：一个是往事中的"我"，一个是现在的当下的"我"。回忆正是两个"我"所进行的回环往复的对话，是当下的"我"对过去的"我"的询问。因此，"回忆既是向过去的沉溺，找回过去的自己，更是对现在的'我'的确证和救赎，是建构'此在'的方式，从而使回忆在根

---

① 川端康成：《伊豆的舞女》，中国社会科学出版社，1996，第208页。

② 叶渭渠：《冷艳文士川端康成传》，中国社会科学出版社，1996，第141页。

本上关涉的并不是过去之'我'，而恰恰是此在之'我'。"①这样，通过"回忆"，过去的"我"与现在的"我"就实现了不断对话，并逐渐使现在的"自我"获得醒悟与拯救。就川端康成来说，拯救孤儿的性情是其创作的根本动因。这种拯救正需要在"回忆"的时空中，感受那个哀伤的"自我"、正视那个不幸的"自我"，进而寻求到新的"自我"。因此，意识流小说的心理时空观无疑为川端康成回忆过去、超越自我提供了很好的帮助。

孤儿的生命体验使川端康成文学充满了探求人生的意志，《雪国》《千只鹤》《山音》等莫不如此。同时，值得关注的是，这几部"灵魂净化的物语"的主人公都是在"回忆"中的"我"与现在的"我"的不断对话中，逐渐得到了心灵的升华，实现了自我的救赎。与《禽兽》相似，这几部作品都采用了以某一人物作为固定视角的叙述方式。小说随着视角人物的自我救赎过程而展开，小说的叙述时间则随着人物心理的起伏不定，而在过去、现在与未来之间不断地跳跃，完全打破了传统小说的外在时空秩序。如《雪国》就是以岛村作为固定的视角，叙述了他三次前往雪国会见驹子的经过。但是小说并没有按第一、第二、第三次这样的顺序来写，而是从第二次起笔。小说在现在时间缓慢向前发展的同时，以回忆的方式展现了岛村与驹子第一次交往的经过和心理感受。正是在"过去"与"现在"的不断对话中，岛村不断否定、摆脱过去的"自我"，进而追求新的"自我"，并最终在"空""无"之境中寻求到了真正的"自我"，实现了自我救赎。与《雪国》中的岛村相似，《千只鹤》中的菊治也处在小说的核心位置。因而，展现菊治内心的净化过程也就成为这部小说的主要内容。一方面，菊治在现实中不断地同形象各异的四位女性交往。另一方面，在菊治的内心世界中，女性的不同形象又不断在他的回忆中闪现。恰是在"回忆"中的"我"与现在的"我"的不断对话中，菊治逐渐斩断了现实的纷扰，获得了精神的解救，并在禅宗境界中，完成了心灵的净化。因此，这种心理时空观，不但体现了川端康成文学的现代性，而且更为深刻地体现了川端对意识流小说的"内化"。

其次，意识流小说对人的意识，特别是无意识的挖掘，对川端康成的创作也产生了重要影响。川端曾说："与事件本身比，我更注重心理感受。"②意识流

---

① 吴晓东：《从卡夫卡到昆德拉 20世纪的小说和小说家》，生活·读书·新知三联书店，2017，第64页。

② 叶渭渠主编《川端康成文集：独影自命 创作随笔集》，中国社会科学出版社，1996，第263页。

小说的创作经验使他进一步将笔触深入人物的意识深处，并运用梦的隐喻等方式将其展现。弗洛伊德认为，"夜间心理活动与现实脱节，从而有可能倒退到原始的机制中去，使梦者所渴望的本能满足以幻觉的形式得到体验，而梦者又以为真的发生了这种事情。"①因此，梦是愿望的满足，它可以使一直受到压抑和潜藏在心灵深处的无意识的失去现实的控制，从而得到宣泄和外化的机会，进而使陷入困境的、过度紧张的心理得到缓解。川端康成的后期作品《湖》《睡美人》等，特别是《山音》，都充分对梦境进行描写使人物内心的原始欲望得以显现。

长谷川泉认为，《山音》的两点重要因素就是梦和死。从整体结构来看，这部小说是围绕着主人公信吾对死亡的恐惧，以及他想通过乱伦达到"回春"的无意识欲望展开的。老人所面临的是生命的断绝，而两性可以展开生命的无限延伸。老人如果以老人为对象追求性的拯救，生命的相续则难以实现。然而，如果老人向年轻的生命寻求性的拯救，则可能使老人衰老的生命在年轻的生命中绽放出余晖，从而通往生命的永恒。因此，张石先生认为，《山音》中信吾的八个梦从正面隐喻了他希望从儿媳菊子身上实现"枯木逢春"的潜在愿望。

在《山音》中，川端康成通过梦境使信吾的潜意识欲望得以外泄。但川端并非为了展示人的原始欲望而抒写欲望，其核心精神依然是他对人性的执着探寻，对人生终极的热切关怀。进入晚境之后，川端在多部作品中都描写了老年男子试图从年轻女子身上寻求安慰的情节。《睡美人》自不待言，《湖》中年近七旬的相原老人亦是如此，他只有枕在少女宫子的胳膊上时才能获得恬静的睡眠。逃离死亡是人的本性使然，于是老人便希冀在年轻女子身上获得生命的永恒。川端康成吸收意识流小说的经验，深入挖掘老年人的潜意识，并通过梦境使无意识为意识所照亮。这为老人找到生活中真实的自己，参悟死亡，进而从根本上克服对死亡的恐惧奠定了心理基础。《山音》中的信吾正是通过梦的宣泄消除了"自我"的压抑，进而实现了从对死亡的极度恐惧与强烈反抗到平静接受的转变。与此同时，信吾也逐渐摆脱了"我执"的烦恼，进而与自然融为一体，与世界万物融为一体，进入了涅槃境界。这是信吾对自身的解脱与超越，也是川端对生命的理解和体悟，他那无言、安详的死就是最好的明证。

写实与反写实、传统与现代的对立是 20 世纪日本文学的明显特征之一。川端康成在"新感觉派"时代就开始了反传统的努力，在"新心理主义"时期

---

① 柳鸣九：《意识流》，中国社会科学出版社，1989，第 364 页。

达到了顶点。新心理主义时期,川端康成将"新感觉派"通过修辞学进行的文体革命扩大到了叙事结构的领域,这大大拓展了小说创作的思维空间和表现空间。可贵的是,川端康成并没有止步于单纯模仿西方意识流,而是带着从新潮中汲取的养分结合自身的禀赋悄然返归并融合传统。通过创作探索与实践,川端逐步实现了传统与现代、东方与西方的融合。正是东西方的融合使川端康成文学既富现代性、世界性,又不失本民族的传统文化之精髓。

第三节　川端康成作品对西方及同时代作品的借鉴与创新

一、对西方作品的借鉴与吸收

除了大量阅读民族文学作品,接受民族文化外,川端康成也涉猎了许多的翻译作品,诸如法国普鲁斯特的小说、爱尔兰乔伊斯的文学,以及俄国陀思妥耶夫斯基的作品,等等。

马塞尔·普鲁斯特是20世纪法国文学史上著名的文学家,甚至在世界文学之林中也占有极为重要的位置。作为一位意识流小说的先锋作家,普鲁斯特的文学作品,尤其是多卷本长篇小说《追忆似水年华》,革新了故态的小说观念以及创作手段,对后世层出不穷的小说流派与文学思潮产生了重要的影响。自然地,普鲁斯特的小说也是日本译介文学中的一部分,独特的文学理念与艺术手法得到了日本新进作家的推崇。川端康成自己也说过,日本在吸收西方文学艺术的过程中,伴随着詹姆斯·乔伊斯的意识流手法和关于文章的研究的传入,同时引进了马塞尔·普鲁斯特特殊的回忆式联想手法。① 通过《追忆似水年华》,普鲁斯特教给了读者一种唤醒流失岁月的方式——要想找回逝去的时间,必须激起或借助不由自主地回忆,即发动无意识的联想,由一物唤醒另一物。在小说中,普鲁斯特反复传递的一个信条是:我们的过去"藏匿在我们意

---

① 高惠勤主编《川端康成十卷集(第10卷)》,河北教育出版社,2000,第32页。

想不到的某个物体之中（这个物体基于我们的感觉之中）"①。任凭当下意识中的一种朦胧感觉与一段往昔时光之间的接合，那些尘封于岁月深处的过去将会继续且持续活跃在"此时"的感知对象，诸如滋味、气息、小蛋糕等事物之中。在《追忆似水年华》里，最能嵌入印象深处的就是午后的点心——一块小小的马德莱娜的蛋糕，是一个既带有过去滋味，又包含过去气息的出色"物体"：一旦辨识出那个"物体"，"我"对于整个贡布雷的全部情绪便萦绕在那形似海贝的蛋糕的味道与气息中，或者从一杯飘香的椴花茶中连续地映现出来，当前的感觉便与不断涌现的记忆重新串联成一个持续不断的印象。在这一状态下，现实生活与回忆之流杂糅，自由联想或无意识由一物滑向另一物，此时，时序发生错位而变得颠倒混乱，进而呈现一个时空倒错、回忆流窜的虚妄王国。我们可以从川端康成的作品中找到类似例子，譬如岛村由左手的食指想起了驹子，在晨镜里驹子红彤彤的脸的注视中看到了暮镜中的叶子；菊治看到茶具上的口红印迹，脑海里都是太田夫人；江口老人面对沉睡美人的"胡思乱想"与天马行空……他在小说中不断将过去的印象附着在眼前人身上的做法、连续的叙述、跳跃的联想、时空倒错等，即便不是直接来自普鲁斯特的影响，也会与之有着某种遥远的呼应。

如果说川端康成从普鲁斯特那里学到一种回忆过去的方式，那么爱尔兰作家詹姆斯·乔伊斯对他的启发则主要在于文学表现的技巧方面。在随笔《近日感想》中的"乔伊斯如是说"部分，川端康成谈及了乔伊斯的小说《尤利西斯》："我认为，《尤利西斯》以意识流的手法探究了人的心理现实；对作者来说，这种方法同时又是语言的实验。"② 乔伊斯的《尤利西斯》包含三个部分，分为十八章，在时间的顺序发展中，它主要聚焦于三人（斯蒂芬·德迪勒斯、利奥波德·布卢姆，以及布卢姆的妻子摩莉三人）混乱、不可捉摸的意识之流，譬如，斯蒂芬零乱无序、恍惚迷离的意识流犹如一个漫游者毫无目标地行走在都柏林街头，而这种杂乱与无意流淌的潜意识就构成了整部小说的开篇；在小说的结尾，乔伊斯设置了长达40多页的篇幅，一边放任意识之流主导文本话语，一边揭示摩莉的隐秘世界……整部作品交织着幻想、无意识和自由联想，它们让空想"插上自由的翅膀，任意翱翔。形形色色的物象和语言纷至沓

① 马塞尔·普鲁斯特：《追忆似水年华　第1卷：在斯万家这边》，译林出版社，2010，第45页。
② 高惠勤主编《川端康成十卷集（第10卷）》，河北教育出版社，2000，第384页。

来，时隐时浮。而原封不动地将脑中的浮现说出时，对于听者，却是近乎无义的谵言"①。乔伊斯的这种自由意识的主体性，在川端康成的作品中相对弱化了。在前者的小说中，斯蒂芬、布卢姆以及摩莉的心理世界是在自我的意识流中直接呈现的，而在川端康成的作品里，内在世界的变化出现在"旁观者"的意识中。譬如，在"观"者岛村的意识流动中，我们可以透视被"观"者驹子和叶子的隐秘世界；另一种情形则因为镜像世界的驹子和叶子是岛村感觉中生成的幻象，这就把岛村的意识、情绪朦胧化了。在这里，抒情性一方面冲淡"观"者的意识的主体性，一方面又形成川端式"意识流"的日本风格。

俄国文学对川端康成的影响，在学者叶渭渠那里已有过确定的表述，他认为川端康成在眺望西方文学的过程中，也将目光投向了俄国文艺，尤其是对陀思妥耶夫斯基的关注。② 川端康成中学毕业以后，开始大量接触文学作品，"他阅读最多的是俄罗斯文学……尤其倾倒于陀思妥耶夫斯基"③。而陀思妥耶夫斯基对川端康成的影响最明显的地方是呈现描写对象的过程。在《群魔》中，陀思妥耶夫斯基想要表现的形象或事物并不是从内部，而是从外部，即通过某个观察者对他们的接受程度而呈现出来的。譬如，《群魔》第二部分关于斯塔夫罗金的描写，陀思妥耶夫斯基在描写他的夜行活动时，是由旁观者的眼睛描绘出的。作者在这里始终保持一种疏离感，我们看到的只有斯塔夫罗金的外表、言行动作，对于他的思维或情感则一无所知。在这些情形下，我们获得的往往是"旁观者"的视点，以及他所透视的全部世界，所以，这只是空间的透视，而非所描写人物对象的心理层面或性格的透视。有时候，斯塔夫罗金也会成为"观"者，比如，他走进去的房间、他行走过的街道，都是按照被"观"对象呈现给斯塔夫罗金的面貌来展现出来的。虽然我们无法十分地肯定川端康成的某些书写风格源自于此，但川端的创作中确实存在着某些陀思妥耶夫斯基小说出现过的文学迹象。譬如，《雪国》中的岛村这一形象具有与斯塔夫罗金类似的揭示故事内容的功能，整部作品就围绕着岛村的所见进行叙述；《伊豆的舞女》中的"我"也是斯塔夫罗金式的存在，小说的点点滴滴都是"我"对事件与情境所进行的细枝末节的透视……两位作家的不同之处在于，川端康成在塑

---

① 高惠勤主编《川端康成十卷集（第10卷）》，河北教育出版社，2000，第334页。

② 叶渭渠、唐月梅：《日本文学史 现代卷》，经济日报出版社，2000，第513页。

③ 叶渭渠、千叶宣一、唐纳德·金主编《不灭之美 川端康成研究》，中国文联出版社，1999，第405页。

造这些"旁观者"的时候，将他们的思维与情感渗入他们目之所及的一切事物，使得在陀思妥耶夫斯基笔下只具有外部状态的人物有了更加丰满的性格与难以猜度的心理世界，赋予人物形象更多的复杂性与丰富性。

普鲁斯特、乔伊斯以及陀思妥耶夫斯基是世界公认的伟大作家，他们的文学既是民族文学的一部分，也是世界文学重要的组成部分。从影响的角度来看，川端康成是一位"接收者"；而对平行研究而言，这些现象可以称为"类同"，是作家在创作过程中显现出的一种普遍特征，即本文绪论中提到的作家拥有的敏锐认知、语言活力和创造激情能够合力为原创性中的"本位性的激情"。在早年接受西方文学的过程中，川端康成就已经开始反观自己的民族文学传统，他对传统与现代、继承与发展的关系等问题，在不同层次上做出了深刻反省，自省本国文化及文学传统的可能性出路，同时，对吸收西方文学也有了全新、自觉的认识。他逐渐意识到，对于诸多优秀的作品，先锋的文学流派或思想，不应当盲目接受、模仿，更应该是借鉴，进而内化为自己的文学特质的一部分。也正因为如此，川端康成始终都是作为一个富有"原创力"的作家而立足于世界文学的一隅。

二、与同时代的碰撞与并存

川端康成曾十分推崇日本作家泉镜花幻想美的作品世界，将泉镜花的文学创作赞誉为"日本文艺的殿堂"，感叹"日本到处都是花的名胜，镜花的作品则是情趣的名胜"。[①]

泉镜花本名镜太郎（1873–1939），是一位日本近代浪漫主义文学的先锋，他的作品不注重对人物的心理分析与性格刻画，故事情节的发展往往是通过人物对话或行动来实现的；同时，他擅长以独特的修辞、耽美的词汇以及暧昧的语境，创造性地描绘一个虚幻美的文学世界。以《高野圣僧》为例，泉镜花在整体上采用的是"套娃"式的结构，形成了幻想与现实交织的叙述模式：大故事主要讲的是"我"在探亲的旅途中结识一个行脚僧人，在中途的客栈留宿时两人同享一间房，僧人便跟"我"讲起他的经历，讲述中时不时会插入听众"我"的观察与反应；故事主要围绕高僧经历的一次奇遇展开：僧人只身穿过树上布满毒蛇、地上栖满水蛭的深山之后，在一座孤宅里遇到一个具有魔力的

---

① 张晓宁：《泉镜花与川端康成比较论》，《郑州大学学报（哲学社会科学版）》2006年第2期。

女性和一个痴呆的男性，以及一位年老的佣人。整个故事生动地描绘了深山独户人家中发生的奇妙现象，譬如夜晚宅外可怕的情景、美女魔幻的行为及惊人的美貌等，将读者从两人交谈的旅店引向一个神秘、荒诞，甚至恐怖却又充满浪漫气息的世界，无意之间将现实与虚幻交织在一起。川端康成的文学作品也采用过类似的手法，譬如《山之音》中信吾的日常生活与梦境世界的纠葛、《雪国》与《水月》中的镜里世界与镜外世界……学者鹤田欣就曾将泉镜花的《高野圣僧》和川端康成的《雪国》进行对照研究，认为它们都营造了一个富有想象色彩与抒情格调的梦幻世界。评论家濑沼茂树在其论作《川端康成论》中也曾强调，神秘性与抒情性是泉镜花和川端康成文学创作中的本质倾向。因泉镜花与川端康成之间的"可比性"，暗示他们在文学创作中的共通性。

此外，泉镜花的创作尤为动人之处还在于其柔美流畅的语言：温柔月色下的瀑布与河流、善良却神秘的美女、夜晚集体出没的鸟兽，甚至恐怖阴森的小茅屋，通过比喻、拟人、象征等手法的描绘，显得格外生动形象、富有活力与想象力，从而为小说营造一种扑朔迷离的氛围。川端康成曾这样评价道："我想用镜花作品中的话来概括镜花文学是最贴切的，那就是'简直太美的！'，如果加上一句就更准确了，那就是简直太'日本式'的了！"①类似的表述也被后来的学者用来概括川端康成本人的写作。而实际上，两人无论是在传统美学意识上，还是在以女性美为出发点的文学基调上，他们都有着诸多的相通之处；同时，他们都选择远离现实，在小说中总是让幻想和抒情的"眼睛"去揭开梦里的桃花源，去洞察日本传统之美。

川端康成认为谷崎润一郎与泉镜花一样，具有构造梦幻王国的创作自觉，是一位极富幻象性的作家。②以《春琴抄》为例，作者谷崎润一郎的幻想方式在于营造一个荫翳的世界，其方法就是从写实进入空想，进而在空想与现实的接合点上创造出独特的艺术世界。在小说中，佐助以刺瞎双眼、封闭视觉为代价，求得在观念世界里保留毁容的春琴作为"永恒的女性"的美丽形象。眼睛是直接发现、揭示美的唯一感官，一旦美从能够明视的世界中消失，保有原本的美的唯一办法是毁掉从前通往美的双眼，进而使美幻觉化，这样便可以在"无"中空想美的存在，让美得以永恒。显然，佐助对春琴的美的感知是在荫翳中才存在的，因为在这样的情境下，明视"美"是不可能的，只能在非现

---

① 张晓宁：《泉镜花与川端康成比较论》，《郑州大学学报（哲学社会科学版）》2006年第2期。
② 高惠勤主编《川端康成十卷集（第10卷）》，河北教育出版社，2000，第365页。

实中发生。川端康成的做法是让"观"者与"色"的世界保持一段距离（即"无"），以凸显美的姿态，譬如，让"观"者透过镜子去直观对象，或者让"观"者注视虚空的虹等。谷崎润一郎在《荫翳礼赞》中也宣称："日本漆器的美，只有置身于朦胧的微光中，始得以发挥得淋漓尽致。"①于谷崎润一郎而言，日本式带污垢的厕所、烛光下若明若暗的餐桌、色彩质地偏暗的漆器、阴暗中透有微光的日式房屋、幽静深闺中的女性……彰显着日本式的美。谷崎对荫翳美的注视中，其较为明显的特点在于"观"的环境往往表现为阴、暗、幽，使得"观"者与被"观"者之间能够形成距离。由此可见，谷崎润一郎与川端康成都突出了一种"距离的美学"②。

　　与前面所提及的作家相比，仅仅比川端康成年长 1 岁的横光利一对川端的影响更为直接。20 世纪 20 年代的日本文坛，出现了众多新颖的作品，它们不追求如实反映事物外在面貌，忌讳用陈旧、缺少活力的文体和表述，而是注重描写感官直接把握到的事物现象，运用"新感觉"式的表达方式及新奇的叙述视角，横光利一正是一位实践这种新感觉派写作的先锋作家。川端康成说过："我也是新感觉派作家之一。但我的创作统统源自横光的诱发。"③从《头与腹》《苍蝇》等作品标题就可以看出，作者横光利一的"新感觉"倾向于付诸视觉。在《头与腹》中，横光选择头与腹这样极富视觉印象的形态作为主观感觉的触发物来渲染、加强感觉印象；《苍蝇》始终把苍蝇放在凝视现实的位置上，通过苍蝇的眼睛呈现一幅复杂的生活图景。作者将"观"者的主观意识移入被"观"对象之中，使被"观"者转化为"观"者，从而获得一种新颖奇妙的视觉感受或感知印象，这一方式既升华了感觉，又将听觉、嗅觉乃至触觉对象化与客体化。针对这样的写作，川端康成曾指出，"如此感觉，不仅构成横光与前述作家的表现，也是大多数新进作家共同的特征。"④作为"新感觉派"中曾经的一员，川端康成的创作中也体现了这一共同特征。加藤周一曾言，川端康成的小说的微妙之处与独特之处在于他"在细部上的感觉性的描写之敏锐是无与伦比的"⑤。譬如，在《十六岁的日记》中，川端康成描写帮助病重的祖父小便时这

---

① 谷崎润一郎：《荫翳礼赞》，河北教育出版社，2002，第 14 页。

② 张石：《川端康成与东方古典》，上海古籍出版社，2003，第 71 页。

③ 高惠勤主编《川端康成十卷集（第 10 卷）》，河北教育出版社，2000，第 438 页。

④ 高惠勤主编《川端康成十卷集（第 10 卷）》，河北教育出版社，2000，第 333 页。

⑤ 加藤周一：《日本文学史序说 下》，外语教学与研究出版社，2011，第 446 页。

样写道："祖父小便时疼痛，痛苦得不断喘息，同时，尿壶底部传来山谷溪流的清水声。"①这是川端康成特有的灵敏——尿壶竟然能够响起山谷溪流般清澈的清水声。姑且不论实际情况究竟为何，至少在这一段日记里，川端康成的感觉之敏锐跃然纸上，给人以"言有尽而意无穷"的兴味。我们知道，川端康成的文学语言是清新柔和的，但我们却不总是能够清楚地注意到的是，因为它们散发出来的这些清新、柔和的特性是来源于感觉本身，所以才让人耳目一新。

除了在表现中关注感觉的文学效果，横光利一也在尝试新的讲述故事的视角。我们发现，《苍蝇》中完成观看行为的不是人，而是一只蝇。很明显，苍蝇是作为故事视点发出者而存在的；它在马背上、车篷上和天空中"眺望""仰望""俯视""聆听"，无时无刻不在用它的眼睛注视人们生活中的种种世相，譬如驿站里焦急等待的旅客、蒸笼里逐渐膨胀的馒头、马车经过的梨园、驾车睡着的马夫、车马和人坠入悬崖时的悲鸣等，却又始终保持着一个旁观者的清醒的姿态，增强了文本的讽刺效果。蝇眼是"新感觉"派作家所认为的"小小的洞穴"，它提供了通向外部世界的窗口，是联系外部事物最直接的光源。在这里，川端康成文学中的"眼睛"与此是构成了呼应的，他也是通过一个个象征性的"小小的洞穴"，即一双双敏锐的双眼，借助于独特的透视法来窥视人类与自然的生存和命运。只不过，这更应该是一种由外向内的透视，通往的是人内心隐秘的情感世界。

只不过，影响有时候在两人之间不是单向的，而是反向的。川端康成在晚年时认为，所谓"新感觉派"的时代，实际上是并不存在的，这一时代只是"横光君的时代"，是横光利一一个人的时代；在他身后，只存在两类作家，一类是模仿横光利一的，另一类则是不模仿他的。②在那个"横光利一的时代"，川端康成一度远离横光的影响，沉潜汤岛，力图发现自己的新文艺，慢慢走向了"新感觉派的异端分子"。如果说，横光利一的小说犹如滔滔大江，川端康成的小说则是涓涓细流。两者都具有想象丰富、感觉纤细等特点，然而，横光利一的作品绚丽而多彩，他特别讲究行文的词汇，偏重于通过主题的曲折、情节的倒叙、重复等加强表现。所谓表现，就是包含更多的主观性。这就是说，在描写的底层始终流溢着作者对现实的强烈关注，是站在"有用的世界"凝视"有用的世界"。在这一点上，川端康成始终走向横光的另一个方向，他的小说

---

① 高惠勤主编《川端康成十卷集（第9卷）》，河北教育出版社，2000，第32页。
② 进藤纯孝：《川端康成》，中央编译出版社，1998，第155页。

纤细典雅，表现出的是一种超凡脱俗的风怀。恰如古谷纲武所言："横光利一对对象是机械式的观，而川端康成进行的是抒情式的观。"①

川端康成十分赞赏东山魁夷的画作，且常常被要求为东山的画写序文、作评论。事实上，川端与东山对于"观"的理解是相通的。敏感的东山从小就学会从对大自然的注视中获得生命的灵光，他似乎是按照自然的启示塑造自己的，在艺术的生涯中也反复在"观"自然的行为中寻觅创作灵感。东山说，在想要创作岩石和海浪，且在构思中生成了一部分构图时，"我便首先去观海……我漫步在海边，寻觅着波浪与岩石。我时而写生，时而只是在观看"②，从而发现，在对自然万象的注视中，视野在不断地变得开阔起来，生命也由此获得了一种无限的扩张感。通过观景写生、净化心灵达到无我之境地，以发现自我之外的自然的真实，创造出美来。在这一点上，两人明显是一致的。因为川端康成的写生之旅往往会在其作品中留下些许或隐或显的痕迹。

在创作中，东山魁夷还致力于虚与实交织的绘画叙事，善于绘制映于水中的映像，喜欢展示虚像与现实的对照，其做法就是在画面的中间画一条直线，他认为"两种全然如一的风景上下衔接时，便不再是司空见惯的风景，而变幻为超现实的世界"③，在亦虚亦实的画布上，虚与实的共存会产生强烈的视觉想象。川端康成曾对此产生疑问：为何东山魁夷先生喜欢绘制倒映水面的映像？随之他便从画中领悟到，光滑的水面反射的映像具有特殊的美感，它能够赋予风景以幻想与象征，并在韵律中发生微妙的变化。④有了这样的感悟，在论及写作之时，川端康成坦言："我认为所谓新感觉主义文艺在手法及表现上，向美术、音乐的感觉方式靠近了一步。"⑤由此可见，东山魁夷的绘画特征对川端康成文学所表现出来的叙事特征即便不是直接的影响，也一定有着较密切的相关性。而事实上，我们在川端康成的文学世界里，总是能够发现他借助于镜子向我们展示一个与现实相似，却又更加生动形象、更加美丽完整的新世界。

---

①　张炜：《浅析川端康成文学的艺术特色》，《内蒙古民族大学学报（社会科学版）》2016年第1期。

②　高惠勤主编《川端康成十卷集（第10卷）》，河北教育出版社，2000，第294页。

③　高惠勤主编《川端康成十卷集（第10卷）》，河北教育出版社，2000，第299页。

④　高惠勤主编《川端康成十卷集（第10卷）》，河北教育出版社，2000，第299页。

⑤　高惠勤主编《川端康成十卷集（第10卷）》，河北教育出版社，2000，第331页。

参考文献

[1] 进藤纯孝 . 川端康成 [M]. 北京：中央编译出版社，1998.

[2] 何乃英 . 川端康成和他的小说 [M]. 武汉：华中科技大学出版社，2017.

[3] 川端康成，东山魁夷 . 美的交响世界：川端康成与东山魁夷 [M]. 青岛：青岛出版社，2017.

[4] 川端康成，安田靫彦 . 侘寂之美与物哀之美：川端康成和安田靫彦 [M]. 青岛：青岛出版社，2018.

[5] 李长声 . 励志的川端康成 [J]. 杂文选刊，2021(4)：23.

[6] 陈雨 . 川端康成 [J]. 广州文艺，2020(12)：2.

[7] 蔡贝 . 川端康成的唯美主义 [J]. 大观（论坛），2020(2)：165–166.

[8] 酷因乐 . 川端康成的"古都" [J]. 红蜻蜓，2021(Z6)：44–47.

[9] 陈宇星 . 川端康成《睡美人》的生命意识 [J]. 名家名作，2021(1)：68–69.

[10] 王龙 . 川端康成的"隐秘战争" [J]. 文史天地，2019(7)：48–53.

[11] 沈晓晓 . 川端康成的艺术世界 [J]. 青年文学家，2019(14)：102–103，105.

[12] 薛晓磊 . 川端康成《秋雨》中"幻影"解读 [J]. 语文教学与研究，2021(9)：30–31.

[13] 戈杨喆堃 . 川端康成：轻描淡写的爱与孤独 [J]. 北方人，2020(16)：13–14.

[14] 李伟萍 . 川端康成小说《湖》的色彩意蕴 [J]. 滨州学院学报，2020,36(1)：73–77.

[15] 周密，谭俊 . 川端康成与 20 世纪中国文学渊源研究综述 [J]. 广东农工商职业技术学院学报，2021,37(1)：13–19.

[16] 廖真辉 . 解析川端康成《雪国》的生态美 [J]. 青春岁月，2021(14)：16，15.

[17] 花信淮 . 论川端康成《睡美人》的荫翳之美 [J]. 绵阳师范学院学报，2021,40(7)：131–136，155.

[18] 顾盼 . 川端康成：永恒的孤独美 [J]. 深交所，2018(4)：103–105.

[19] 王彦龙.《伊豆的舞女》与川端康成的"恋母情结"[J]. 青年文学家，2018 (15)：128–129.

[20] 吴可心.川端康成笔下的女性形象 [J]. 饮食科学，2018,(18)：191.

[21] 陈斯绮.东方文化视野下川端康成的文学审美取向 [J]. 名作欣赏，2020(6)：78–80，90.

[22] 秦刚.除了民族美，川端康成还带给我们什么 [J]. 廉政瞭望，2020(15)：58.

[23] 王天云.从《千只鹤》看川端康成的男权思想 [J]. 青春岁月，2020,(2)：28.

[24] 黄薇.川端康成：他爱上的四个女孩都叫"千代"[J]. 幸福（婚姻版），2020(1)：38–39.

[25] 李妮西.论川端康成《古都》的"幽玄"美学 [J]. 名作欣赏，2020(24)：85–87.

[26] 宋佳琪.从《睡美人》看川端康成的"物哀"观 [J]. 佳木斯大学社会科学学报。2020,38(5)：125–129.

[27] 王晴阳.生命直觉主义视阈下川端康成的《雪国》[J]. 美与时代（下），2019 (3)：82–84.

[28] 汪倩羽.川端康成小说《雪国》赏析 [J]. 戏剧之家（下半月理论版），2017(3)：295.

[29] 鲜锦禾.浅析川端康成主要作品的现代性发展 [J]. 名作欣赏，2019(5)：58–61，136.

[30] 胡敏.写作：川端康成的自我救赎 [J]. 文学教育（中），2017(11)：10–11.

[31] 康洁.再论川端康成的创作 [J]. 丝路视野，2017(8)：54–56.

[32] 李飞.川端康成的物哀之美 [J]. 海外文摘，2020(3)：34–36.

[33] 李伟萍.川端康成《山音》意象的生态意蕴 [J]. 关东学刊，2020(1)：128–137.

[34] 蔡蕊.走向美的川端康成——由人物角色象征意义谈《雪国》中氤氲的作家心灵世界 [J]. 名作欣赏，2018(3)：53–55.

[35] 江钰卿.试析川端康成《雪国》中的虚无思想与艺术美 [J]. 散文百家（理论一），2021(7)：1–2.

[36] 邢心乐.川端康成作品中的女性形象研究 [J]. 商情，2018(5)：272.

[37] 尚余祥.《雪国》的人物关系与川端康成的人格结构 [J]. 北极光，2018(10)：20–22.

[38] 魏丽敏.日本国，雪之国——川端康成与"物哀"[J]. 书屋，2018(7)：79–84.

[39] 杨婉君.浅论川端康成作品中的"哀美"风格 [J]. 中国文艺家，2018(11)：71.

[40] 滕文阳.试从《美》看川端康成的审美意识 [J]. 青春岁月，2018(11)：12–13.

[41] 胡备，毕建利 . 浅谈川端康成的《雪国》及其传播 [J]. 青年文学家，2018(18)：125–126.

[42] 翟文颖 . 论川端康成文学的"物哀"观 [J]. 广州大学学报（社会科学版），2018,17(1)：86–90.

[43] 商意 . 川端康成小说的美学特征——以《伊豆的舞女》为例 [J]. 青年时代，2018(2)：11–12.

[44] 叶方园 . 论川端康成小说《雪国》体现的距离观 [J]. 文艺生活·下旬刊，2018(6)：9–10.

[45] 薛雁文 . 川端康成《古都》日本传统文化之美 [J]. 北方文学（中旬刊），2018(17)：90.

[46] 周密 . 论川端康成文学中的生死观 [J]. 北方文学，2018(15)：65–66，76.

[47] 李佳蔚 . 川端康成小说中"死亡"主题的美学特征 [J]. 北方文学，2018(6)：107–108.

[48] 谢志强 . 川端康成微型小说里轻逸的雪 [J]. 微型小说选刊，2018(16)：80–86.

[49] 侯越玥 . 基于东方美学呈现的川端康成小说多元叙事研究 [J]. 佳木斯大学社会科学学报，2021,39(5)：119–122.

[50] 曹嘉伟 . 川端康成与《伊豆舞女》中的"我"[J]. 青年文学家（中），2019 (6)：130–131.

[51] 张计连 . 川端康成的东西契合之美 [J]. 名作欣赏，2016(20)：47–49.